Hector et tes lunettes roses pour aimer la vie

꾸뻬 씨의 핑크색 안경

꾸뻬 씨의 핑크색 안경

프랑수아 를로르 지음 / 양영란 옮김

마시멜로

행복을 찾아 여행하는 정신과 의사 꾸뻬 씨의 모험담은 전 세계 30여 개국에서 번역, 출간되었습니다. 저는 그중 한국에 특별히 더 깊은 애정을 갖고 있습니다. 한국은 꾸뻬 씨의 첫 여행기가 출간되었을 때부터 열렬히 환영해준 나라니까요.

꾸뻬 씨 덕분에 저자인 저도 한국에 여러 차례 초청받았고, 갈 때마다 한국 독자들과 다시 만나는 기쁨을 누렸습니다. 덕분에 저는 서울의 사계절이 지니는 각기 다른 매력을 시간대 별로 알게 되었지요. 다소 근엄한 오전 시간부터 여럿이 술 한 병(물론 여러 병일 때도 있죠)을 놓고 둘러앉는 즐거운 저녁 시간에 이르기까지 말입니다. 비록 여전히 양반다리로 앉으면 편하지 않은 게 사실이지만요. 더불어 행복이 한국 사람들에게 왜 그토록 중요한 문제인지도 이해하게 되었습니다. 끔찍한 시련에서 벗어나 현재 한국이 누리는 번영을 이루기까지 수십 년 동안, 일과 각종 의무에만 열중하다 보니 나타난 결과겠지요.

꾸뻬 씨는 첫 여행에서 행복에 관한 다양한 교훈을 발견했습니다. 특히 너무 심한 가난 속에서는 행복해지기 어렵다는 교훈에 이어, 번영만으로도 충분히 행복할 수 없다는 중요한 교훈을 얻죠. 무엇보다도 높은 산에 올랐던 날 만난 불교 스님으로부터 '행복은 사물을 보는 방식'이라는 근본적인 가르침을 새삼 되새기게 됩니다. 이 문제에 대해서는 여러 심리학 이론이 있고, 사물을 보는 방식에 대해 성찰하고 더 나아가 그 방식을 바꾸도록 돕는 심리치료법도 다양합니다.

이번에 새로운 모험을 시작하면서 꾸뻬 씨는 알게 됩니다. 스님의 가르침을 이해하는 좋은 방법 중 하나는 우리 모두 경우에 따라 다소 잿빛이거나, 다소 핑크빛을 띠는 안경을 쓰고 있다는 사실을 깨닫는 것임을. 보이지 않으면서 그때그때 달라지는 이 안경이, 우리가 세상과 우리 자신을 보는 방식을 결정하고 우리의 감정과 행동을 유발합니다.

꾸뻬 씨는 환자들에게 이 '안경법'을 적용하기 시작합니다. 그런데 이번 책은 새로운 모험담이므로 그는 당연히 새로운 여행을 떠나야겠죠! 이번엔 젊은 여기자가 동행합니다. 꾸뻬 씨를 인터뷰해서 책을 쓰겠다고 따라붙은 야심만만한 여기자입니다. 사실 꾸뻬 씨는 개인적으로, 평생의 반려자인 아내의 사랑을 되찾는 데 온 정신이 쏠려 있지만요.

세상과의 만남을 통해서 꾸뻬 씨는 자신의 안경 컬렉션을 한층 더 풍성하게 늘려나갑니다. 그가 여행하면서 만난 다양한 사람들. 그들이 인생의 이러저러한 순간들에 대처하기 위해 지니고 다니는 안경들이 더해진 덕분이지요. 힘든 시련에도 불구하고 핑크색 안경계의 챔피언이라 할 만한 사람들도 있고, 이제껏 쌓아올린 성공에도 불구하고 잿빛 안경만 고집하는 사람들도 있습니다. 결국 이 여행은 꾸뻬 씨도 이미 저도 모르는 사이에 이런 저런 안경을 끼고 있었음을 깨닫게 합니다.

그렇게 꾸뻬 씨는 이번 여행에서도 그가 기본적으로 지니고 있는 교훈에서 출발해 다시금 행복의 문제로 되돌아옵니다.

언제나처럼 저는 그가 독자들이 미소 짓게 하길 바랍니다. 독자들에게 잔잔하고 유쾌한 감동을 선사해, 여러분이 행복으로 가는 길을 찾는 데 도움이 될 수 있길 바랍니다.

프랑수아 를로르

꾸뻬 씨의 핑크색 안경

차례

안경 제조사 꾸뻬 씨

옛날 옛날에 꾸뻬 씨란 정신과 의사가 살았다. 그는 사람들한테 핑크색 안경을 만들어주는 일이 자기 직업이라고 생각했다.

그러니까 환자들이 주변을, 자기 자신을, 또 세상을 바라보는 방식을 바꿀 수 있도록 도와준다는 건 이를테면 이들에게 새로운 안경을 만들어주는 일과 같다고 생각했다. 아니 꼭 새롭지는 않더라도, 적어도 환자들이 평소 끼고 있으면서 그들의 삶을 망치게 만드는 안경보다는, 삶을 덜 암울하게 덜 왜곡되게 보게 해주는 안경을 만들어주는 일과 마찬가지라고 생각한 것이다.

하지만 꾸뻬 씨는 환자들에게 과도한 핑크색 안경을 만들어주려 하지 않았다. 그런 안경은 예컨대 '딱 한 잔만, 딱 한 잔만 더'라고 하다가 어느새 눈알이 뱅뱅 돌아가도록 술을 마시게 되듯, 정면으로 대결해야 할 문제가 있는데도 그 문제들을 보지 못하게 만드니까 말이다.

게다가 과도한 핑크색 안경은 흥분 상태의 환자들로 하여금 장난치는 듯한 기분으로 자기는 뭐든 할 수 있다고 착각하게 만들어, 급기야 경찰서나 병원에 실려 가는 사태가 벌어지게 할 수도 있을 테니까.

또는, 분명 의심하고 경계를 풀지 말아야 할 때가 있는데도, 세상 사람들 모두를 착하다고 믿어버린다거나 자기를 좋아한다고 착각하게 만들 수도 있다.

　과도한 핑크색 안경을 고집해선 안 될 테니, 꾸뻬 씨는 사람들이 스스로 적당히 핑크색을 띤 안경을 만들어가도록 도와주고자 했다. 요컨대 자기 자신이 완벽하지는 않지만 그렇다고 해서 그리 나쁘지도 않다고 여기며, 당면한 문제를 해결하기 위해 어쩌면 좀 더 노력을 기울이거나 약점을 보완할 수도 있다고 믿게 하고, 정말 성실히 노력했는데도 문제가 영 풀리지 않는다면, 그런 사실을 있는 그대로 받아들이고 다른 길을 찾아 나서게끔 도와줄 수 있을 만큼 적당한 핑크색 안경을 원한 것이다.

꾸뻬 씨는 가령 '당신한테 맞는 핑크색 안경을 어떻게 만들 것인가?'라는 주제로 책을 써볼까 하는 생각까지 했었다. 그 책에서 그는 자신을 비롯하여 전 세계의 정신과 의사들이 환자들을 위해 무슨 일을 하는지 설명하려 했다. 물론 꾸뻬 씨 특유의 이야기 방식으로 말이다.

하긴 그런 책을 쓴다 한들, 심리 전문가와의 상담이 반드시 필요한 사람들에게 책이 상담 자체를 대신할 순 없을 것이다. 하지만 그럼에도 많은 사람들에게 도움이 되는 건 확실하다.

문제는 이 이야기를 시작하려는 마당에, 정작 꾸뻬 씨 자신은 본인에게 맞는 핑크색 안경을 만들지 못하고 있다는 점이다.

꾸뻬 씨와 폴린의 안경

하지만 꾸뻬 씨는 자신에게 만족할 수도 있었을 것이다. 일을 하다 보면, 도움을 받고자 자신을 찾아오는 이들을 종종 제대로 돕곤 했으니 말이다. 예를 들어 폴린만 해도 그랬다.

폴린은 예술적 재능을 지닌 젊은 여성으로, 큰 출판사에서 일했다. 그녀는 책 표지를 담당했는데, 때로는 책에 담긴 이야기에 잘 부합하는 사진을 고르기도 하고, 디자이너에게 적합한 그림을 그리도록 주문하기도 했다. 그뿐 아니라 책 제목의 글자체를 선택하여 결정하는 일도 폴린의 몫이었다. 요컨대 그녀는 사람들이 책 표지만 보고서도 어떤 내용이 담긴 책인지 알 수 있고, 그래서 그 책을 뒤적이고 싶은 마음이 들도록 최선을 다해야 했다.

꾸뻬 씨에게 자기가 맡은 일을 설명하기 위해 폴린은 표지 작업을 맡아서 진행(물론 상사의 동의는 필수다)했던 책 몇 권을 가져왔다. 꾸뻬 씨는 이내 그녀가 자기 일에, 다시 말해 책을 완전히 읽지 않고서도 내용을 파악하고 적합한 표지를 기획하는 일에 상당한 재능을 지녔음을 알아차렸다.

그런데 폴린에게는 한 가지 문제가 있었다. 그녀는 직장에서 일을 할 때나 그 외 다른 생활에서 항상 자신의 능력을 의심하고, 자신감을 갖지 못한다는 점이었다. 예컨대 그녀는 동료들이 언제나 자기보다 낮다고 생각하는 경향을 보였다. 상사는 분명 그녀가 제안한 표지 아이디어를 선호하고 채택하는데도 말이다.

때문에 폴린은 가끔 회의 시간에 발언하지 않을 때도 있었다. 자기 아이디어는 신통치 않다고 지레 겁을 먹기 때문이었다. 비록 회의가 끝날 무렵, 다른 사람이 그녀가 품고 있던 아이디어와 똑같은 아이디어를 내놓아서 만장일치로 채택되었다 하더라도 말이다.

"그런데 말입니다," 꾸뻬 씨가 답답한 마음에 한마디 한다. "당신이 제안한 표지가 자주 채택된다면 그건 당신 아이디어가 괜찮기 때문이라고 봐야죠."

"아, 그건 나한테 비교적 쉬운 책들이 할당될 때에나 그런 거죠."

"그럼, 당신이 제안한 아이디어가 채택되지 않을 땐 마음이 어떤가요?"

"그럴 땐 내가 그리 유능하지 않다는 사실을 뼈저리게 실감하죠."

이쯤 되면 독자 여러분들도 눈치챘을 것이다. 대체로 폴린은 성공을 거뒀을 때는 운이 따라준 덕분이라거나 기대 수준이 너무 높지 않았기 때문이라고 생각하며, 반대로 실패했을 땐 모두 자기가 제대로 일을 하지 못한 탓이며 기대에 못 미친다는 증거라고 생각한다.

꾸뻬 씨는 크게 놀라지 않았다. 정신과 의사를 찾아오는 많은 사람들이 그런 식으로 생각하는 경향을 보이기 때문이다.

그는 폴린이 이를테면 두 쌍의 특수 안경을 갖고 있어서 늘 슬픔에 잠겨 있는 거라고 생각했다. 하나는 자신의 허물이나 약점을 엄청나게 확대하는 돋보기안경이고, 또 다른 하나는 이와는 반대로 자신의 성공을, 마치 망원경을 거꾸로 쥐고 볼 때처럼 무척이나 작아 보이게 만드는 안경인 것이다.

꾸뻬 씨는 폴린에게 또 다른 사례들을 들어보라고 하며, 그녀가 가진 이러한 시각이 어떤 불편한 일들을 야기하는지 본인 스스로 서서히 깨닫도록 이끌었다. 동시에 그녀가 습관적으로 끼던 이 두 종류의 안경을 벗어버리고 주변을 좀 더 제대로 볼 수 있는 새로운 안경을 찾아내도록 도왔다.

꾸뻬 씨는 하지만 폴린의 돋보기안경이 적어도 직장에서 맡은 일을 수행함에 있어서는, 실수를 찾아내는 데 유용하다는 사실은 인정하지 않을 수 없었다. 예컨대 사람들이 폴린에게 책 표지를 보여줄 때면, 그녀는 누구보다도 먼저 무엇이 잘못됐는지 간파하기 때문이다. 그러므로 꾸뻬 씨는 그녀가, 적어도 이 한 가지 장점 때문에라도 그 돋보기안경을 내내 지니고 있어도 무방하리라는 사실을 알고 있었다.

가끔씩 두 사람은 폴린의 어린 시절로 되돌아가보곤 했다. 어린 시절이야말로 우리가 주변 사람이나 자기 자신을 바라보는 데 필요한 안경을 만드는 시기니까. 폴린의 아버지는 직장을 자주 잃었고 언제나 술에 절어 지냈기 때문에, 어린 폴린은 아버지가 학교로 자기를 찾으러 올 때마다 창피했다고 털어놓았다. 다른 친구들이 아버지가 술 취한 걸 알게 되니 싫었다는 것이었다. 다른 사람들은 잘 모르겠지만, 암튼 폴린은 아버지가 술을 마셨다는 걸 단번에 알아차렸다. 결국 폴린의 어머니는 남편을 나무라는 데 지친 나머지 딸까지 책망하기 시작했다. 아무 짝에도 쓸모가 없다면서 말이다. 그러면서 폴린은 엄마가 때로는 '꼭 제 애비처럼'이라는 말을 덧붙이기도 했다고 회상했다.

꾸뻬 씨는 작은 수첩에 이렇게 적었다.

깨달음#1 자신의 허물과 약점을 돋보기안경을 끼고 들여다보지 말라.

깨달음#2 당신의 성공과 장점을 망원경을 거꾸로 들고 보듯 과소평가하지 말고 있는 그대로 보라.

당연하게도, 말을 하는 것만으로는 충분하지 않다. 안경을 바꾸는 일은 새로운 언어를 배우는 것과 마찬가지로 절대 쉬운 일이 아니다. 매일매일 꾸준히 몸에 익혀야 하니까. 꾸뻬 씨는 그래서 환자들을 만날 때마다 항상 이 점을 일깨우곤 한다.

꾸뻬 씨와 로날드의 안경

꾸뻬 씨의 환자들이 모두 폴린처럼 호의적이라곤 할 수 없다. 예컨대 로날드는 폴린과는 사뭇 다른 안경을 끼고 다니는 사람이었다. 그의 안경은 자신이 거둔 뛰어난 성과는 마치 돋보기를 대고 보는 것처럼 확대시키고, 자신이 예외적인 인물임을 스스로에게 끊임없이 입증해 보이는가 하면, 반대로 가끔 맞닥뜨리는 실패는 자기를 이해하지 못하는 다른 못난 사람들 때문이라고 치부하며 축소해버리곤 했다.

로날드의 아내는 남편의 이 같은 시각에 동의하지 않았고, 때문에 로날드는 그 무렵 아내와 이혼 수속을 밟는 중이었다. 꾸뻬 씨가 처음으로 그를 알게 되었을 때 로날드는 2주에 한 번씩 주말에 자녀들을 만났다. 그의 아내는 변호사를 통해서만 그와 접촉하는 상황이었다. 로날드는 자신이 놓인 처지에 몹시 화가 나 밤잠도 제대로 이루지 못할 지경이었다. 게다가 로날드는 요구르트며 자동차 같은 제품들의 판매를 늘리기 위한 광고 전략을 결정해야 하는 중요한 회의에서도 좀처럼 집중을 할 수 없었다. 그는 광고 회사 부장이었다.

아내가 부도덕하고 배은망덕한 괴물이고 더할 나위 없이 멍청한 여자라고 끊임없이 저주를 퍼부어대는 로날드의 말을 들어주다 지친 그의 친구들은, 정신과 의사를 한번 찾아가보라고 했다.

"부인이 떠나게 된 일을 놓고 볼 때, 당신의 책임은 얼마나 된다고 보십니까?" 꾸뻬 씨가 물었다.

"내 책임이라뇨?" 로날드가 도저히 믿을 수 없다는 눈초리로 꾸뻬 씨를 쏘아보며 버럭 소리를 높였다. "나 참, 선생은 내가 처한 상황을 전혀 이해하지 못하시는군요!"

자칫 꾸뻬 씨는 로날드에게 사실상 자기가 그를 이해하지 못하니, 어서 다른 곳에나 가보라고 말할 뻔했다. 실제로 이날 진료는 그것으로 끝이 났다.

하지만 꾸뻬 씨는 차마 이런 말을 입 밖에 내지는 않았다. 정신과 의사라면 으레 우리는 우리 자신의 모습을 갖게 된 데 대해 책임이 없으며, 그 누구도 자신의 인성 또는 안경을, 다시 말해 다른 사람들이나 자기 자신, 또는 세상을 바라보는 시각을 선택하지는 않는다는 점을 명심해야만 한다. 꾸뻬 씨는 그가 수줍음 많이 타는 유학생이던 시절, 미국에서 은사 중 한 분이 했던 말을 떠올렸다. '우리는 우리 자신의 모습을 선택하지 않는다.'

꾸뻬 씨는 로날드를 진료할 때 이 말을 자주 떠올려야만 했다.

로날드는 첫 진료 때도 그랬지만, 진료 시간에 늦게 도착해서는 미안하단 말 한 마디 없이 흥분된 목소리로 불평을 늘어놓았다.

"15분 동안 주차할 자리를 찾느라고 애를 먹었습니다. 아니, 어떻게 이렇게 주차하기 힘든 곳에 진료실을 차린 겁니까?"

꾸뻬 씨에겐 이 말 한 마디로도 진단을 내리기에 충분했다.

어쨌든 꾸뻬 씨는 점차 로날드로부터 신뢰를 얻었고, 그렇게 되자 비로소 로날드가 세상을 바라보고 사람들을 바라보는 시각을 바꿔나가는 데 도움을 주기 시작했다.

그러려면 우선 로날드가 이혼 과정과 같은 실패 경험을 돌이켜보도록 도와야 했다. 아울러 그가 평생토록 짓밟았던 인물들이 자기보다 덜 뛰어나고 재능도 덜한 사람일지는 모르겠으나, 그럼에도 예민하고 자기애를 지닌 사람들이라는 사실을, 때론 그에게 대들거나 그보다 더 자주, 그에게서 도망칠 궁리를 할 수 있다는 사실을 깨닫도록 해야 했다. 화가 난 로날드를 상대해야 한다는 생각만 해도 의기소침해져서 차라리 그런 상황은 만들지 않으려고 할 테니까 말이다.

"그러고 보니, 제가 다른 사람의 입장은 그다지 고려하지 않는 것 같네요." 하루는 로날드가 이렇게 털어놨다. "그건 어떻게 보면 당연하죠, 난 항상 내가 옳다고 생각하니까요, 네, 정말로 그래요."

"그렇군요." 꾸뻬 씨가 대답했다. "그렇다면 숙제를 하나 내드리죠. 다른 사람의 입장에서 상황을 보는 훈련을 해보세요. 그러니까 그 사람의 안경을 쓰고, 그 사람이 보는 그대로 보려고 시도해보라, 이런 말입니다."

로날드에게는 쉬운 일이 아니었다. 그는 끼고 있던 안경을 벗기가 매우 힘들었다. 그의 안경은 영화 속 터미네이터의 안경 같다. 끊임없이 다른 사람들을 평가한 뒤 그들을 제거해버릴지 살려둘

지를 결정한다. 로날드와 있을 땐 오직 순응적인 사람 또는 그를 칭찬하는 사람들만 별일 없이 안전했다.

하지만 로날드는 점차 이 과제를 받아들였다. 꾸뻬 씨에 대한 신뢰가 깊어감에 따라 더욱 열심히 훈련에 임했고, 마침내 얼마간 진척을 보였다.

이렇게 되니, 꾸뻬 씨는 그다음 단계의 훈련을 시도해볼 수 있을 터였다. 다름 아니라 로날드가 자기 자신을 좀 더 깊이 바라보고, 어쩌면 그의 우월감 뒤에는 다른 사람에게 지배당할 수 있다는 두려움이 숨어 있을지도 모른다는 사실을 깨닫게 하며, 자기 자신과 세상을 바라보는 그의 시각이 어린 시절 어떻게 형성되었는가를 깨닫도록 돕는 일이었다.

하지만 아쉽게도 로날드는 더는 나아가길 원치 않았다. 그는 그저 회합에서 다른 사람들을 압도할 수 있는 힘을 회복하고 밤이면 편안히 잠을 잘 수 있기만을 바랐다. 그는 꾸뻬 씨의 도움 덕에 아내에 대한 원한을 조금 누그러뜨림으로써 밤잠을 이룰 수 있었다.

"사실상 저와 아내는 동일한 관점을 가질 수 없었던 거죠."

어느 날 로날드가 꾸뻬 씨에게 이렇게 털어놓았다. 이 정도만이라도 로날드 같은 사람으로서는 대단한 발전이라고 할 수 있었다.

나중에 꾸뻬씨는 수첩에 이렇게 적었다.

⟡ 깨달음#3 누군가에게 화를 내기 전에, 그 사람의 안경을 끼고 그 사람의 관점에서 상황을 바라보라.

스스로에게 질문을 던지는 꾸뻬 씨

꾸뻬 씨는 로날드와 같은 환자를 여러 명 진료하고 나자, 젊은 정신과 의사였던 때보다 더욱 큰 피로감을 느꼈다.

나아가 그는 요즘 환자들이 점점 더 로날드를 닮아간다는 생각이 들었다.

점점 더 많은 '남녀 로날드'들이 자기 진료실을 찾아오는 듯했다. 꾸뻬 씨가 이들을 이렇게 부르는 것은 "자기애적 성격장애자"라고 하는 것보다는 더 재미있고 점잖게 여겨지기 때문이었다.

그는 이런 부류의 환자를 이내 알아보았다. 이들은 언제나 동료나 친구, 배우자 등, 남을 탓하는 푸념부터 늘어놓았다. 꾸뻬 씨라고 해서 예외는 아니었다. 이들은 꾸뻬 씨가 자신들을 이해하지 못한다거나, 그의 치료법이나 진료비에 대해 트집 잡기 일쑤였다.

환자들 가운데 제일 젊은 부류는 소셜 미디어에 자신들을 추종하고 찬미하는 댓글이 많이 달려 기쁘다면서, 그 기쁨을 꾸뻬 씨도 함께 나누기를 바랐다. 사실 꾸뻬 씨는 여러 소셜 미디어의 이름조차 제대로 모르는 처지였으므로, 그가 말귀를 못 알아듣는 기색을 보이면 젊은 환자들은 화를 내면서 답답해하곤 했다.

하루는 어떤 '젊은 여성 로날드' 하나가 앙갚음할 셈으로, 꾸뻬 씨의 진료실 인테리어가 '허접하다'라고 악평을 했다. 꾸뻬 씨의 진료실엔 그가 멀리 여행하며 가져온 것들 중에서도 특별히 애지중지하는 것들이 그득했는데도 말이다.

다행스럽게도 그의 진료실에는 폴린처럼 호감 가는 새 환자들도 적지 않았다. 즉, 자신감을 갖지 못하고, 비록 성공을 거뒀을 때도 자기가 마땅히 기뻐해야 하는지 아닌지 알지 못하고, 친구나 애인과의 사이가 삐걱거릴 때 자기 탓이 아닌가 하고 의심을 품는 부류 말이다.

이런 환자들이라면 꾸뻬 씨는 거의 언제나, 이들이 오래도록 쓸 수 있는 핑크색 안경을 맞춰줄 수 있다고 확신했다. 그 안경은 그저 이따금씩 안경테를 바로 펴주거나 렌즈를 닦아주는 정도의 미세한 조정만으로 족하며, 드문 경우긴 하지만 정말 필요하다면, 작은 알약을 처방해주면 되니까.

하지만 꾸뻬 씨는 또 다른 부류의 환자들도 보살펴야만 했다. 어쩌면 가장 많은 부류라고도 할 수 있는데, 이를테면 두 종류의 성향을 섞어놓은 듯한 부류였다. 즉, 자신감을 잃었고, 상대에게 호감을 주는 선한 마음을 지니고 있으면서 동시에 여성 로날드의 기질도 함께 지닌 듯한 부류이다. 이들도 성공을 꿈꾸지만, 소셜 미디어상에서나 실제 삶에서 늘 두려운 마음으로 자신을 남들과 비교한다. 특히 나이 어린 환자들은 누구나 꼭 가봐야 한다고들 하는 파티에 참석한 사진을 다른 친구들이 자기보다 더 많이 올리거나, 웅장한 자연을 배경으로 한 셀피들을 더 많이 올릴 경우 불안에 사로잡히거나 우울증에 빠져들기도 했다.

꾸뻬 씨는 이런 부류의 남녀 환자들이 어떤 때는 폴린처럼 행동하고 또 어떤 때는 로날드처럼 행동하기도 하는 것을 보았다. 그는 그럴 때마다 각각의 환자에게 적합한 안경 모델을 선택함에 있어서 실수하지 않도록 주의하면서, 환자들과 함께 그날그날 환자의 상태에 따라 진료에 임했다.

이렇듯 모든 것은 비교적 명확해 보이는데도 어째서 꾸뻬 씨는 자신에게 맞는 핑크색 안경을 만들지 못하는 걸까? 아니면 안경을 만들어놓고도 늘 코에 걸고 지내지 못하는 것일까?

실은 꾸뻬 씨에게도 핑크색 안경이 있긴 하다

꾸뻬 씨는 양치질을 하면서 자신의 삶을 돌이켜보곤 했다. 그는 두 자녀를 뒀다. 아들 하나와 딸 하나로, 두 자녀는 이제는 행복하고 독립적인 성인으로 성장했다. 꾸뻬 씨는 기분이 좋을 때면 이런 사실 하나만으로도 자신이 성공한 삶을 살았다는 마음이 들었다.

어쩌면 그는 폴린처럼 자기가 그저 운이 좋았을 따름이라고 생각할 수도 있었다. 아무려나 두 자녀가 잉태될 때 유전자를 결정한 것은 자기가 아니었고, 그는 다만 아이들의 엄마를 선택했을 뿐이니까. 그럼에도 꾸뻬 씨는 자신과 아내 클라라가 아이들에게 쏟은 정성이 지금의 결과, 즉 두 자녀가 평온한 삶을 영위하는 데 일조했다고 믿었다.

꾸뻬 씨가 자신의 삶을 핑크색으로 보는 또 다른 이유는, 비록 자신이 더는 젊지는 않지만(젊은 동료들은 이제는 그에게 말을 놓지 않는다) 적어도 지금은 여전히 건강하고, 일부 대학 동기들이 골머리 앓기 시작하는 문제들로부터 자유롭다는 점이었다. 그는 양치질을 하고 난 뒤에도 팔굽혀펴기 몇 번쯤은 거뜬히 할 수 있는 기운이 남아 있었다.

잠시 후 꾸뻬 씨는 거리를 내다보며 자기가 좋아하는 도시에 살고 있고, 또 그 도시에 전 세계 사람들이 구경하러 몰려온다는 사실에 흐뭇해했다.

진료실에 도착해서도 그의 안경은 여전히 핑크색 그대로일 수 있었다. 정신과 의사라는 직업이 그가 타고난 성향에 잘 부합한다고 여겨지기 때문이었다. 예컨대 남의 말을 경청하는 자질, 일정 수준 이상의 관찰력(어쨌든 진료실 의자에 앉아 있을 때의 이야기이다. 진료실을 벗어난 현실 생활에서의 관찰력은 그저 평균 정도였으니 말이다), 그리고 사람들을 조금은 더 행복하게 만들어주고 싶어 하는 선한 바탕, 다시 말해 좀 더 나은 세상을 만드는 데 작은 힘이나마 보태고자 하는 마음가짐 말이다.

그러니까 그의 직업은 그에게 의미를 갖는다고 할 수 있으니, 단순한 생계 수단 그 이상이었다. 많은 사람들이 선택의 여지 없이 생계 수단에 매달려야 하는 것과는 대조적이다.

이렇듯 꾸뻬 씨는 주로 핑크색 안경을 쓰는 편이었다. 요컨대 우리가 처한 상황을 거리를 두고 바라보게 함으로써 전체를 파악하도록 해주고 그러한 상황에서 우리가 가진 모든 가능성을 타진해보도록 돕는 안경인 셈이었다.

꾸뻬 씨는 그런 까닭에 수첩에 이런 문장도 적어두었다.

⟋⟋⟋ 깨달음#4 한 걸음 뒤로 물러나 상황을 바라보면서, 당신이 가진 모든 가능성을 타진하라.

꾸뻬 씨와 회색 안경

꾸뻬 씨가 핑크색 안경 4번을 끼지 않는 날도 있는데, 이런 날은 이를테면 저녁 만찬 도중 정신 줄을 놓고 포도주를 마음껏 마셔댄 다음 날과 희한하게도 맞아떨어진다. 이런 때면 그는 핑크색이 아니라 회색 안경을 쓰고 있는 기분이었다.

가령 아버지로서 자신이 성공했는지 아닌지 확신이 서지 않았다. 두 자녀는 모두 아직 결혼을 하지 않았다. 아들은 끊임없이 여자 친구를 갈아치우는 바람에, 평생 훌륭한 반려자가 될 수도 있었을 젊은 아가씨들을 떠나보냈다. 어쨌든 꾸뻬 씨는 감히 입 밖에 내지는 않았지만, 그렇게 생각했다.

딸아이는 국제법 박사학위를 준비하느라 연애에 한눈팔 시간 따위는 없어 보였다. 또는 오늘날 점점 더 많은 젊은 여성들이 그렇듯이, 어쩌면 미래를 기약할 수 없는 일회성 만남으로 만족하는 지도 모를 일이었다. 꾸뻬 씨는 젊은 여성 환자들이 하는 얘기를 최대한 놀라는 기색 없이 들으려 애쓰는데, 그 얘기들을 통해 요즘 세태를 잘 아는 편이었다.

'어쩌겠어, 그게 요즘 젊은이들의 새로운 풍속도인걸!'

그는 이런 방향으로 생각하려고 노력했다.

따지고 보면 꾸뻬 씨는 두 자녀의 현 상황이 자신과 어떤 식으로든 관련이 있다고 믿었다. 클라라와 자신의 결혼 생활이, 두 자녀가 혼인 서약이라는 아름다운 서약을 통해 백년가약을 맺는다거나, 거기까지는 아니더라도 한 명의 반려자와 지속적으로 함께 사는 데 모범으로 작용할 만큼 매력적이지 않다고 여겨졌다.

꾸뻬 씨는 자기가 그리 훌륭한 남편이 아니란 생각이 들었기 때문이다. 2년 전, 대기업에 다니던 아내 클라라가 미국 출장길에 올랐다. 처음에는 몇 주 예정으로 떠난 파견 근무였고, 그래서 꾸뻬 씨는 아내의 자아 성취를 진심으로 원하고 뒷바라지하는 신식 남편으로서 여기에 동의했다. 그런데 미국 쪽에서 클라라를 더 오래 붙들기 위해 좋은 조건으로 승진을 제안하자, 꾸뻬 씨는 자신이 주목받고 인정받았다는 데 크게 만족스러워하는 클라라에게 차마 싫다는 내색을 하지 못했다.

'어쩌면 클라라는 남편인 나로부터는 인정받는다는 느낌을 받지 못한 게지.'

꾸뻬 씨는 속으로 이렇게 말했다.

사실상 클라라는 꾸뻬 씨에게 그 점을 자주 책망하곤 했다. 그녀는 꾸뻬 씨가 예전과 달리 자기 말을 귀담아 들어주지 않는다고 했다. 어쩌면 하루 종일 환자들의 말을 들어주느라 전보다 더 피곤해서였을까?

두 사람이 함께 살기 위해서는 어느 한쪽이 큰 희생을 감수해야 할 판이었다. 클라라 쪽에서 자기가 무척 좋아하는 일을 그만두거나, 아니면 꾸뻬 씨가 진료실과 자기가 좋아하는 도시를 떠나야 하는 상황이었다. 두 사람은 처음엔 이 문제를 놓고 막연하게 운을 떼기도 했지만, 그 뒤 더는 그에 대해 언급하지 않았다. 두 사람은 두 자녀를 방문하기 위해 바캉스 철에만 만났고, 그때도 대체로 다투기 일쑤였다.

'언제까지 이런 식으로 살아야 하는 거지?'

꾸뻬 씨는 이따금씩 이렇게 자문하곤 했다. 클라라와 더 진지하게 얘기를 나눠야 하지 않을까? 하지만 꾸뻬 씨는 차일피일 미루기만 했다.

정신과 의사로서 꾸뻬 씨는, 자기 자신의 사례가 염려스러웠다.

클라라가 미국으로 떠날 무렵 그는 새로운 치료법을 익혔다. 따라서 진료가 좀 더 흥미진진해지고, 새로운 자세로 환자들을 대할 수 있다는 기대에 차 있었다.

하지만 웬걸, 보다 기발한 새로운 방식의 치료법들이며 제약회사들이 해마다 시장에 내놓는 새로운 약들(물론 개중에는 실질적인 효과를 발휘하는 제품들도 있다)에도 불구하고, 꾸뻬 씨는 자기 일에 영 예전만큼 흥미를 느낄 수 없었다.

물론 그는 환자가 자신에게 "박사님, 전혀 도움이 안 됩니다. 처방해주신 약이 전혀 듣질 않습니다. 뿐만 아니라 박사님은 줄곧 제 문제를 이해하지 못하십니다"라고 말하기보다는, "아, 박사님, 저희 두 사람이 지금까지 함께 애를 썼습니다. 덕분에 훨씬 좋아졌습니다. 저는 이제 세상을 다르게 봅니다"라고 말해주는 게 훨씬 더 좋았다.

하지만 그마저도 이전과는 달리 만족감이 덜했다. 그는 그런 상태가 소위 말하는 '번-아웃burn-out', 즉 주로 남에게 도움을 주는 직업을 가진 사람들에게 흔히 나타나는 특별한 소진 현상의 징후 중 하나란 사실을 알고 있었다. 꾸뻬 씨는 자신의 경우는 오히려 '냉담 상태cold-in'에 해당된다고 진단했다. 그는 환자들을 대할 때 예전보다 훨씬 무덤덤했고, 이런 자신이 싫었다.

'나란 사람이 아직도 무엇엔가 쓸모가 있을까?'

그는 찌뿌둥한 날 아침이면 이렇게 자문해보곤 했다.

아버지로서 : 결과를 놓고 볼 때 그리 모범적이지 않음.

남편으로서 : 시원찮음.

정신과 의사로서 : 참아줄 만한 수준임. 하지만 휴식을 취해야 하거나 뭔가가 필요함.

연인으로서 : 생각해보지 않는 편이 낫겠음.

이처럼 회색 안경을 쓰는 날 아침이면 그는 가끔, 렌즈에 핑크색이 감돌도록 몇몇 환자들에게 처방하는 작은 알약을 먹어보면 어떨까 생각하기도 했다.

그런가 하면 또 활기가 넘치는 날도 있으니, 그 정도 상태인 환자에게라면 약 처방은 하지 않을 거라고 마음을 고쳐먹었다.

라디오 전파를 탄 꾸뻬 씨

∞

하루는 꾸뻬 씨가 라디오 방송에 초대받았다. 자기보다 나이도 많고 이름도 더 널리 알려진 동료이자 친구를 대신해서였다. 그는 원래 말하길 좋아하는데, 텔레비전이나 라디오 방송에 자주 초대되어 거의 모든 시사 현안에 대해 '정신과 의사'로서 의견을 쏟아내곤 했다. 그만큼 그는 그 방면에 상당히 재능 있는 편이었다.

"난 자네가 아주 잘해내리라 확신한다네." 동료이자 친구가 말했다. "젊은이들과 삶의 의미란 주제로 이야기하면 될 걸세."

그 친구는 손자들과 공놀이를 하다가 매우 심각한 좌골신경통이 생기는 바람에 예정되었던 출연을 포기할 수밖에 없었다.

꾸뻬 씨는 만일 자신에게 손자, 손녀가 생기면 어떻게 될까 생각해보았다. 모르긴 해도 피할 수 없는 좌골신경통뿐만 아니라, 자신의 삶에 훨씬 더 깊고 중요한 의미를 불어넣었을 것 같았다.

꾸뻬 씨는 시간에 맞춰 라디오 스튜디오에 도착했다. 그는 환자들을 맞이할 때처럼 정장에 넥타이 차림이었다. 그런데 그는 프로그램 진행자가 허름한 터틀넥 스웨터를 입은 채로 자신을 맞이하자 조금 놀랐다. 꾸뻬 씨는 라디오 방송을 위해서는 굳이 잘 차려

입을 필요가 없으며, 화장 같은 건 더더구나 필요가 없다는 사실을 깜빡했던 것이었다.

방송은 이제 막 사회에 첫발을 내딛는 젊은이들이 맞닥뜨리게 될 다양한 고비들을 주제로 진행되었다.

원탁에는 프로그램 진행자도 함께 앉았다. 바짝 마른 그 늙은 기자는 젊은 시절, 전쟁 중인 여러 나라에서 꽤나 잘나가는 리포터였다. 꾸뻬 씨는 그런 경력을 가진 진행자가, 비록 하루 온종일은 아닐지라도, 어떻게 창문도 없는 스튜디오에서 방송을 하는 것으로 만족하며 사는지 궁금했다. 꾸뻬 씨로서는, 정신과 의사로 직장 생활을 시작할 때부터 책상 앞에 앉아서 일했으니 이제는 어지간히 익숙해졌는데도, 말년에까지 줄곧 앉아서 일해야 한다면 과연 견뎌낼 수 있을지 의문이었다.

그는 늙은 프로그램 진행자가 앉아 있는 탁자 위에 초대 손님들을 위한 작은 생수병 말고도 얼음이 담긴 위스키 잔이 놓여 있는 것을 보았다.

'저게 바로 저 사람의 핑크색 안경이로군.' 꾸뻬 씨는 이렇게 생각했다.

꾸뻬 씨와 동시에, 자신감 넘치는 눈매에 약간 살집 있는 여성 정치가도 스튜디오에 도착했다. 그녀는 학창 시절 얌전히 학교에 다니지 못하고 사고만 치던 학생들을 선도하겠다는 목적으로 다양한 프로젝트를 쏟아낸 경력을 자랑했다. 그녀는 이러한 프로젝트들을 통해, 보통의 젊은이들은 기피하는 저임금 일자리라도 얻을 수 있을 정도의 재교육 기회를 제공하고자 했다. 그들이 그렇게 하는 게 마약을 팔거나 상점을 터는 것보다는 훨씬 낫다고 생각하게 되리라 기대하면서 말이다.

꾸뻬 씨는 이 여성 정치인에게 호감이 갔다. 그녀가 자신이 하는 일에 신념을 가진 듯 보였고, '여성 로날드' 기질 따위는 거의 느껴지지 않았기 때문이었다.

꾸뻬 씨는 그제야 비로소 프로그램 진행자 옆에 처음부터 앉아 있던 또 한 명의 젊은 여성에게 눈이 갔다. 프로그램 진행자는 그녀를 "우리 프로의 단골 시사평론가인 제랄딘"이라고 소개하며, 자기 프로에 자주 나와 이를테면 감초 역할을 해준다고 덧붙였다.

꾸뻬 씨가 보기에 제랄딘은 심지어 자기 딸보다도 어린 듯했다. 긴 목선, 어린아이 같은 느낌을 주는 함박 미소, 영리해 보이는 눈매, 제멋대로 뻗친 짧은 머리 밖으로 불쑥 튀어나온 당나귀 귀, 아직도 성장 중인 청소년처럼 어딘가 어설픈 가녀린 몸매. 게다가 제랄딘은 말하면서 긴 손으로 제스처를 많이 취했다. '딱히 예쁘다고 말하기는 힘들지만, 활력이 넘치는 데다 어떻게 보면 광적인 기색마저 느껴지는군', 이라고 꾸뻬 씨는 생각했다. 나중에 안 사실이지만 제랄딘은 벌써 스물여섯 살로, 나이보다 훨씬 어려 보였다.

프로그램 진행자가 꾸뻬 씨를 소개하면서 덧붙이길, "오늘은 정신과 의사 한 분을 모시고, 진료실에서 맞이하는 젊은이들이 어떤 어려움을 토로하는지 고견을 들어보는 시간을 갖도록 하겠습니다"라고 말하자, 제랄딘은 마치 농담이라도 주고받듯 그에게 한쪽 눈을 찡끗해 보였다.

여성 정치인은 단정한 회색 정장 차림에 목엔 멋진 스카프를 두르고, 보일 듯 말 듯한 진주 귀고리를 걸고 벨벳 머리핀을 꽂았다. 꾸뻬 씨는 그 모습을 보면서 그녀가 독실한 가톨릭 신자일 것이라고 짐작했다.

반면에 제랄딘은 대단한 몸매도 아니면서 몸에 착 달라붙는 검은색 스웨터에, 마치 양탄자로 재단한 듯한 오렌지색 스커트를 입고 있었다. 꾸뻬 씨는 패션에는 문외한이지만, 어쩌면 제랄딘의 차림새가 요즘 젊은이들 사이에 유행하는 복장이 아닐까 하는 생각이 들었다. 특히 자그마한 백산호 귀고리가 그런 느낌을 주었다. 방송이 끝나고 제랄딘이 탁자에서 내려왔을 때에야 비로소 그녀가 신고 있는 구두를 보면서, 꾸뻬 씨는 젊은이들 사이에 유행하는 최신 트렌드를 좀 더 구체적으로 짐작해볼 수 있었다.

"박사님 견해는 어떠신가요?"

이번에도 꾸뻬 씨는 잘 듣질 않았다. 하지만 그는 어린 시절부터 남이 하는 말을 듣지 않으면서도 마지막 문장은 기가 막히게 기억하는 재주가 있었다. 아직 언급하지는 않았지만, 그는 이런 재능을 그를 지루하게 만드는 일부 환자들을 상대할 때 사용하곤 했다(우리는 이 부류의 환자에 대해서는 아직 언급하지 않았다). 아무튼 그는 제랄딘이 한 말의 끄트머리를 제대로 기억하고 있었다. 그녀는 "젊은이들은 특히 지루한 것이라면 질색이죠"라고 말했다.

"요즘 젊은이들은 예전과는 다른 안경을 끼고 지냅니다." 꾸뻬 씨가 맞장구를 쳤다.

"네? 그게 무슨 소리죠?"

꾸뻬 씨는 사람들이 모두 자기를 쳐다보고 있다는 걸 깨달았다. 사실상 안경의 비유는 그다지 명확한 편이 아니어서, 청취자들에게 제대로 이해시키려면 그 안경에 대해 어느 정도 설명해주지 않으면 알아듣기 힘들 수도 있을 듯했다.

"제가 드리고 싶은 말씀은, 요즘 젊은이들은 삶을 예전과 다른 방식으로 바라본다는 겁니다." 꾸뻬 씨가 말했다. "예를 들면, 요즘 젊은이들에게 지루함이란 곧 자신이 제대로 된 삶을 살고 있지 않다는 증거가 되는 겁니다.

"지루함을 받아들이라고?" 제랄딘이 낭랑한 소리로 외친다. "절대 그럴 순 없지요!"

젊은이들의 안경에 대해 설명하는 꾸뻬 씨

꾸뻬 씨는 자기 세대의 사람들은 아주 어릴 때부터 지루함을 견디도록 교육받으며 자랐다고 설명했다. 학교에서는 선생님 말씀이 지루하더라도 그저 잠자코 듣고 있어야만 했고, 게다가 지루한 과목은 또 어찌나 많던지. 집에서도 지루하기는 마찬가지였다. 온 집안을 통틀어 TV라곤 한 대뿐인데 그나마 자주 시청할 수도 없었다. 집안 식구들이 성당에 다니는 경우, 미사 시간 또한 엄청 지루했다. 평화 시에 군복무를 해야 했던 남자들은 뭔가 흥미로운 일이 벌어지기를 기다리며 몇 날 며칠을 지루하게 보내야 했다. 심지어 바캉스 철에도 지루했다. 부모님들은 매년 똑같은 장소, TV조차 없는 그곳을 찾았고, 당연히 인터넷 같은 건 아직 존재하지 않던 시절이었으니까!

"정말 그랬겠군요. 그런 문명의 이기들이 없는 삶을 상상하기란 쉬운 일이 아니네요." 제랄딘이 제일 먼저 반응을 보였다.

"그러니까 우리 세대는 지루함이란 마치 비오는 날 같아서, 피한다고 피해지는 게 아니라고 여기며 살았죠. 덕분에 다소 지루한 일도 흥미로운 양 보이기도 했어요. 하지만 당신과 같은 오늘날의 젊은이들은 그렇게 생각하지 않죠. 지루함을 어떻게든 피해야 할 먹구름이라고, 뭐랄까 일종의 고통으로 여기니까요."

제랄딘은 꾸뻬 씨에게 "브라보!"를 외치듯 엄지를 추켜세우며 빙긋 미소 지었다.

"네, 맞아요." 그녀가 말했다. "지루함은 정말 고통이나 다를 바 없어요. 영어에도 '눈물 날 정도로 지겨운'이란 표현이 있잖아요!"

"요즘 젊은 세대는 권위를 인정하려 들지 않듯 지루한 것도 받아들이지 않습니다." 이번에는 여성 정치인이 말을 이어받았다. "내가 중점적으로 관리하는 젊은이들에게는 권위에 대한 존중이라곤 도무지 눈뜨고 찾아볼 수도 없습니다."

"그건 다른 한편으론, 좋은 점도 없지 않습니다." 꾸뻬 씨가 말했다.

"좋은 점이라니요? 그게 무슨 말씀이죠?" 여성 정치인이 뜻밖이란 표정으로 꾸뻬 씨를 쳐다봤다. 마치 얌전한 모범생이라고 믿는 학생한테 말을 걸었는데, 알고 보니 그 학생이야말로 선생이 등을 돌리자 고의로 소란을 일으킨 주동자임을 알아차린 선생님의 표정 같았다.

꾸뻬 씨는 이전 세대에 속하는 사람들의 경우를 볼 때, 유독 감수성이 예민한 사람들이 이 같은 권위주의적인 교육에 짓눌린 나머지 자기 같은 정신과 의사들을 찾았다고 말했다. 더러는 여러 해에 걸쳐 정신과 상담을 받은 후에야 비로소 그 억압에서 벗어나고, 자존감을 회복했으며, 진정으로 자신이 원하는 것에 전념하게 되었다고 설명함으로써 그녀를 안심시키고자 했다.

"오늘날엔 이런 사례가 예전보다 줄었습니다. 금기 사항이 훨씬 줄어든 요즘엔 사람들이 보다 편한 마음으로 삶의 첫발을 내디딜 수 있죠."

이번에는 스튜디오로 전화를 걸어 선정된 청취자들에게 발언권이 주어졌다.

먼저 파브리스란 이름의 반듯한 젊은이가 말했다. 좋은 환경에서 교육을 받았고 수많은 젊은이들이 첫 직장으로 선망하는 유명한 글로벌 기업에서 일을 하고 있다고 자신을 소개한 그는, 그러나 일에 치이고 지루해서 못 살겠다면서 그런 사람이 자기 혼자만이 아니라고 말했다. 어째서일까?

"저는 그저 톱니바퀴의 일부분일 따름입니다. 다른 사람들을 위해 자료를 수령하고 취합하고, 절차가 제대로 이뤄지는지 살핍니다. 요컨대 설명하기조차 따분한 일이죠."

"솔직히, 좀 그렇네요!" 제랄딘이 웃으며 맞장구를 쳤다.

"그래서 말인데, 저는 다른 사람들에게 설명해줄 수 있고 결과가 눈에 보이는 일을 하고 싶습니다! 어떤 날은 이건 아무 의미도 보람도 없는데, 내가 지금 뭘 하고 있는 거지 하는 생각이 절로 들기도 합니다……."

"그렇다면 공방 같은 걸 차려보면 어떨까요?" 제랄딘이 물었다.

"진즉 그런 생각을 했으면 좋았을 텐데." 젊은이가 대꾸했다. "아마도 언젠가는……."

"아니죠." 제랄딘이 말했다. "바로 지금 자기가 좋아하는 일, 하고 싶은 일을 해야죠. 그렇지 않으면 삶은 의미가 없을 테니까요!"

"네. 말씀 감사합니다. 저희 상사한테 말해봐야겠어요." 젊은이가 웃으며 말했다.

"멋져요. 우린 파브리스, 당신 편이에요!" 제랄딘이 응원했다.

그 밖에 다른 젊은이들의 전화 상담도 여러 차례 이어졌고, 그때마다 '의미'의 문제가 자주 언급됐다.

"그런데 박사님, 자기가 하는 일에서 어떻게 의미를 찾아야 할까요?" 프로그램 진행자가 물었다.

"글쎄요……."

꾸뻬 씨는 어쩐지 첫 단추가 제대로 끼워지지 않았다는 생각을 하면서 입을 열었다. TV나 라디오에서는 언제나 구체적인 사례로부터 시작하는 편이 바람직하지 않던가. 꾸뻬 씨는 그래서 여성 정치인 쪽을 돌아다보며 상황을 반전시키려 했다.

"가령 제 오른쪽에 앉아 계신 분은 어려움에 처한 젊은이들에게 도움을 줌으로써 좀 더 나은 세상을 만들려고 하는 데서 의미를 찾고자 하십니다. 이를테면 자신보다 더 큰 뭔가에 헌신함으로써 의미를 찾으려 하는 거죠."

여성 정치인은 옳은 말이라고 대뜸 맞장구를 치면 자신이 대단한 사람처럼 비쳐질 수도 있다는 염려 때문에 두려운지 잠자코 있었다. 꾸뻬 씨는 그녀가 가톨릭 신자의 안경을 끼고 있다고 추측했다.

"자신보다 더 큰 뭔가라니, 우아, 야심만만한 의미로군요!" 제랄딘이 말했다.

"반드시 그렇진 않습니다." 꾸뻬 씨가 말을 받았다. "예를 들면 가족의 복지를 위해 신경 쓰는 일도 많은 사람들에게 의미 있는 일일 수 있습니다."

"제랄딘은 무엇에 의미를 부여합니까?" 프로그램 진행자가 물었다.

"방금 전에 벌써 말한걸요?" 꾸뻬 씨가 말했다. "'재미를 느끼지 못하면 삶은 의미가 없다!' 라고요."

"아, 그래도 그게 전부는 아니죠……." 조금 마음이 상한 듯 제랄딘이 이의를 제기했다. "저도 역시 세상이 좀 더 나아지길 바라거든요!"

"어떻게 함으로써?" 프로그램 진행자가 물었다.

"자기 일을 열심히 하고, 사람들이 좀 더 많은 정보를 가질 수 있도록 노력하는 거죠! 예를 들자면, 그래요, 바로 그거죠, 윗분이라면 아랫사람들이 하는 말에 귀 기울일 줄 알아야죠. 젊은 사람들이 월급 많이 받는 건만 좋아하는 게 아녜요, 자기가 맡은 일에서 의미도 찾고 싶어 한다고요. 물론 지루한 건 딱 질색이고요!"

꾸뻬 씨는 과연 오전 10시에 얼마나 많은 사장님들이 이 방송을 들을지 의문이었다.

"그런데, 박사님." 제랄딘이 꾸뻬 씨 쪽으로 고개를 돌리면서 물었다. "박사님도 진료실에서 지루하실 때가 있으신가요?"

방송의 주제에서 벗어나는 질문이었다. 아니나 다를까, 프로그램 진행자가 지적했다.

"우리 박사님의 직업 활동에 실례가 되는 질문은 삼갑시다, 제랄딘. 젊은 세대, 그러니까 제랄딘 당신 세대 이야기로 되돌아가죠."

"그런 게 아니죠," 제랄딘은 물러서지 않았다. "지루함이란 대단히 진지한 주제입니다. 저는 정신과 의사라면 아마 지루함을 느끼지 않을 수 있는 비법을 알고 있지 않을까 생각했다고요!"

꾸뻬 씨는 난감했다. 그는 어쩌면 자기 환자들이 이 방송을 들을 수도 있으리란 생각이 들면서, 자신을 지루하게 만드는 환자들도 있다는 담당 의사의 고백을 그들이 듣기라도 하면 어쩌나 걱정스러웠다. 그래서 그는 이렇게 말했다.

"아니죠. 저희 정신과 의사란 직업의 가장 커다란 매력은, 환자를 진정으로 대하고 또 이야기를 들어줄 줄 안다면 지루할 틈이 없다는 것일 테니까요."

그건 대개 맞는 말이었다. 하지만 제랄딘은 꾸뻬 씨의 말을 못 믿겠다는 듯 시큰둥한 표정이었다.

꾸뻬 씨와 클라라

다음 날 저녁, 꾸뻬 씨는 그날의 마지막 환자인 로날드에게 작별 인사를 했다. 로날드는 항상 늦은 시각이 되어서야 퇴근했고, 또 꾸뻬 씨로서도 어느 정도 거리를 두고 자신이 너무 예민하게 반응하지 않도록 오히려 피로가 쌓인 시각이 낫다고 판단해, 그의 진료 시간을 느지막이 잡기로 서로 양해가 되어 있었기 때문이다.

"많이 좋아졌습니다." 로날드가 말했다. "하지만 박사님하고는 저의 진짜 중요한 문제가 해결되는 것 같은 느낌이 들지 않습니다."

꾸뻬 씨는 하마터면 "'진짜 중요한 문제'라니, 그게 대체 무슨 뜻인가요?"라고 물을 뻔했으나, 시간이 늦었고 이미 상담 시간이 지났기에 꾹 참았다.

"그건 아주 중요한 주제가 아닐 수 없습니다." 꾸뻬 씨가 말했다. "그러니 다음번에 이 문제에 대해 얘기를 나누도록 하지요."

"하지만, 저 다음으로 올 사람도 없지 않습니까?" 로날드가 말했다. "그러니까 지금 당장 얘기를 나누면 안 될까요?"

로날드와 비슷한 기질을 가진 사람들이 대개 그렇듯, 그는 꾸뻬 씨가 다른 환자들보다 자신에게 보다 많은 시간을 할애하는 게 당연하다고 믿는 모양이었다. 그래서인지, 실제로 로날드는 꾸뻬 씨가 자신과의 상담 시간을 끝내고자 대기실에서 다소곳이 기다리고 있는 다른 환자들의 존재를 일깨워줄 때마다 투덜거리 곤 했다.

꾸뻬 씨는 그런 사실을 알려주는 게 로날드에게 도움이 되리라 생각했다. 로날드는 다른 사람들도 그와 똑같은 필요에 따라 진료실을 찾았다는 사실을 인정할 필요가 있었던 것이다.

하지만 그날 저녁 대기실은 비어 있었고, 로날드도 이를 알고 있었다.

"오늘은 곤란합니다. 3분 뒤 통화를 하기로 되어 있거든요."

그건 사실이었다.

꾸뻬 씨는 아내 클라라와 스카이프로 통화하기로 약속이 돼 있었다.

꾸뻬 씨는 로날드가 떠나자마자 컴퓨터 앞에 자리를 잡고 앉아 클라라가 전화를 걸어오길 기다렸다.

드디어 클라라의 모습이 나타났다. 꾸뻬 씨는 수수하면서도 어여쁜 클라라의 얼굴에 다소 수심이 어려 있는 모습을 볼 때마다 가슴이 뭉클해지곤 했다. 오늘만큼은 클라라의 얼굴에 웃음이 감돌게 해야겠다고 마음먹었다.

"어떻게 지내?" 꾸뻬 씨가 물었다.

"뭐, 별로 새로울 건 없어." 그녀가 말했다. "난 여느 때처럼 열심히 일하고 있고. 하긴 이 도시에선 열심히 일하지 않는다면, 그게 이상한 거지."

클라라는 뉴욕에서 근사한 사무실에서 일했다. 한편으로 꾸뻬 씨는 그런 사실이 자랑스럽기도 했고, 한편으론 그곳으로 클라라를 떠나보낸 자기가 어리석었다고 자책했다.

아닌 게 아니라, 그 결단은 사랑의 증표였을까(클라라가 무척이나 좋아하는 일을 하도록 내버려둔 것), 아니면 애정 결핍의 증표였을까(자기 곁에 붙잡아두기 위해 아무런 조치도 취하지 않은 것)?

만일 꾸뻬 씨가 다른 정신과 의사를 찾아가 상담을 받았다면, 아마도 그 의사는 꾸뻬 씨더러 클라라에게 그 일에 대해 어떻게 생각하는지 물어보라고 했을 듯싶다. 하지만 약 처방의 경우도 그렇지만, 대개 정신과 의사는 다른 동료 정신과 의사를 찾아가 상담 받기를 꺼린다. 이리하여 벌써 몇 달째 꾸뻬 씨와 클라라는 서로 소식을 주고받으면서도 정작 정말로 심각한 그 문제에 대해서는 함구했다.

하지만 클라라는 이번만큼은 회피할 생각이 없었다.

"난 그동안 우리가 우리 두 사람에게 정말로 중요한 문제에 대해선 이야기를 피해왔다는 느낌이 들어."

꾸뻬 씨는 불과 5분 사이에 똑같은 말을 두 번이나 듣는 기분이었다. 이번엔 심장이 멎는 것 같았다.

"우리한테 정말로 중요한 문제라고? 그게 무슨 말이지?"

클라라는 망설였다. 그녀는 눈길을 아래로 떨어뜨리더니, 이내 꾸뻬 씨를 똑바로 쳐다보았다.

"난 우리가 여전히 진짜 부부인가 하는 의문이 들거든."

바로 그 순간 누군가가 진료실 벨을 눌렀다. 뜻밖이었다. 꾸뻬 씨는 아무런 약속도 잡지 않았기 때문이었다. 어쨌든 누군가가 진료실 인터폰을 누른 것이었다. 어쩌면 로날드가 뭔가를 놔두고 왔는지도 모르고, 아니면 귀가하다가 문득 꾸뻬 씨에게 자신의 진짜 중요한 문제에 대해 말할 것이 생각났는지도 모를 일이었다.

"미안해." 꾸뻬 씨가 말했다. "문을 열어줘야 해."

꾸뻬 씨는 또다시 클라라가 근심 어린 표정을 짓게끔 만들었고, 자신 또한 클라라가 부부 문제를 화제로 꺼낸 것에 대해 근심을 떨치지 못한 채, 문을 열러 갔다.

제랄딘이었다!

"그냥 즉흥적으로 와봤어요!" 그녀가 마치 재미난 장난 한번 쳐봤다는 듯 웃으며 말했다. "건물 입구에서 누가 마침 건물 바깥으로 나가기에 그 틈에 들어올 수 있었어요."

"아니, 미리 전화라도 하지 그랬어요?"

"그렇지 않아도 오후에 전화를 드렸는데, 선생님 비서가 진료 환자가 너무나 많다고 하면서 바꿔주지 않았어요."

"그럼, 메시지라도 남기지 그랬어요?"

"물론 남겼죠, 선생님 머릿속에. 아직 안 읽으셨나 봐요?" 제랄딘이 키득대며 말했다.

"어쨌든 지금은 적당한 타이밍이 아닙니다." 꾸뻬 씨가 말했다.

"아, 이해해요. 하지만 문제될 거 없어요. 기다리면 되니까요." 제랄딘이 당당하게 대기실로 향하면서 말했다.

꾸뻬 씨는 제랄딘을 바깥으로 내쫓느니 차라리 기다리게 하는 편이 시간이 덜 걸리리라 생각하면서, 클라라와 통화를 계속하기 위해 사무실로 향했다.

"무슨 일 있어?" 클라라가 물었다.

"아니, 일은 무슨. 누가 약속을 잡으려고 왔어."

꾸뻬 씨와 클라라는 말없이 서로를 쳐다봤다. 클라라가 던진 질문이 꾸뻬 씨의 뇌리를 맴돌고 있는데도 거기에 대해서 아무 말도 못했다. 당연히 클라라도 자기가 던진 질문을 잊지 않았지만, 재차 언급하기엔 용기가 부족했다.

'헤어지면 상대에게 고통을 줄까 봐 두려운 나머지 우리 두 사람이 계속 부부로 남아 있는 걸까?' 이런 생각이 일순간 꾸뻬 씨의 머릿속에 섬광처럼 스쳐 지나갔다.

상대에게 고통을 안겨줄까 봐 두려워하는 것이 사랑의 징표일까?

클라라는 꾸뻬 씨가 옳다는 것을 증명하기라도 하듯 더는 묻지 않았다. 대신 두 사람은 최근 며칠 동안 있었던 일들에 대해 이야기를 주고받았다. 그러는 동안 꾸뻬 씨는 혹시 클라라가 부부 문제를 꺼낸 것이 다른 남자를 만났기 때문은 아닐까 상상해봤다. 아니야, 무슨 부질없는 생각을······.

두 사람은 마치 두 여행객이 서로 멀어질 때 하듯 손을 흔들며 작별 인사를 했다. 꾸뻬 씨는 이번에는 클라라가 웃지 않았다고 생각했다.

그제야 꾸뻬 씨는 제랄딘이 대기실에서 기다리고 있다는 사실이 떠올랐다.

꾸뻬 씨의 새로운 추종자

∘○∘

"그렇다니까요, 우리 함께 책을 써요!" 제랄딘이 흥분된 목소리로 말했다. "멋질 거예요!"

그녀는 보라색 점들이 박힌 선명한 초록색 인조 모피를 그대로 걸치고 있었다. 마치 마약에 취한 표범처럼 보였다. 반면에 부드러운 가죽 재질의 멋진 승마용 부츠는 매우 고전적이었다.

'저렇게 고전적인 스타일과 튀는 스타일을 함께 뒤섞는 게 요즘 트렌드인 모양이지?' 꾸뻬 씨가 생각했다.

"박사님 진료실 실내장식이 아주 마음에 들어요." 제랄딘이 말했다. "다양한 수집품들이 잘 어울리네요……."

꾸뻬 씨는 대꾸는 하지 않았지만 기분이 좋았다. 요컨대 자기 진료실이 한 '여성 로날드 환자'가 말한 것처럼 '허접'하지는 않다는 말일 테니까.

"근데, 정리는 좀 하셔야겠네요, 훗!"

제랄딘은 꾸뻬 씨를 다시 만나 기뻤고, 심지어 재미나기까지 했다. 비록 꾸뻬 씨는 바로 밖으로 나가 근처 단골 식당에서 신문을 읽으며 저녁 식사를 하고 싶은 강렬한 욕구에도 불구하고, 사무실에 몇 분간 더 붙잡혀 있어야 한다는 사실에 조금 기분이 상했지만 말이다.

"그쪽은 책을 쓰고픈 마음이 있나 본데, 난 아닙니다." 꾸뻬 씨가 말했다.

"잠시만요. 설명할 시간은 주셔야죠!"

'제랄딘도 여성 로날드 기질이 조금 있구만.' 꾸뻬 씨가 생각했다. 하지만 정도가 지나친 편은 아니니, 어디 한번 무슨 얘길 하나 들어나 볼까?

제랄딘은 두 사람이 처음 마주친 그 방송 프로그램에 자신이 고정 출연하는데, 대개 초대 손님으로 출연하는 다른 정신과 의사들은 진부한 반면 꾸뻬 씨는 흥미롭고 재미있더라는 말로 시작했다.

"박사님 말씀을 듣고 있는 동안 조금도 지루하지 않았어요!"

"고맙군요. 기분 좋은 말이긴 하지만, 그렇다고 해서 제가 책을 쓰고 싶어지거나, 쓸 역량이 있다고 느낀다는 건 아닙니다."

"네, 그러시겠죠. 제 설명이 미흡했어요. 그러니까 말이죠, 집필은 제가 하는 겁니다."

제랄딘은 인터뷰 형식의 책이 될 거라고 설명했다. 그녀가 꾸뻬 씨에게 질문을 던지면 그가 대답하는 식으로 말이다. 그리고 꾸뻬 씨가 원하면 나중에 얼마든지 내용을 다시 손볼 수도 있을 터였다.

"대체 무슨 인터뷰를 하려는 겁니까?"

"모든 것, 아니 거의 모든 것!" 제랄딘이 웃으며 말했다. "훌륭한 정신과 의사라면 어떤 주제든 간에 할 말이 있을 테니까 말이죠."

"명심해요. 나는 내가 아는 것에 대해서만 말하는 걸 더 좋아합니다."

"어머나, 박사님이 갑자기 너무 심각해지니까 재미가 덜한걸요!"

"난 누군가에게 일부러 재미를 주려고 하지는 않습니다! 게다가 오늘은 아주 긴 하루였거든요."

"아, 저도 그러려니 생각했어요." 제랄딘이 말했다. "알아요, 박사님. 잘 알아요."

그런데도 제랄딘은 뜻을 굽히지 않았다. 그녀는 꾸뻬 씨가 제시할 답변들이 많은 사람들의 흥미를 끌 것이고, 두 사람은 멋질 뿐 아니라 유용하기까지 한 책을 만들 수 있으리라 확신했다.

"현명한 답변을 애타게 기다리는 사람들이 많습니다. 방향을 잃어버린 사람들 말이에요."

그건 맞는 말이로군. 꾸뻬 씨도 동감이었다. 자신도 방금 클라라와 통화하고 나서 어떻게 해야 좋을지 방향을 잡지 못하지 않았던가 말이다.

별안간 꾸뻬 씨는 제랄딘의 적극적인 태도를 보면서, 어쩌면 그녀 덕분에 핑크색 안경에 관한 책을 성공적으로 쓸 수 있으리란 생각이 들었다!

그러자 좋은 아이디어가 떠올랐다.

간단한 테스트를 실시하는 꾸뻬 씨

∘○∘

꾸뻬 씨는 책상 서랍에서 검은색의 작은 몰스킨 수첩을 꺼냈다.

"받아요. 제랄딘, 내가 주는 작은 선물이에요. 아니, 빌려주는 거라고 해야겠군요."

"수첩이라고요? 우아! 근데 이게 뭐죠? 선생님 일기장?"

"아니, 그건 아니고, 그저 여행 다니며 써놓은 메모장이에요."

"어떤 내용을 써놓으셨는데요?"

"뭐든요. 행복, 사랑……. 사실 이건 선물인 동시에 간단한 검사라고도 할 수 있죠."

"검사요? 박사님 지금 저한테 무슨 복잡한 테스트 같은 거 하시는 거예요?"

"맞아요, 그쪽이 어떤 사람인지 좀 더 알아야 하니까요. 함께 일해야 하는데, 중요하지 않겠어요?"

"알았어요, 알았다고요, 헌데 제가 뭘 해야 하는 거죠?"

"그러니까, 이 수첩엔 행복해질 수 있는 여러 교훈이 적혀 있어요."

"멋져요. 그럼 이 수첩만 있으면 제가 행복해질 수 있겠네요?" 제랄딘이 수첩 쪽으로 손을 뻗으며 말했다.

"기다려요⋯⋯."

꾸뻬 씨는 제랄딘에게, 수첩에 담긴 다양한 행복의 교훈 중에서 자신에게 가장 중요해 보이는 것을 스스로 찾아야 한다는 말을 해줬다.

"시간을 충분히 갖고서 그 교훈들을 읽고 또 읽어봐요. 급할 것 없으니까." 꾸뻬 씨가 그녀에게 수첩을 건네주며 말했다. "그런 다음 나에게 전화해요."

꾸뻬 씨는 헤어질 채비를 하려고 일어섰다.

하지만 제랄딘은 자리를 뜨기는커녕 마치 무슨 보물이라도 발견한 듯 흡족한 표정으로 정신없이 수첩을 넘기는 거였다!

갑자기 제랄딘이 수첩의 어느 한 페이지에 얼굴을 파묻었다. 읽기 위해 무지 애쓰는 듯한 안쓰러운 표정이었다.

두 눈이 커지더니, 그녀가 크게 소리 내어 읽었다.

"교훈 18번. 행복이란 동시에 여러 여자들을 사랑할 줄 아는 것이다."

제랄딘은 믿을 수 없다는 표정으로 꾸뻬 씨를 올려다봤다.

제기랄, 꾸뻬 씨는 분명 그 부분을 지웠다고 생각했는데! 그런데 제랄딘 같은 젊은 여성 기자의 눈은 피하기가 힘든 모양이다⋯⋯.

"저기, 그건 말이죠⋯⋯, 그땐 내가 젊었습니다. 그리고 여기 이렇게 줄을 그어서 지웠잖아요⋯⋯."

제랄딘이 미친 듯이 웃기 시작했다.

"수첩엔 그보다 훨씬 유용한 내용들도 많이 적혀 있어요⋯⋯."

그래도 한번 시작된 제랄딘의 웃음은 쉽게 멈추지 않았다. 어찌

나 심하게 웃는지 풍성한 외투 자락이 다 흔들릴 정도였다.

"저기요, 박사님은…… 너무나 웃겨요." 그녀는 눈물을 훔치며 딸꾹질까지 했다.

"정말? 그런가요?"

"박사님이 '지웠잖아요'라고 말할 때의 표정을 봤어야 하는데……"

"좋아요, 암튼 그렇게 기분이 좋다니 다행이네요." 꾸뻬 씨가 말했다. "하지만 난 할 일이 있어서 이만 가봐야겠습니다."

제랄딘의 얼굴에서 순식간에 웃음이 사라졌다.

"벌써요? 이제 겨우 말이 좀 통하기 시작한 걸요?"

꾸뻬 씨는 화가 났지만, 다른 한편으론 제랄딘의 목소리에서 버림받은 사람의 침통한 아픔을 느꼈다.

"잘 알겠는데, 난 여행 준비를 해야 해요, 급해요."

제랄딘이 수첩을 뒤적이는 동안 꾸뻬 씨에게는 퍼뜩 그런 생각이 들었다. 한시라도 빨리 클라라를 보러 가야겠다고. 물론 전부터 생각은 하고 있었으나, 꾸뻬 씨는 방금 전 클라라와 통화를 하면서 그래야 할 필요성을 느꼈고, 그제야 정신이 퍼뜩 들었던 것이다.

"여행을 떠나신다고요? 그럼, 책은요? 저한텐 전혀 관심이 없으시군요?" 제랄딘이 외쳤다.

그녀는 엄마, 아빠가 자기만 혼자 집에 놔두고 시내 레스토랑에 저녁 먹으러 간다고 통보받은 어린 소녀마냥, 순간 얼굴이 고통으로 일그러졌다. 꾸뻬 씨는 그녀가 보기보다 감수성이 매우 예민하거나 또는 아주 약거나, 아니면 둘 다일 거란 생각이 들었다.

그는 정신과 의사가 취할 수 있는 가장 편안한 목소리, 다시 말해 환자에게 병원에 입원해서 휴식을 취해야 한다거나 전기 쇼크 치료가 효과가 있을 것이라는 등의 말을 할 때 쓰는 목소리로 말했다.

"잘 들어요. 그사이 그쪽은 생각할 시간을 가질 수 있을 겁니다. 그런 다음, 우리 다시 만나자고요. 약속하리다, 그때 책에 대해 얘기합시다."

"네, 좋아요. 근데 멀리 떠나세요?"

"아, 그저 친구들이나 좀 만나보려고요." 꾸뻬 씨가 대답했다.

여행을 떠나는 꾸뻬 씨

◯◯

얼마 후 꾸뻬 씨는 단골 식당에서 여느 때처럼 맥주와 참치 샐러드, 그리고 신문을 앞에 놓고 앉아 있었다. 그의 주변으로는 함께 나이 먹어가는 종업원들이 분주하게 돌아다녔다.

그런데 여느 때 같으면 저녁을 먹는 동안만큼은 평온한 시간을 누릴 수 있었던 반면, 그날은 전혀 그렇질 못했다. 그는 줄곧 클라라를 생각하지 않을 수 없었다. 그녀가 "난 우리가 여전히 진짜 부부인가 하는 의문이 들거든"이라고 말하며 지었던 서글픈 표정이 뇌리를 떠나지 않았다. 때문에 식욕도 거의 사라져버렸다.

꾸뻬 씨는 정신이 혼란스러워 신문에도 집중하지 못하고 평소 즐기던 디저트인 럼주 카스테라도 주문하지 않은 채 샐러드만 허겁지겁 끝낸 뒤, 휴대폰으로 국제선 항공편을 검색하기 시작했다.

그는 클라라를 보러 갈 참이었다. 하지만 가슴 졸이고 안절부절 못하는 상태에서 만나러 가고 싶지는 않았다. 꾸뻬 씨에게는 이 같은 결정적인 만남의 순간을 갖기에 앞서, 자신에게 도움이 될 조언이 절실했다.

부부 사이가 좋지 않을 때 사람들은 대부분 정신과 의사를 찾아가기보다는 우선 친구들을 만나 얘기를 나눠보는 편을 선호한다.

꾸뻬 씨도 예외는 아니었다.

꾸뻬 씨는 살면서 뭔가 커다란 번민에 사로잡힐 때마다 늘 세 친구를 찾아가곤 했다. 그중 한 사람은 장-미셸인데, 꾸뻬 씨와는 의과대학에서 함께 공부했고 졸업한 뒤 그는 인도주의적 의료 활동을 위해 먼 곳으로 떠났다. 다음으로 에두아르는 초등학교 때부터 친구 사이였다. 그는 은행가, 불교 수도승, 한량, 에스키모 사회에서의 인도주의 활동가 등, 꽤나 다양한 삶을 살았으면서도 사람은 늘 그대로였다. 마지막으론 한때 연인이었던 아녜스인데, 꾸뻬 씨와는 꾸준히 연락을 취하면서 매년 신년 인사도 주고받고 서로 근황을 알리는 사이였다. 아녜스는 미국의 명문 대학에서 심리학 교수로 명성을 떨치고 있었다.

세 사람은 클라라를 젊은 시절부터 잘 알고 있는 만큼, '난 우리가 여전히 진짜 부부인가 하는 의문이 들거든'이라고 한 그녀의 말을 떠올리기만 해도 거의 발작을 일으킬 것만 같은 꾸뻬 씨의 위기감에 대해 틀림없이 부부를 위한 좋은 방향으로 조언해줄 수 있으리라 여겨졌다.

그뿐 아니라, 꾸뻬 씨는 세 친구들을 만나보는 일이 제랄딘과 공동 집필하기로 한 저서의 주제와도 맞겠다고 생각했다.

그도 그럴 것이, 과연 이 세 친구들은 삶을 헤쳐 나가기 위해 어떤 핑크색 안경을 찾아냈을까?

꾸뻬 씨는 세 친구들이 젊은 시절에 어떤 안경을 꼈는지는 잘 알고 있다. 하지만 지금은 그 친구들도 어쩌면 새로운 안경을 만들어내지 않았을까?

각양각색의 외투와 스카프를 걸친 사람들이 레스토랑 안으로 들어오는 모습을 지켜보던 꾸뻬 씨는 우선 장-미셸부터 만나야겠다고 마음먹었다. 장-미셸은 열대지방에 체류 중이었는데, 꾸뻬 씨로서는 기후를 한번 바꿔보는 것도 나쁘지 않을 것 같았다.

그는 첫 번째 행선지로 가는 적당한 비행 편을 예약했다.

그런 다음엔 이 친구에게서 저 친구에게로 옮겨 가는 비행 편들도 차례로 해결했다. 우선 열흘 정도 예정으로 친구들을 둘러본 다음 최종 목적지인 클라라에게 갈 작정이었다. 꾸뻬 씨 인생의 여인이자 그에게 두 자녀를 선사해준 어머니인 클라라. 그는 남자가 충분한 관심을 보이지 않음으로써 너무도 허망하게 인생의 여인을 잃어버릴 수도 있다는 사실을 통감하지 않을 수 없었다.

그런 상념에 빠져 있던 꾸뻬 씨는 기분 전환도 할 겸, 제랄딘에 관해 좀 더 알아보기로 했다.

후식으로 나온 럼주 카스테라를 음미하면서 그는 다시 한 번 스마트폰에 집중했다.

제랄딘은 페이스북 친구가 수백 명이나 됐고, 무려 수천 명에 이르는 트위터 추종자를 거느리고 있었다. 또한 그녀는 블로그도 갖고 있었는데, 거기서 꾸뻬 씨는 늙은 프로그램 진행자, 활짝 웃고 있는 그녀(여성 정치인의 모습은 보이지 않았다), 그리고 그 방송국 스튜디오에서 두 사람과 함께 있는 자기 모습이 담긴 한 장의 사진을 보고 적잖이 놀랐다. 그 사진엔 '슈퍼급 정신과 의사와의 방송' 이란 설명이 달려 있었다.

제랄딘은 현대미술 전시회나 젊은 패션 디자이너, 젊은이들의 연애 생활 등의 다양한 주제로 여성지에 많은 기사를 게재한 경력이 있었다.

그녀는 문장 말미를 유머러스하게 장식하는 등 글을 꽤 잘 썼다. 그래서 꾸뻬 씨는 그녀와 함께 집필하면 독자들에게 자기 아이디어를 좀 더 흥미롭게 전달할 수 있으리란 예감이 들었다.

그는 또한 제랄딘이 개인사에 대해서는 전혀 드러내지 않는 것으로 보아 이미지 관리에 철저한 인물임을 짐작할 수 있었다.

반면 그녀의 블로그에는, 그녀가 방금 잠에서 깬 듯한 헝클어진 머리에 수염도 제대로 깎지 않은 젊은 사내와 팔짱을 낀 채 찍은 사진이 여러 장 눈에 띄었다. 그 남자는 꾸뻬 씨는 이름도 모르는 음악 그룹의 리더였는데, 검색해보니 일렉트로-펑크 계열의 그룹이었다. 꾸뻬 씨는 그것이 무슨 뜻인지 알아보려는 노력은 그쯤에서 포기했다.

사진 속에서 제랄딘은 언제나 멋진 모습이었다. 이를테면 그녀는 태어날 때부터 핑크색 안경을 끼고 있는 사람 같아 보였다.

그렇긴 해도, 그녀를 두 번째로 만난 뒤부터 꾸뻬 씨는 실상은

아마도 그녀가 보여주는 것과는 다를 수 있으며, 분명 뭔가가 삐걱거린다고 느꼈다.

"그런데 그게 뭐, 누군들 어딘가가 조금씩 삐걱거리지 않을 수 있겠어?"

꾸뻬 씨는 계산서를 요청하면서 이렇게 혼잣말을 했다.

비행기에 오르는 꾸뻬 씨

∽○○∾

꾸뻬 씨는 공항에서 탑승 수속을 밟기 위해 무척 긴 줄을 서야만 했다.

그는 줄을 서지 않고 우선 탑승하는 휠체어 탄 사람들이나 어린 자녀들을 둔 부모들이 부럽기조차 했다.

'난 분명 줄을 잘못 선 게지…….' 그는 이렇게 생각했다. 하지만 이내 마음을 고쳐먹고, 평소 좋아하던 핑크색 안경을 쓰기로 했다. 거리를 두고, 기회를 엿보라.

'이국적인 나라로 여행을 떠날 수 있는 자유가 있고 그럴 만한 여건이 된다는 것은 얼마나 커다란 행운인가!' 마음을 고쳐먹자 이런 식으로 생각이 바뀌기 시작했다.

'무작정 찾아가서 조언을 구할 수 있는 좋은 친구들이 있다는 것 또한 얼마나 큰 행운인가!'

그가 돌보는 환자들 중에는 친구도 없고 과거에도 친구라고는 한 번도 있어본 적 없는 이들도 있다(이따금씩 그는 자신이 이들에게 대리 친구가 되어주는 셈이란 생각이 들기도 했다)는 사실을 모르지 않는 꾸뻬 씨로서는, 자신이 대단한 행운을 누리고 있음을 누구보다 잘 알았다.

그는 기다리면서 지루함을 잊기 위해 자기 앞의 젊은 커플을 관찰했다.

두 사람은 모두 갓 스무 살을 넘긴 듯했는데, 벌써부터 셔츠에 반바지를 입고 샌들 차림으로 나선 모양새가 마치 이들이 꿈꾸던 열대 나라에 이미 도착한 것처럼 보였다. 반면 대부분의 다른 여행객들은 출발지 날씨에 맞춰 재킷이나 점퍼를 걸친 차림이었다.

꾸뻬 씨는 이 젊은 낙관주의자 커플에 대해서 더 많이 알고 싶었다. 예컨대, 젊은 세대라면 으레 쓰게 마련인 종류의 안경 이외에 또 어떤 종류의 핑크색 안경을 쓰고 있는지 궁금했다.

"아시아 여행은 처음인가요?" 그가 두 사람에게 물었다.

젊은 커플은 그를 부드러운 눈길로 쳐다보았다. 젊은 아가씨가 대답하길, 이번이 세 번째 여행이며 그들은 이미 남아메리카, 인도, 호주 등지를 여행했다고 대답했다.

그녀는 그들이 1년 내내 절약해서 여행 경비를 모았고, 때로는 현지에서 일을 찾아 돈을 벌어가며 여행을 계속하기도 한다고도 했다.

"보통 땐 제가 파트타임으로 우편배달을 합니다." 수염을 약간 기르고 눈매가 서글서글한 남자가 말했다.

"저도 비정규직으로 일을 해요. 그렇게 하면 자기 시간을 가질 수 있거든요." 자그마한 체구에 햇볕을 두려워할 법한 매우 창백한 피부를 가진, 금발의 젊은 여자가 말했다.

꾸뻬 씨는 정말 세상이 변했다는 생각을 했다. 자기 세대에서는, 특히 남성이라면 일터에서 직업적으로 성공하지 않고서는 행복해질 수 없다고들 여겼다.

그런데 쥘리와 마티유(그 젊은 커플의 이름)에게 있어 행복이란 얼핏 보기에도, '일터' 밖에서 찾을 수 있는 것이었다. 어쨌든 자기 나라의 일터에서는 찾을 수 없는 것이었다.

꾸뻬 씨는 쥘리와 마티유가 교육 수준이 상당히 높고, 본인들이 원한다면, 라디오 방송에 소개된 젊은이 파브리스만큼 번듯한 일자리를 구할 수도 있었다는 사실을 알고는 깜짝 놀랐다.

하지만 그렇게 하는 대신 두 젊은이는 세계를 돌며 카우치서핑 couch surfing(잠잘 수 있는 '소파couch'와 파도를 타는 '서핑surfing'의 합성어로, 숙박 또는 가이드까지 받을 수 있는, 여행자들을 위한 비영리 커뮤니티를 뜻한다—옮긴이)이나 우핑woofing(우프wwoof, world-wide opportunities on organic farms. 전 세계의 유기 농장에서 일할 수 있는 기회를 원하는 이들을 위해 설립된 농업 체험과 교류 목적의 NGO이다—옮긴이)을 선호했다. 젊은 커플은 꾸뻬 씨에게 두 단어의 뜻을 찬찬히 설명해줬다.

"우리는 우리가 좋아하는 것을 하기 전에 마냥 기다리기는 싫거든요." 쥘리가 말했다. "그건 의미가 없어요."

"지루하고 따분하게 사는 건 싫어요."

꾸뻬 씨는 제랄딘이 하는 말을 듣는 듯한 기분이었다.

"저흰 가끔 자원봉사를 하기도 해요. 인도에선 거리를 떠도는 아이들을 위한 쉼터에서 일했죠."

요컨대 두 젊은이는 이따금씩 자신들보다 커다란 뭔가를 지향하는 데서 의미를 찾기를 원했다.

꾸뻬 씨는 이런 대화를 나누면서 시간을 보냈다. 그러다 보니 앞쪽엔 여전히 사람이 많았지만 그래도 어느새 대기 줄에서 상당히 진행된 상태였다. 멋진 해변과 황금빛 불상, 넘쳐나는 술집 여자들, 그리고 전문가들의 말에 의하면 예전보다는 못하다지만 수백만 관광객들을 맞아주는 현지인들의 미소 등으로 이름난 동남아시아 국가의 수도로 떠나는 항공편이니, 줄이 긴 건 사실 어찌 보면 당연한 노릇이었다.

꾸뻬 씨는 비행기에서 내리면 자동차를 타고 국경으로 갈 것이고, 거기부터는 밤길을 걷고 국경을 넘어 장−미셸이 머무는 산악 정글 지대로 갈 참이었다. 산악 정글 지대라는 말에서도 알 수 있듯이, 산악이라곤 해도 그다지 높고 험난한 지대가 아니라는 것쯤은 식물에 대해 조금이라도 아는 사람들이라면 금세 짐작할 수 있을 터였다.

전쟁터에 간 꾸뻬 씨

∞

"이곳은 벌써 한 달째 폭격이 없었어." 장-미셸이 행복한 어조로 말했다. "좋은 징조지."

꾸뻬 씨는 정글로 뒤덮인 언덕들을 감싸고 있는 안개 낀 지평선을 바라보았다. 장-미셸은 좋은 징조라는데, 자기가 보기엔 그저 뚫고 들어갈 틈이라고는 없이 밀집한 자연의 아름다움만 보일 따름이었다. 하지만 그 역시 멋진 자연에 좋은 징조까지 더해졌다고 하는 친구의 말을 믿고 싶었다.

어쨌든 행복이란 비교의 문제이기도 하니까. 이미 폭격을 겪은 사람에게는, 비록 안개가 자욱하긴 해도, 폭격기 없는 텅 빈 하늘이라면 그것만으로도 진정한 행복이 될 수도 있을 터였다!

꾸뻬 씨는 그런 시각 또한 다른 종류의 핑크색 안경이라 생각했다.

∞ 깨달음#5 가끔씩 당신의 현재를 과거와 비교해보라.

하지만 그 같은 핑크색 안경은 현재가 과거보다 나을 때에나 비로소 작용하는 데다, 꾸뻬 씨의 경우처럼 일정 나이가 지나면, 현재가 꼭 과거보다 나으리란 법도 없었다.

꾸뻬 씨는 자기 왕국을 굽어보기 위해 대나무로 만든 망루에 오르는 친구 장-미셸 쪽을 올려다보았다.

그는 웃통은 아예 벗어버리고 반바지만 허름하게 걸친 차림이었지만, 완벽한 옆얼굴, 운동선수처럼 날렵해 나이가 거의 느껴지지 않는 체구, 백발이 성성한 풍성한 머리숱과 더불어 전설의 왕 같은 분위기를 풍겼다.

'어쩌면 장-미셸은 일이 십 년 후엔 하느님이나 제우스신을 닮아 있을지도 모르겠군', 이라고 꾸뻬 씨는 생각했다.

대학 시절 장-미셸은 꾸뻬 씨의 친구들 가운데 가장 미남이었다. 때문에 천사장 미카엘 성자라는 별명으로 불리곤 했던 장-미셸은 묵묵히 자기 갈 길을 갔다. 그의 마음을 사려고 애쓰던 수많은 여자들은 성공하지 못하고 실망만 하기 일쑤였다.

그러던 어느 날 장-미셸이 세상에서 가장 가난한 지역에서 어린아이들과 그 아이들의 엄마들을 돌보는 인도주의 의료 활동을 하겠다면서 훌쩍 떠나는 바람에, 그를 따라다니던 뭇 여성들은 영영 헛물만 켜게 되었다.

그 후 세월이 흐르면서 꾸뻬 씨는 그와 얘기를 나누고 싶고, 또 자기가 얼마나 안락하게 살고 있는지 상기하고 싶어질 때면 장-미셸을 찾아가곤 했다.

한번은 장-미셸이 맥주를 두어 잔 들이켜더니, 이제껏 여자들이 자기한테 큰 관심사였던 적은 단 한 번도 없다는 말을 한 적이 있다. 그 뒤로 꾸뻬 씨도 장-미셸도 그 주제를 더는 입에 올리지 않았다.

꾸뻬 씨는 자기 친구들이나 심지어 클라라까지도, 정말로 중요한 주제에 대해선 말하지 않는 대단한 재주를 가진 사람들이란 생각이 들었다. 꾸뻬 씨는 중요한 주제에 대해서라면 단지 환자들하고만 말을 나눌 따름이었다!

"자네, 어디 불편한 점은 없어?" 장-미셸이 물었다.

"없어." 꾸뻬 씨가 대답했다. "다 좋아."

천막 속에 모기장을 쳐놔서 네 발로 기어 나와야 하는 야전침대를 좋은 방이라 하고 자갈 바닥의 강 한 귀퉁이를 훌륭한 욕실이라 부를 수 있다면야 모든 것은 진짜로 다 좋았다.

기후까지 좋다고 말하기는 힘들었다. 낮에는 습하고 너무 더웠고, 밤에는 습한 가운데 고지라서 추웠다. 하지만 꾸뻬 씨에게는 비교를 통해서 행복감을 망친다는 건 불가능했다, 모든 이들이 똑같은 조건에서 지내니 말이다!

"이 점은 자네가 이해해줘야 해." 장-미셸이 말했다. "만일 정부군이 여기까지 오게 되면, 그땐 우리가 바로 터전을 옮겨야 한다는 사실 말일세!"

"음, 이해하고말고."

"자, 그럼 한잔하러 가세."

장-미셸이 변한 점이 있다면, 예전보다 술을 더 많이 마신다는 점이었다. 꾸뻬 씨는 그 전날 그곳에 도착했을 때부터 이런 사실을 눈치챘다.

어쩌면 장-미셸에게도 이따금씩 작은 핑크색 보조 안경이 필요하기 때문일까?

천막 식당으로 내려가는 진창길에서 마주친 여자들과 아이들이 장-미셸과 그의 곁을 지날 때 두 손을 공손히 모은 채 고개 숙여 인사했다. 꾸뻬 씨는 그러나 이들이 자기한테 인사할 땐 고개를 덜 숙인다는 사실을 알아챘다.

여자들은 자기 부족을 표시하는 색상의 천으로 짠 사롱(크고 긴 천으로, 허리 등에 감아서 싸는 형태로 입는다-옮긴이)이란 걸 입고 있었으나("여기선 '롱이'라고 한다네"라고 장-미셸이 알려주었다), 아이들은 아주 어린데도 벌써 만화영화 주인공이 찍힌 티셔츠를 입고 있었다.

"그런데, 남자들은 안 보이네?" 꾸뻬 씨가 물었다.

"순찰하러들 나가 있지. 정부군 동태를 살피러 전방에 나가 있어. 일단은 휴전 상탠데, 아직은 괜찮은 것 같아. 남자들만 싸우는 게 아냐, 여전사들도 있어. 부상자 중에도 두 명이나 있는걸."

장-미셸은 지붕에 천을 얹은 길쭉하고 허름한 대나무 건물 두 채를 가리켰다. 그곳은 병원이었는데, 최근 벌어진 전투에서 부상당한 사람들뿐 아니라 일반 환자들, 특히 가족들에게 맡겨둘 때보다 좀 더 많은 보살핌이 필요한 갓 출산한 젊은 산모들이 입원해 있었다.

"자네, 말라리아 예방약은 잘 먹었겠지?" 장-미셸이 물었다. "난 자네까지 내 환자로 돌보고 싶진 않거든!"

두 사람이 또 다른 대나무 건물 안으로 들어가자, '여성 로날드'들이라면 인테리어 아이템으로 열광했을 커다란 티크 원목 탁자 앞에 위장복을 입은 젊은 아시아 청년 한 명이 앉아 있었다. 그는 장-미셸을 보자 일어서서 그에게 악수를 청했다.

"샤를, 내 친구 꾸뻬 씨라네. 오늘 아침 도착했지." 장-미셸이 영어로 말했다.

"환영합니다." 옻칠한 작은 밥공기와 물병(아니, 꾸뻬 씨는 그 안에 든 것이 쌀로 빚은 술임을 알아챘다) 앞에 앉아 있던 샤를이 다시 일어나며 말했다.

"샤를은 이 지역 책임 장교라네." 장-미셸이 설명했다. "우리가 장소를 옮겨야 한다면, 샤를이 그 사실을 나한테 알리게 되어 있지."

그때 강에 가서 설거지를 하고 왔을 젊은 여자가 차곡차곡 쌓아 올린 밥공기 더미와 수저 한 움큼을 든 채 들어왔다. 바로 곁에서 물소리가 들려오는 것 같았는데, 그 강에서 그릇들을 씻어 오는 모양이었다. 그 여성도 위장복을 입고 있었다.

"안녕하세요, 장-미셸." 그 여성은 빛을 발한다는 말 말고는 달리 표현할 길 없는 미소를 지으며 인사를 건넸다.

"안녕, 키와." 장-미셸이 대꾸했다. "여기는 내 친구 꾸뻬 씨. 키와는 우리 병원에서 일하는 간호사들 중 하나라네."

"안녕하세요." 키와가 인사했다.

빛나는 미소… 아니, 광채를 발하는 미소? 꾸뻬 씨가 생각했다.

키와가 꾸뻬 씨와 장-미셸 앞에 작은 밥공기를 가져다놓았다.

샤를이 술을 따르자, 세 사람은 함께 잔을 부딪쳤다.

꾸뻬 씨는 샤를이란 이름을 듣고서 조금 의아해했다. 샤를은 스스로 그 이름을 선택했는데, 그건 샤를 드골 장군을 매우 존경하기 때문이라고 흔쾌히 설명했다.

"저도 드골 장군처럼 우리 민족의 자유를 위해 싸우거든요." 샤를이 이렇게 덧붙였고, 모두들 다시 한 번 위대한 샤를을 위해 건배했다.

술을 두 공기나 받아 마신 꾸뻬 씨는 혹시 위에 구멍이 뚫리는 건 아닌지 걱정하면서도 어쨌든 지금 자기가 장-미셸이 운영하는 병원에 와 있다는 생각을 했고, 다행스럽게도 마침 그 순간 키와가 두 사람 앞에 튀긴 닭다리가 담긴 접시를 내려놓았다.

밖엔 어느새 짙은 어둠이 깔려 있었다. 키와는 두 사람을 위해 석유 등잔을 켰다. 키와보다 나이가 많은 두 여성이 들어오더니 식사를 준비했다.

이곳에선 남자들은 전쟁을 하고, 여자들은 음식을 하고 전쟁도 했다.

장-미셸은 꾸뻬 씨에게 키와 같은 간호사들은 정찰대에 소속되어 부상병이 발생할 경우 치료를 담당한다고 말해주었다. 더불어 장-미셸은 간호사들이 정부군에 포로로 잡힐 경우, 총살당하기

전 대개 강간을 당한다는 사실도 알려주었다.

꾸뻬 씨는 장—미셸을 찾아올 때마다 매번 세상의 끔찍한 모습을 새롭게 발견하곤 하는데, 도대체 그런 일에 익숙해지려면 어떤 종류의 안경을 써야 하는지 자문해보지 않을 수 없었다.

아마도 키와와 장—미셸은 나름의 안경을 갖추고 있는 듯했다.

장-미셸의 안경

∞

밤이 더 깊어지자 샤를은 '야간 순찰'을 나가야 한다며 자리를 떴다. 꾸뻬 씨는 어쩌면 그것이 자러 간다고 에둘러 말하는 그만의 방식은 아닐까 하는 생각이 들었다.

키와와 다른 여성들이 두 사람을 위해 과일을 깎아 접시에 내왔다. 장-미셸과 꾸뻬 씨는 망고와 용과를 찍어 먹으며 토론을 벌였다.

"자네 여기서 앞으로도 오래 머물 작정인가?" 꾸뻬 씨가 물었다.

"모르겠네. 사실, 우리 단체에서 내린 결정에 따랐다면 난 벌써 석 달 전에 여기를 떠났어야 한다네."

장-미셸이 소속된 대규모 국제 인도주의 단체는 이곳 말고도 이 나라의 똑같이 헐벗고 외진 다른 지역들에서도 활동을 펼치고 있었다. 다른 점이 있다면, 그런 곳들은 적어도 중앙정부와 전쟁 중이 아니라는 정도였다. 반군 지역에서 활동을 지속하는 경우 심각한 외교 분쟁을 불러올 수도 있었다.

"우리 단체 집행부에서는 다른 지역들에서 활동할 수 있도록 차라리 이 지역을 희생하길 원하지. 나도 그 입장을 이해 못 하는 건 아니네만."

"하지만 자넨 떠나지 않고 계속 이 지역에 남아 있지 않은가?"

"그렇다네, 여기 사람들 하고 정이 들었다고나 할까?" 장-미셸이 웃으며 말했다. "암튼 지금 현재로선 난 개인 자격으로 머물고 있어. 이 지역에서 필요한 물자나 약품은 개인 후원자들의 도움으로 조달하고 있다네."

동기들이 그 단체의 집행부에서 차근차근 경력을 쌓고 있거나 아니면 방향을 틀어 민간 기업이나 정치판에서 활동하고 있는 데 반해, 장-미셸은 그 누구도 들어보지 못한 산악 정글에서 소수민족과 더불어 혼자 외로이 고군분투 중인 것이다.

꾸뻬 씨는 불과 몇 년 전만 하더라도 장-미셸이 그 단체의 간부로 있으면서 대규모 프로젝트를 이끌고 외국 정부들과 협상을 벌였던 일을 기억하고 있었다.

그는 꾸뻬 씨의 그런 생각을 눈치챘는지 빙긋 웃으며 말했다.

"젊은 시절 하던 일로 되돌아온 셈이라네!"

"무슨 생각으로?"

장-미셸이 한숨지으며 말했다.

"어쩌면 다시 한 번 젊음을 느껴보고 싶었는지도 모르지. 아니, 그냥 해본 소리일세. 솔직히 요즘은 예전보다 많이 힘들거든."

"그런데?"

"여기서 내가 하는 일은 곧바로 결과가 보인다네. 이를테면 장인이 자기가 한 작업의 결과를 바로 확인하는 기쁨 같다고나 할까? 모든 것이 뚜렷한 의미를 갖는다네."

꾸뻬 씨는 같은 말을 또다시 듣고 있다는 생각이 들었다.

"그러니까 말이지, 난 행정이나 외교 분야를 책임지고 있을 때도 일을 꽤 잘하는 편이었어. 하지만 내가 보기엔, 경험 많은 의사로서 일하고 있는 지금만큼 유능하진 않았던 것 같다네. 물론 나자신이 중요한 사람이라고 느끼고 그렇게 대접받는다는 것도 나쁘지 않고."

"물론 자네는 키와나 샤를에게 중요한 사람이고, 자네 환자들에게도 중요한 사람일 테지.

"맞아. 내가 하는 말을 완전히 이해했구먼. 나란 존재는 뻑적지근한 접견실에서 악수나 청하는 장관이나 대사들보다는, 그 사람들에게 훨씬 더 중요한 사람일 테지."

장-미셸에게는 '로날드적' 성향이라고는 전혀 엿보이지 않았다. 다시 말해 장-미셸 자신도 겪었듯이, 그는 뻐기길 좋아하는 사람들에게 뻐길 만한 사람으로 비쳐지기보다는, 뻐길 것이라고는 전혀 없는 사람들을 조금이라도 덜 불행하게 만드는 데 더욱 큰 관심을 가진 사람이었다.

"어려운 시기엔 어때?" 꾸뻬 씨가 물었다.

"아, 그럴 때는 별로 없다네."

"그래도 있을 거 아냐?"

장-미셸은 생각에 잠겼다. 장-미셸을 잘 아는 꾸뻬 씨로서는 자기 친구가 정말로 어려운 시기에 대해선 입을 열지 않으리란 사실을 알고 있었다. 꾸뻬 씨는 그런데도 장-미셸이 뭔가 말해주기를 기대했다. 그래야 그가 난관을 어떻게 돌파하는지 꾸뻬 씨 자신이 이해하는 데 도움이 될 테니까.

"그러니까, 다시 말하지만, 여기서 보내는 매 순간은 즉시 눈에 보이는 의미를 갖는다네." 마침내 장-미셸이 입을 열었다. "갓 태어난 아기를 바라보는 엄마의 시선, 병세가 호전되는 부상자…… 나란 존재가 무척 유용하지. 어려운 시기가 닥치면 나는 나 자신의 임무에 집중을 해. 그러면 모든 게 다시 순탄해지지."

꾸뻬 씨와 달리, 장-미셸은 자신이 어떤 소명을 가지고 있는지 또는 자신이 무슨 일을 해야 좋을지 등에 관한 의문을 품어보지 않았다. 그럴 수밖에 없는 것이, 만일 그가 현재의 자기 자리를 떠날 경우 그 자리를 채워줄 사람이 아무도 없지 않은가!

그런 이야기를 나누고 나자 꾸뻬 씨는 이제 장-미셸과 클라라에 대해 이야기를 하고 싶었다. 하지만 바로 그 순간 키와가 나타나, 장-미셸을 급히 찾는다는 말을 전했다. 한 여성이 출산할 조짐을 보인다는 것이었다.

장-미셸이 자리를 뜨자, 꾸뻬 씨는 친구와의 대화를 통해 두 가지 교훈을 새로 얻었다는 생각을 했다. 하나는 행복에 대한 교훈, 또 다른 하나는 새로운 안경에 관한 것이었다.

그는 예전에 작성했던 스물여덟 가지 교훈 목록에 다음과 같이 첨부했다. 가능한 한 자주, 당신이 가장 잘할 수 있는 일을 하라.

물론 그러려면 자신이 잘할 수 있는 것, 이를테면 자신의 강점이 무엇인지 사전에 알고 있어야만 한다. 꾸뻬 씨는 자신 역시 환자들로 하여금 약점을 보완하기보다는, 그들이 가장 잘할 수 있는 것을 찾게 하거나 또는 기억하게 함으로써 그들을 보다 행복하게 만들었다는 사실을 떠올렸다.

○○─ 깨달음#6 힘겨울 때면, 당신이 하고 있는 것의 의미를 되새겨보라.

수 세기 동안 대부분의 사람들은 주로 부모와 같은 직업에 종사하면서 가족을 먹여 살리는 것만으로도 삶에 의미를 부여할 수 있었다. 하지만 학업의 중요성이 높아지고 젊은 세대의 독신생활이 길어지면서, 사람들은 자아 성취나 최대한 재미나게 살기, 또는 이타적으로 보다 나은 세상 만들기처럼 보다 복잡한 의미를 찾아 나서게 되었다.

경쟁 업체를 넘어서거나 합병함으로써 기업을 가능한 한 최대한으로 확장하는 것을 삶의 목표로 삼았던 백만장자가 뒤늦게 인도주의적 행동에 매진하려는 열망을 품는 경우도 간혹 있기는 하다.

물론 장-미셸이나 꾸뻬 씨가 직업적으로 그러하듯, 자신이 직접 돕는 사람들과 접촉하는 경우 삶의 의미는 보다 확실하게 보인다.

오늘날 점점 더 많은 젊은이들이 인도주의적 구호활동 분야에서 일하기를 희망하지만, 대개는 그런 단체에서 회계 일을 꿈꾸는 경우는 좀처럼 없다. 하지만 회계 일도 대단히 중요한데, 그런 일을 하는 사람이 있어야만 다른 사람들이 현장에서 구조 활동을 펼칠 수 있을 테니 말이다.

　요즘은 일터들이 점점 더 복잡해지는 추세라, 수많은 사람들이 자기가 하는 일에서 의미를 찾지 못하기도 하고 더러는 꾸뻬 씨 같은 정신과 의사를 찾아와 어려움을 털어놓기도 한다. 꾸뻬 씨는 이런 사람들이 어쨌든 삶의 의미를 찾을 수 있도록, 통찰력을 키워주거나 다른 곳에서 의미를 찾도록 돕는다.

키와의 안경

∾○○∾

장-미셸이 꾸뻬 씨에게 다시 돌아와 테이블 앞에 앉았을 때, 키와도 캄캄한 밤을 가로질러 모습을 나타냈다.

장-미셸은 키와에게 합석을 권했고, 키와는 꾸뻬 씨가 보기에 마치 꽃송이가 활짝 피어나는 듯한 미소를 다시 한 번 지으며 고맙다고 말했다.

"키와, 당신이 꾸뻬 씨에게 이 지역의 역사적 상황에 대해 말해주구려. 내가 조금 설명하긴 했지만, 혹시라도 실수할까 봐 두렵소."

"기꺼이 말씀드리죠." 키와가 말했다.

키와가 자기 민족의 역사를 얘기하게 되어 무척이나 기뻐하고 있음이 꾸뻬 씨에게도 고스란히 전달되었다.

키와에 따르면, 히말라야 지맥에서부터 바다에 이르기까지 광대한 영토를 거느렸던 그들 나라는 애초부터 제각기 다른 이름과 언어를 가진 여러 왕국들로 쪼개져 있었다고 한다. 이 왕국들은 서로 간에 공주를 보내 정략결혼을 맺기도 하고, 때론 작지만 잔혹한 전쟁을 벌이기도 했다. 영토의 중앙을 차지하고 있으면서 가장 커다란 영토를 가진 왕국이 주변의 다른 왕국들을 복속시키려

했으나, 그들이 저항했기 때문이었다. 그러던 차에 영국이 이곳에 들어와 이웃한 인도를 식민지로 삼고, 이내 주변 왕국들까지 차지하여 제국을 확장하려 했다. 이 지역 언어를 정확히 발음할 줄 몰랐던 영국인들은 지역 전체를 버마라 불렀고, 전쟁에서 거듭 패한 원주민들은 결국 영어와 '하느님, 여왕 폐하를 지켜주소서(영국 국가—옮긴이)'를 받아들였으며, 새로운 세금을 납부하게 되었다. 그후 이 지역은 비교적 평온을 유지하다가 새로운 제국인 일본이 개입하면서부터 또다시 혼란에 빠져들었다. 중앙을 차지하고 있던 옛 왕국의 수장들은 영국인들을 몰아낼 셈으로 일본과 결탁했던데 반해, 그 밖의 작은 왕국들의 수장들은 정반대 입장을 취했다. 결국 우리가 이미 알고 있듯이, 일본은 전쟁에서 패한 후 이 지역을 떠났다. 그 후 식민지 경영이 더는 '용납되지 않는' 까닭에 영국조차 떠나자, 중앙 지역의 대국과 주변 작은 나라들 간에 전쟁이 재개되었다. 이들 나라들 중 더러는 화해 협정을 맺기도 했지만, 꾸뻬 씨에게 역사 이야기를 들려주는 키와가 속한 나라는 그렇질 못했다.

"우리는 독립을 원하지 않아요." 그녀가 말했다. "우린 자립을 원합니다. 우리의 언어를 지키길, 우리만의 정부 형태를 원하지요."

이야기를 듣던 꾸뻬 씨는 달라이라마가 티베트를 위해 요구하는 바를 떠올렸지만, 그러한 비교가 그리 낙관적이 아닌 까닭에 키와에게 아무 말도 하지 않았다.

"그런데, 선생님, 선생님 나라는 어떤가요?"

꾸뻬 씨는 키와에게 자기 나라에서는 중앙을 차지하고 있던 왕국이 결국 모든 영토를 복속시켰다고 대답했다.

"이를테면, 파리가 최종적으로 승리했다고 말할 수 있습니다."

키와의 눈이 반짝거렸다.

"파리 이야기 좀 들려주세요." 키와가 청했다.

꾸뻬 씨는 그녀에게 파리에 관해 들려주었다. 센 강이며 다리, 강가, 산책로, 나무, 테라스 등 요컨대 꾸뻬 씨가 아끼고 사랑하는 그의 파리를 소개하는 셈이었다. 꾸뻬 씨는, 평생토록 고향을 떠나본 적이라곤 없고 기껏 간호사가 되기 위해 공부하러 산중에 파묻힌 작은 도시인 그 지역의 주도(主都)에만 가봤을 뿐인 젊은 여성이 먼 나라의 도시를 꿈꾼다는 데 적잖이 놀랐다.

"멋지네요." 키와가 말했다. "영화를 여러 편 봤어요. 언젠가 한번 가보고 싶어요……."

"저도 그러길 빕니다." 꾸뻬 씨가 말했다.

"……다만 우리 민족이 자유를 찾은 다음에 말이에요!" 키와가 진지한 어조로 말했다.

삶의 의미를 찾은 또 한 사람,이라고 꾸뻬 씨는 생각했다.

하지만 이번에는 장-미셸처럼 장인으로서의 기쁨뿐 아니라, 민족의 해방이라는 보다 집합적인 의미가 더해지는 것이었다.

이를 애국심이라 할 수도 있겠지만, 어쩐 일인지 꾸뻬 씨의 나라나 그 이웃 나라들에서는 애국심이라는 단어가 케케묵은 것으로 간주되었다. 그 말이 끔찍한 전쟁을 상기시키기 때문일까.

그러나 애국자가 된다는 것은 분명 의미를 지니는 것으로, 지금 꾸뻬 씨의 눈앞에 있는 젊은 여성만 봐도 금세 이를 확인할 수 있었다. 즉 키와는 자신을 뛰어넘는 보다 커다란 어떤 것, 즉 조국에 헌신하는 사람이었다.

키와와 장-미셸 사이에 앉아 있던 꾸뻬 씨는, 두 사람에 비해 자신은 지나치게 개인적인 관심사에만 몰입해 있는 것 같아 못내 거북했다.

"선생님 직업은요?" 키와가 물었다.

키와가 관심을 가질 수밖에 없는 질문이었다. 그녀는 간호사 공부를 하면서 이미 여러 의사들을 만났을 테고, 요즘엔 정상급 의사 중에서도 최고인 장-미셸과 일하는 데다, 꾸뻬 씨 자신은 그녀가 만나본 첫 번째 정신과 의사였으니 말이다.

"아, 그건 환자에 따라 달라요……."

꾸뻬 씨는 어떤 환자들은 약을 처방하여 치료하고 또 어떤 환자들은 특히 자신들의 문제에 대해 심사숙고할 수 있게끔 길잡이가 되어주며, 스스로 핑크색 안경을 만들어서 끼도록 돕는다고 설명해줬다.

키와는 꾸뻬 씨의 말을 주의 깊게 듣더니, 자기는 약을 필요로 하는 동포 모두를 제대로 치료하기만 하면 그것만으로도 무척 다행일 거라고 말했다.

"전통의학만으로는 모든 병을 고치지 못하거든요. 선생님께서 다시 오셨으면 좋겠어요. 약도 가지고요."

"들었지?" 장-미셸이 꾸뻬 씨에게 물었다.

"생각해봄세." 꾸뻬 씨가 대답했다.

하지만 꾸뻬 씨는 자신을 잘 알고 있었다. 만일 자신이 장-미셸과 같은 삶을 살 수 있다면 그건 훨씬 젊었을 때에나 가능할 뿐, 관절에 이상이 생기고 쌀로 만든 술 석 잔만 마셔도 숙취로 고생할 게 뻔한 지금 나이에서는 아니었다.

이렇듯, 그다지 영웅적이라고 할 수 없는 속내를 차마 공개적으로 밝히지 못한 꾸뻬 씨는, 나중에 언젠가 장-미셸을 다시 보러 왔을 때 키와의 동족들에게 심리치료를 조금 시행해보겠노라고 속으로 다짐했다. 어쩌면 그 편이 진료실에 앉아 로날드와 같은 환자들을 돌보는 것보다 좀 더 의미가 있진 않을까?

그 후 세 사람은 잘 자라는 인사를 나누고 각자 자기 텐트로 돌아갔다.

텐트에서의 꾸뻬 씨

∞

꾸뻬 씨가 막 잠이 들려는 참에 휴대폰이 진동했다.

작고 힘센 이 기계는 기어이 수백 만 명의 관광객들이 우글대는 거대한 이웃 나라의 네트워크를 잡아낸 것이었다. 이 이웃 나라는 지금 꾸뻬 씨가 와 있는 나라보다 50년은 앞서 있었는데, 다른 곳들이 냉전이며 내란, 독재와 대량학살, 심지어 어떤 지역은 이 네 가지 재앙을 한꺼번에 겪어야 했던 데 반해, 다행스럽게도 이 지역의 모든 나라들 가운데 가장 평화로운 역사를 지니고 있기 때문이었다.

이런 사실 때문에 꾸뻬 씨는 자신이 오래전에 썼던 행복의 교훈 하나를 떠올렸다. 행복은 나쁜 자들이 통치하는 나라에서는 훨씬 더 얻기 힘들다.

그렇다고 해서 불가능한 것은 아니다. 바로 키와나 장-미셸이 좋은 예이다. 어쨌든 행복한 순간을 짬짬이 맛보는 것마저 불가능하지는 않다는 말이다.

꾸뻬 씨는 예정에 없이 클라라의 목소리를 들을 수 있기를 희망하면서 휴대폰을 귀에 가져가 댔다. 전화를 건 사람이 클라라이기를, 그녀가 자기한테 언제나처럼 사랑한다는 말을 해주기를 기대했다. 하지만 전화를 건 사람은 제랄딘이었다. 게다가 제랄딘은 약간 마음이 상한 것 같았다. 그녀는 꾸뻬 씨를 만날 수 있으리란 기대를 품고서 수백만 명의 관광객들이 들끓는 나라의 수도에 이미 도착한 상태였다.

"그런데, 선생님은 지금 정확하게 어디에 계신 거죠?"

제랄딘은 꾸뻬 씨의 출발에 앞서 자기도 같이 갈 수 있는 방법을 찾아보겠노라고, 라디오 방송국이나 신문사에 르포 기사를 제안해보겠노라는 말을 했었다. 그리고 마침내 현지의 현대 예술에 관한 기사를 쓰기로 한 잡지사와 이야기가 잘되었다는 것이었다!

꾸뻬 씨는 그녀에게 자기가 어디 있는지 말해주었다.

"와, 멋지네요! 제가 그리로 가도 될까요?"

"안 돼요, 제랄딘. 그건 불가능해요."

"어째서 그렇죠? 난 벌써 선생님을 뵈러 여기까지 와 있는걸요, 제길!"

꾸뻬 씨는 자기가 친구 장-미셸을 만나기 위해 샤를이 보내준 군인 한 명의 안내를 받아 밤중에 정글의 오솔길을 걸어 국경을 넘은 사정을 시시콜콜히 설명했다. 드디어 그를 맞아준 친구 장-미셸은 캠프에 도착한 꾸뻬 씨에게, 어디에 지뢰밭이 있는지 소상히 꿰뚫고 있는 최고의 안내인을 고르느라 자기가 꽤나 신경을 썼다고 고백했다.

꾸뻬 씨는 어둠 속에서도 쉼 없이 이리저리 길을 찾아서 앞으로 나아가는 안내인을 좇아가느라 고생은 좀 했지만, 지뢰가 묻혀 있다는 사실조차 모르고 있었던 것에 만족했다. 꾸뻬 씨는 이를 통

해, '행복이란 때론 알려고 하지 않는 데 있다'라는 또 한 가지 교
훈을 터득했다. 하지만 애석하게도 이 교훈은 돌아갈 때는 써먹을
수 없을 테지.

이번만큼은 제랄딘을 설득하기가 그리 어렵지 않았다. 그녀는
정 그렇다면 꾸뻬 씨를 만나러 오지 않겠다고 순순히 말을 들었
다. 대신, 꾸뻬 씨가 돌아오면 자기를 만날 수 있도록 호텔 이름을
가르쳐주었다.

"여기 예술은 완전 죽여줘요. 변화무쌍해요. 돈이 있다면 사두
어야 할 때예요. 선생님 진료실에 잘 어울릴 만한 작품들을 봤어
요. 원하신다면 제가 골라드릴게요!"

꾸뻬 씨는 모기장 너머로 희미한 달빛이 비치는 텐트 지붕을 쳐
다봤다. 이곳에선 현대미술 전시회를 상상하기가 쉽지 않았다. 하

물며 전시회 개막에 앞선 전야제니 다과 차림상 따위는 더 말할 나위도 없었다. 꾸뻬 씨는 또한 제랄딘이 '제가 골라드릴게요'라고 스스럼없이 말하며 친근하게 구는 행동에도 조금 놀랐다.

"언제 돌아오실 건가요?" 그녀가 물었다.

"모레쯤 되지 않을까 생각합니다."

꾸뻬 씨는 솔직히 장-미셸과 키와의 동족들과 좀 더 오랫동안 함께 지내고 싶었지만, 에두아르와 아녜스를 만나러 가는 일정이 그를 기다리고 있음을 잊지 않았다.

"저는 대만족이에요. 우린 그 책 집필을 시작할 수 있을 것 같아요."

하지만 꾸뻬 씨는 제랄딘이 정말로 자기가 수첩에 기록해둔 교훈들에 관심을 갖고 있는지 알고 싶었다. 그 점이야말로 과연 두 사람이 공동으로 집필할 수 있을지에 대한 좋은 지표가 될 테니 말이다.

"잠깐, 제랄딘. 그런데 그 테스트는? 가장 중요한 교훈은 어떤 것이던가요? 그러니까 적어도 그쪽이 보기에 말이오."

"솔직히 말해서, 많이 망설였어요. 예컨대 '행복이란 축제를 벌이는 것이다'란 교훈은 완전 제 얘기거든요. 그러니 그런 식이라면 전 교훈 따윈 필요 없는 셈이죠!"

"무슨 말인지 알 것 같군요."

"다른 교훈도 생각해봤어요. '행복이란 자기가 좋아하는 소일거리를 갖는 것이다' 요. 하지만 저는 소일거리도 벌써 갖고 있는걸요? 어쨌든 저는 매일 직접 소일거리를 찾아내니까요. 그러니 진짜 질문은, '어째서 우리는 자기가 하는 일을 좋아하는 것일까'가 되어야 할 것 같아요."

"그야 자기 일에서 의미를 발견하기 때문일 테죠." 꾸뻬 씨가 말했다.

"맞아요, 정확한 말씀이에요! 그런데 도대체 의미란 게 뭘까요? ……그건 대상을 어떻게 바라보느냐에 달렸을 테죠. 의미란 어떤 사람들에게는 세상에서 제일가는 부자가 되는 것일 테고, 또 어떤 사람들에겐 인도주의적 구호활동일 수도 있고요. 저는 또 다른 교훈에 마음이 쏠렸어요."

"뭔데요?"

제랄딘이 잠시 침묵하는 사이에 두 사람의 귀에는 똑같은 기계음 같은 잡음 소리만 들렸다. 꾸뻬 씨는 혹시 텐트에 친 모기장 안으로 침투한 집요한 모기 한 마리가 앵앵대는 소리가 아닐까 싶었다.

"그게 뭐냐고요?" 꾸뻬 씨가 재차 물었다.

"스무 번째 교훈. 행복이란 대상을 바라보는 관점이다."

"브라보!"

"정답인가요?"

"정답이야 물론 여러 개죠……. 하지만 그 교훈이 내가 당신에게 기대했던 답입니다."

"아, 다행이로군요! 그런데, 말은 그럴듯하지만, 도대체 어떻게 해야 대상을 바라보는 관점을 바꿀 수가 있죠?"

"자기한테 맞는 핑크색 안경을 만들어야죠." 꾸뻬 씨가 대답했다.

손님을 맞이하는 꾸뻬 씨

∘∞∘

다시금 침묵과 밤이 찾아들었다.

쌀로 빚은 술로 인해 꾸뻬 씨가 다음 날 아침 숙취로 고생할지 아직 알 순 없지만, 어쨌든 기가 막히게 맛난 그 술이 잠을 방해하는 건 사실이었다.

그때 바깥에서 발소리가 나더니, 누군가가 조용히 꾸뻬 씨의 텐트 한 귀퉁이를 들추고 안으로 들어왔다.

그는 누군가가 쌀로 빚은 그 몹쓸 술 때문에 실수로 천막을 잘못 찾은 것이라고 생각했다. 그런데 손전등이 켜지고, 놀랍게도 부드러운 키와의 얼굴이 나타났다. 꾸뻬 씨는 평생 젊은 아시아 여성이 한밤중에 자기 방에 몰래 들어온 건 이번이 두 번째이고, 이번만큼은 틀림없이 젊은 시절 겪었을 때와는 다른 이유 때문일 거란 생각이 들었다.

키와가 미소를 머금고 꾸뻬 씨를 쳐다봤다. 그녀는 파리, 또는 자기 직업에 관한 또 다른 얘기를 듣길 원하는 것일까?

"선생님께 조언을 구하고자 이렇게 왔습니다."

"네, 얼마든지. 그런데 어떤 조언입니까?"

꾸뻬 씨는 맨바닥에 우아하게 자리 잡고 앉은 젊은 여성을 앞에

두고 있는 만큼, 비록 지붕이 낮은 텐트 안이라 쉽지는 않지만 암튼 평소보다 좀 더 품위 있는 자세를 취하고 싶었다. 그는 마치 연회에 참석한 로마 귀족마냥 팔꿈치에 기대앉았다.

키와는 어떻게 말문을 열어야 할지 몰라 망설였다.

"그러니까, 그게 말이죠, 제가 결혼을 해야 할까요?"

"결혼을 한다고요? 일반적인 결혼 말입니까, 아니면 특정 남성을 염두에 두고 하는 말씀인가요?"

"특정인과의 결혼입니다."

"그 남성이 당신을 사랑하나요?"

"아, 네. 그야 물론이죠." 터져 나오려는 웃음을 억누르며 대답하는 그녀의 태도로 미루어 마치 문제의 남성이 자길 사랑한다는 사실엔 추호도 의심의 여지가 없어 보였다.

"그럼, 당신은 그 남성과 결혼하길 원합니까?"

"그걸 잘 모르겠어요."

"당신은 그를 사랑하지 않나요?"

"사랑하죠, 하지만, 내가 정말로 사랑하는 건 다른 남자거든요."

"그럼, 그 다른 남자도 당신을 사랑하나요?"

"네." 그녀가 슬픈 표정으로 대답했다.

"그렇다면, 뭐가 문젠가요?"

"그 사람 가족이 반대하거든요……. 그 사람은 벌써 약혼을 했어요."

키와는 말을 멈추고 눈길을 아래로 떨궜다. 꾸뻬 씨는 비록 키와가 영어도 능숙하게 구사하는 젊은 현대 여성의 외양을 하고 있지만, 실제로는 로미오와 줄리엣을 방불케 하는 다른 세상, 다른 시대의 사람이라고 생각했다.

"그렇다면 어째서 사랑하지도 않는 총각한테 시집가려 하는 겁니까? 무슨 피치 못할 사정이라도 있나요?"

"알고 싶거든요."

"알고 싶다뇨?"

"어떻게 하는 건지…… 전 전혀 경험이 없거든요."

키와는 한 번도 그걸 해본 경험이 없다고 했다. 그녀가 속한 사회에서는 젊은 여성이 혼전에 또는 적어도 약혼 전에는 '그걸 하지' 말아야 하기 때문이었다.

"그렇다면, 왜 조금 더 시간을 두고 결정하려 하지 않는 거죠?"

"왜냐하면 그 전에 어떤 건지 알고 싶거든요, 그 전에 말이에요……."

"무엇 전에요?"

"부대의 대공세 전에요. 공세가 임박했다고들 하거든요."

키와는 여성 전사가 군인들에게 포로로 잡힐 경우 대개 어떤 일이 벌어지는지 얘기했다. 꾸뻬 씨가 장-미셸에게 들어서 이미 알고 있는 얘기였다.

그래서 그녀는 그 전에 어떻게 '그걸 하는 건지' 알고 싶어 했다. 처음이자 마지막 성 경험이 강간이라면, 그건 너무나 끔찍할 테니 말이다. 비록 그렇게 끔찍한 일을 겪은 탓에 다음 생에서는 그보다 훨씬 나은 삶을 살게 되리라고 믿고 있다고 해도, 끔찍한 건 끔찍한 거였다.

"아무튼 그렇게 되기를 희망해요." 그녀가 이렇게 확신이 없는 어조로 결론을 맺자 꾸뻬 씨는 놀라지 않을 수 없었다. 그는 그녀가 독실한 불교 신자일 것이라고 짐작하고 있었으니까.

몰려오는 피곤 때문에 꾸뻬 씨는 빨리 대화를 끝내야겠다고 마음먹었다.

"그런데, 키와. 당신은 동지들 가운데 어느 한 사람과 좀 더 부드러운 방식으로 '그걸 해볼' 수는 없나요? 아님 기왕이면 당신이 사랑하는, 그 약혼했다는 남성과 그럴 수도 있을 테고요?"

놀란 키와의 눈이 휘둥그레졌다. 어떻게 이토록 점잖은 분이 그런 조언을 할 수 있단 말인가?

"하지만, 그건 좋지 않은 것 같아요."

"어떤 관점에선 분명 그럴 수 있겠지만, 지금은 예외적인 상황이잖아요. 전쟁 중이니까……"

키와는 생각에 잠겨 고개를 끄덕였다. 그녀는 잠자코 꾸뻬 씨의 논지를 경청했다. 그러고 나서 마음을 다잡았다.

"그런 일이 알려지면, 저에겐 씻기 힘든 오욕이 될 수밖에 없어요."

"네, 그럴 테죠……"

대화를 끝내기 위해 지름길을 선택하면 거의 언제나 성공을 거두기 힘들었다. 꾸뻬 씨도 그런 사실을 경험을 통해 알고 있었다. 하지만 늦은 시간이었고, 게다가 쌀로 빚은 술까지 마신 이후인지라……

'정신 차려!' 꾸뻬 씨가 속으로 자신을 다그쳤다. 나를 신뢰하는 이 젊은 여성을 어떻게 해서든 도와야 한다고.

그는 허리를 곧추세우고 책상다리를 하고 앉았다. 그러다 보니 자기 얼굴이 키와의 얼굴에 거의 붙다시피 할 것 같아 깜짝 놀랐다.

생각에 잠긴 듯한 그녀의 얼굴은 두 사람 사이에 놓인 손전등의 희미한 빛을 받아, 마치 사원 깊숙이 숨겨져 있던 신상처럼 아름다운 자태를 나타냈다.

순간 멀리서 "탕, 탕, 탕!" 하는 둔중한 소리가 들려왔다. 곧이어 쉭쉭 하는 소리가 들리고 연이어 강력한 폭발음이 들렸다. 갑자기 키와의 몸이 굳어지고, 꾸뻬 씨의 눈앞에서 그녀의 동공이 확대되어갔다.

꾸뻬 씨도 방금 들은 소리가 대포 소리임을 알아듣긴 했으나, 그저 TV에서 봤던 전쟁 르포의 한 장면을 떠올리게 할 뿐 이상하게도 그는 겁이 나지 않았다.

반면 키와는 이미 포격으로 인해 마을과 마을 사람들이 입은 피해를 자기 눈으로 직접 목격한 경험이 있었다.

요컨대 그 유명한 지식과 감정 사이의 차이가 불거지는 순간이었다.

그녀가 꾸뻬 씨를 쳐다봤다.

"선생님과도 안 될 건 없지 않나요?" 키와가 말했다.

"나랑?"

"네. 선생님과 그걸 한다고요!"

"저기, 이봐요, 키와⋯⋯."

그녀는 심각한 표정으로 한 손을 꾸뻬 씨의 뺨에 얹었다.

"차라리 나이 많은 분과 하는 게 오히려 낫다는 말을 한 친구가 한 적이 있어요."

"이봐요, 키와······."

그녀가 자기 얼굴을 꾸뻬 씨의 얼굴에 가까이했다. 이번엔 가벼운 미소까지 머금으면서.

또다시 "탕, 탕, 탕!" 하는 소리가 멀리서 들려왔다.

"선생님이 제 유일한 희망이에요······." 키와가 중얼거렸다.

극히 짧은 순간 꾸뻬 씨는 자신이 저항하기 어려운 유혹에 끌리고 있음을 느꼈다. 어쨌든 지금은 전쟁 중이고, 어쩌면 우리 두 사람이 내일 죽을 수도 있지 않은가!

하지만 그 순간뿐이었다. 절망적인 상황이라고 해서 순진한 젊은 처자를 농락할 수는 없지. 그 순간 꾸뻬 씨의 마음속에서 잠자고 있던 한 부분이 깨어나면서, 어차피 주어진 상황이니 좋은 게 좋은 거라는 식으로 받아들이자는 쪽으로 그를 꼬드겼다. 꾸뻬 씨는 의식적으로 클라라를 생각했다······.

키와가 꾸뻬 씨에게 막 입을 맞추려는 바로 그 순간, 꾸뻬 씨의 휴대폰이 진동했다.

그는 진심으로 클라라의 목소리를 듣고 싶었으나, 이번에도 또 제랄딘이었다.

"그런데 선생님, 그곳 현지에서 찍은 선생님 사진 있으면 보내 주시겠어요? 제 블로그에 올리게요. 무지 멋질 텐데!"

"사진이 있다 해도 여기선 보낼 수 없어요. 네트워크가 없거든요."

실제로 꾸뻬 씨는 클라라와 스카이프를 통해 영상통화를 할 수 있는지 확인해본 터였다.

"이런 제기랄! 중요한 뭔가를 놓친 기분이에요."

키와는 통화로 인해 방해받은 이 좋은 기회를 놓칠 수 없다는 듯 줄곧 꾸뻬 씨를 뚫어지게 쳐다보았다.

문득 꾸뻬 씨는 정말로 동시에 두 젊은 여성의 존재를 느꼈다. 자신의 귀에 대고 말하는 제랄딘, '좋아요'와 축제를 좋아하며 자기 삶의 의미를 찾으려는 제랄딘과, 꾸뻬 씨를 신뢰의 눈초리로 바라보는 키와, 의무와 명예, 애국심, 젊은 여성이 지켜야 할 덕목 등을 신봉하는, 이전 세상에서 온 키와가 있었다. 꾸뻬 씨의 머리에 좋은 아이디어가 떠올랐다.

정해진 틀에서 벗어나는 꾸뻬 씨

∞

"방금 그 생각, 나쁘지 않은데 말일세, 그렇게 되면 난 간호사 한 명을 잃어버리는 셈이지." 장-미셸이 말했다. "게다가 그러려면 키와에게 여권도 만들어줘야 할 테고."

아침이었다. 한 줄기 햇살이 천막 병원 문틈 사이로 파고들었다.

사방이 고요했다. 사람들이 두려워했던 대공세는 아니었고, 그저 야간에 벌어진 작은 총격전일 따름이었다.

장-미셸은 꾸뻬 씨가 처음 보는 간호사 한 명을 대동한 채 침상을 옮겨가며 환자들을 검진했다. 그는 심지어 자고 있거나 의식이 없는 듯한 환자들에게까지 시종일관 고무적인 말을 멈추지 않으면서 링거가 제대로 꽂혔는지 살피고, 배를 눌러가며 촉진하고, 붕대를 떠들어보기도 했다.

꾸뻬 씨는 환자들이 모두 젊은 사람들뿐이어서 놀랐다. 자기 나라에서는 병원 침상에 누워 있는 환자들은 주로 노인들이기 때문이었다.

"그런 문제점이 있구만." 꾸뻬 씨가 말했다. "그래도 내 계획대로 할 때 키와가 자기 민족을 위해 더 큰 힘을 발휘할 수 있을 것 같은데 말이야, 순찰 중에 총 맞아 죽는 것보다 더 많은 일을 할 수 있다니까."

장-미셸이 싱긋 웃었다.

"결국 자네도 상궤에서 이탈할 모양이군."

"상궤에서 이탈한다고?"

"그렇지, 생각해보라고. 나는 내가 소속된 단체를 벗어나 내 식대로 작은 무리를 이끌며 구호 활동을 벌이고 있고, 또 자넨 불과 이틀 전만 해도 알지도 못했던 대의명분을 위해 돕겠다며 옆길로 빠져드는 셈이 아닌가!"

조금 떨어진 곳에서 키와가 이따금씩 장-미셸과 꾸뻬 씨 쪽을 힐끔거리며 링거액이 든 상자 포장을 열고 있었다.

"듣고 보니 그렇군. 하지만 대의명분은 어떤 식으로든 지켜져야 할 테지."

장-미셸이 웃었다.

"자네는 만일 키와가 덜 예뻤어도 똑같이 했겠나?"

꾸뻬 씨는 '당연하지'라고 대답하고 싶었지만, 어쩐지 자신이 없었다.

여성의 미모는 꾸뻬 씨에게 언제나 심각한 도덕적 문제를 일으키곤 했기 때문에, 그는 차라리 선의에 보다 큰 비중을 두고 싶었다.

하지만 지금의 경우는 비교적 쉬운 편이라고 할 만한 것이, 두 가지 덕목이 한 사람에게 집중되어 있었다. '클라라처럼.' 꾸뻬 씨가 생각했다.

"난 그런 건 알고 싶지 않네." 꾸뻬 씨가 말했다. "하지만 키와가 아름답다는 점 또한 내 전체 구상의 일부이긴 하지."

"좋아. 그럼 이젠 샤를을 설득해야 할 차례군. 그의 순찰대를 돌볼 간호사 한 명이 떠나는 셈이니까."

꾸뻬 씨는 위대한 샤를을 위해 다시 한 번 건배하는 것도 좋겠다고 생각했다.

후에 그는 수첩에 새로운 교훈을 하나 첨가했다.

이따금씩 옆길로 새라, 정해진 틀에서 벗어나라.

심사숙고하는 꾸뻬 씨

꾸뻬 씨와 키와는 정글 속에서 지뢰밭을 헤치며 하룻밤을 걸었고, 그다음 날 아침 국경 너머 수백만 명의 관광객들이 들끓는 나라의 작은 도시로 들어와 먼지 이는 길가의 자그마한 슈퍼에서 커피를 들었다. 키와는 계산대 뒤편의 어린 여성 점원마냥, 위장복 대신 반팔 티셔츠에 청바지를 입은 차림이었다. 키와는 어딘가 모르게 점원 아가씨와 닮은 구석이 있었다. 그도 그럴 것이 국경 이쪽저쪽으로 같은 민족이 살고 있는 경우가 드물지 않기 때문이었다.

키와에게는 모든 것이 놀라웠다. 커피 자동판매기와 포마이카 계산대가 설치돼 있는 자그마한 슈퍼도, 선반 가득 진열된 정크푸드도, 제각기 다른 수많은 상표의 샴푸며 세제들도 놀라웠다. 자기 나라엔 이제 막 기미가 보이기 시작하는 현대화의 전조 현상을 마주 대하는 기분이었다.

그녀는 꾸뻬 씨에게 국경 너머에서도 포착 가능한 TV 방송을 통해 이런 장면들을 보긴 했지만, 실제로 자신이 지금 그런 환경에 와 있다는 것이 제대로 실감나지 않는다고 했다.

꾸뻬 씨는 키와가 하는 말을 들으면서 학생 시절 처음으로 캘리포니아 여행길에 올랐던 기억을 떠올렸다. 그곳에 도착하기 전에 TV나 영화를 통해서 봤던 바로 그 장면들이 내 눈앞에 펼쳐질 때의 느낌이란……

하지만 낡은 오픈카의 운전대를 두 손으로 잡고서 라디오에서 흘러나오는 '캘리포니아 드리밍'을 들으며 산타 모니카 거리를 지나 태평양을 따라 난 해안도로로 이어지는 내리막길을 달리던 때의 느낌은, 정말이지 특별했다.

꾸뻬 씨는 키와가 커피를 홀짝거리며 새로운 분위기에 젖어드는 동안, 여행을 떠나기 전 새로 산 수첩에 다음과 같이 적었다.

제랄딘이 보는 삶의 의미	키와가 보는 삶의 의미
자기 자신의 삶을 결정하다	자신의 의무를 다하다
사람들의 관심을 끌다	동족을 지키기 위해 싸우다
새로운 것, 자극적인 것을 추구하다	

제랄딘이 생각하는 불행	키와가 생각하는 불행
지루할 때	자기 의무를 다하지 못할 때
남들을 재미있게 해주지 못할 때	동족들에게 질시를 받을 때
더 이상 숭배자가 없을 때	

물론 이건 가정에 불과했다. 정신과 의사들이 환자와의 첫 진료가 끝나면 일단 가정해보듯 말이다. 하지만 연륜이 쌓이면서 꾸뻬 씨는 자신이 예전에 비해 사람들을 좀 더 빨리 파악하게 되었음을

깨달았다(그럴 때면 그는 핑크색 안경이 갑자기 땅에서 불쑥 솟아난 것 같은 기분이 들기도 했다).

꾸뻬 씨는 이 두 젊은 여성 각각에게 어떤 핑크색 안경이 필요할지 상상해보았다. 확실히 똑같은 안경은 아니었다.

본업으로 돌아가는 꾸뻬 씨

∞

제랄딘은 자기가 묵고 있는 수도의 호텔에 키와와 꾸뻬 씨를 위해 방 두 개를 잡아놨다.

젊은 여기자의 주머니 사정을 고려할 때 수수한 호텔에서 지낼 것이라고 예상했던 꾸뻬 씨는 적잖이 놀랐다. 뜻밖에도 그곳은 천장이 높고 로비엔 대형 화병이 놓인, 국제적 체인의 대형 호텔이었기 때문이다.

제랄딘은 꾸뻬 씨에게 전화로 특별 할인 가격에 방을 잡을 수 있었다고 설명하긴 했다. 요컨대 자기를 파견한 잡지사가 소속된 그룹이 호텔 체인과 약정을 맺고 있는 데다, 또 자기가 기자들의 해외 출장 담당자와 좋은 관계를 유지하고 있기에 그 덕을 본다는 것이었다. 하여간 제랄딘은 수완 좋은 여성이었다. 그 점만큼은 의심할 여지가 없었다.

잔뜩 주눅 든 키와는 줄곧 꾸뻬 씨 옆에 바짝 붙어서 호텔 손님들이 지나다니는 모습을 관찰했다. 사업가들이며, 셀카 봉을 들고서 사진을 찍는 중국인 관광객들이 대다수였다.

이윽고 꾸뻬 씨와 키와는 비행기의 승무원들처럼 잘 빗은 머리에, 정성 들여 화장한 젊은 여성들이 일렬로 선 리셉션에 도착했다. 그런데 여자들이 입은 검은 정장 때문인지, 장의사 로비에 들어선 것 같은 기분이었다.

꾸뻬 씨는 키와가 점점 더 불안해하는 기색을 느끼면서 두 사람의 여권을 내밀었다.

하지만 리셉션의 젊은 여직원은 키와의 여권에 대해 아무런 트집도 잡지 않았다. 실상 그 여권은 키와의 것이 아니라 이미 여행해본 적 있는 다른 동족 여성의 것이었다. 여권 사진도 대단히 흡사한 데다 정식 관광 비자까지 찍혀 있었다.

두 사람이 정글을 빠져나왔을 때 안내인은 이들을 작은 국경 사무소로 데려갔고, 그곳에서 사정을 알고 있는 듯한 세관원이 이들에게 필요한 도장을 찍어줬다. 그걸 보면서 꾸뻬 씨는 세금은 엄청 많이 내면서 매사에 기다리고 또 기다려야 하는 자기 나라에 비해, 약간의 뇌물만 건네면 이곳에서는 행정절차가 급속도로 이루어지는 셈이란 생각이 들었다.

꾸뻬 씨는 제랄딘이 호텔 로비에 마련된 새끼 고래 형상의 널찍한 소파에서 기다리고 있으리라 예상했으나, 그녀의 모습은 어디에도 보이지 않았다.

그는 리셉션의 젊은 여직원에게 제랄딘의 방으로 인터폰을 연결해달라고 부탁했다.

잠시 후 전화벨이 울렸다. 아주 길게. 그러고도 잠시 시간이 지나자 비로소 누군가가 전화를 받았다.

"제랄딘?"

아무 소리도 없었다.

"제랄딘? 우리 방금 전에 도착했어요, 제랄딘."

여전히 전화기 너머에서는 아무 말이 없었다. 그러더니 갑자기 커다란 울음소리가 들려왔다.

"난……." 제랄딘의 목소리였다.

"무슨 일이요?"

"난…… 죽고만 싶어요."

이런 이런, 꾸뻬 씨가 속으로 생각했다. 어딜 가나 어쩔 도리 없이 내 직업이 발목을 잡는다니까.

꾸뻬 씨는 키와더러 그녀의 방에 가 있으라고 한 뒤, 그도 그의 방에 들어와 짐을 풀었다. 그러고 나서 샤워를 할 짬도 없이 제랄딘 방의 벨을 눌렀다.

꾸뻬 씨는 벨을 여러 차례 눌러야 할까 봐 염려되었지만, 다행히 그렇지는 않았다. 제랄딘은 곧바로 방문을 열어주었다.

방 안은 커튼을 쳐놓은 상태로 반그늘에 잠겨 있었다. 제랄딘은 꾸뻬 씨에게 문을 열어주자마자 곧바로 소파로 돌아가 앉았다. 울어서 퉁퉁 부은 얼굴은 두 손으로 가린 채. 그녀는 헐렁한 티셔츠에 팬티만 걸친 차림이었다.

"제랄딘, 도대체 무슨 일이에요?"

제랄딘은 그저 훌쩍이기만 했다.

"무슨 나쁜 소식이라도?"

그녀는 꾸뻬 씨는 쳐다보지도 않은 채, 열어놓은 컴퓨터 화면을 가리켰다.

"한번 읽어볼까요?"

제랄딘은 고개를 끄덕이는가 싶더니 이내 또 울음을 터뜨렸다.

꾸뻬 씨는 컴퓨터 화면 앞으로 다가갔다. 제랄딘 앞으로 보낸 장문의 이메일이 화면을 가득 채우고 있었다.

꾸뻬 씨는 읽기 시작했다.

너한테 이런 식으로 알리게 되어 내 마음이 영 찜찜하지만, 그래도 네가 나한테 피워댈 소란을 감당할 힘이 없으니 이렇게 이메일을 보내기로 했어. 이제 우리 둘 사이는 끝났어.

난, 정말 미안해, 다 내 잘못이야, 난 원만한 관계를 유지할 만큼 충분히 성숙하지 못했어, 너는 나한테 분에 넘치는 사람이야……. 이런 식으로 말할 수 있다면 얼마나 좋을까. 그런데 아니야, 내가 그렇게 말해본들 너한테 전혀 도움이 되지 않을 거라고 생각했어…….

사실 이렇게 결정한 이유는, 네가 나한테 너무 많은 것을 요구하기 때문이야. 내가 너에게 줄 수 있는 그 이상을 요구한다고. 음악을 하자면 나한테는 평온함이 필요하고 며칠 동안은 누구의 간섭도 받지 않고 혼자여야 하는데, 그럴 때마다 넌 마치 내가 널 버리기라도 한 듯 나쁘게 생각하지. 전혀 사실이 아닌데도 말이야. 난 더는 너의 질책이며 신경질을 견딜 수 없고, 내가 혼자만의 시간에서 돌아오면 나한테 너무 달라붙는 듯한 면도 참지 못하겠고, 마치 우리 두 사람이 영원한 밀월을 보내기라도 하듯 언제나 너한테 신경을 써줘야 하는 것도 못하겠고, 내가 너로부터 멀리 떨어져 있을 때마다(어쨌든 너는 그렇게 믿잖아?) 나쁘게만 생각하는 것도 못 참겠어.

어쩌면 어떤 사람들은 그런 삶이 멋지다고 할지도 모르지만, 나한테는 그저 피곤할 따름이야.

이런 말로 너를 고통스럽게 만들어 정말 미안해. 너는 나를 고통스럽게 만든 적이 없는데도 말이지. 그저 이따금씩 내 영감을 끊어놓는 것 말고는. 하지만 그건 나한테 중요한 일이거든. 어쨌든 나는 우리 두 사람이 함께 살아서 행복해질 수 없다고 생각해. 그간 너와 내가 함께 노력해봤지만 잘 안 됐어. 나는 네가 나 아닌 다른 사람과 살면 더 행복해질 수 있다고 믿어.

나중에라도 우리 두 사람이 어떤 계기로 마주칠 경우(그런 일이 틀림없이 생기겠지) 흥분하거나 뭐 그럴 필요는 없어. 나는 언제나 너한테 공손히 인사하고 편안하게 말을 걸 테니까 말이야. 게다가 만일 네가 우리가 아무 말도 하지 않는 편이 났겠다고 생각한다면, 난 그 또한 얼마든지 이해할 테니까.

이런 식으로 끝을 맺어 조금 슬프네. 하지만 우리 두 사람에겐 필요한 얘기야.

―콜비

꾸뻬 씨는 젊은이들이 그래도 아직 결별 편지 정도는 쓸 줄 안다는 생각이 들었다. 게다가 이 편지는 놀랄 만큼 솔직한 편지가 아닌가 말이다. 자기도 젊은 시절 '정말 미안해, 모두 내 잘못이야, 난 원만한 관계를 맺기엔 충분히 성숙하지 못했어, 너는 나한테 과분한 사람이야' 등등의 표현들을 썼던 기억이 났다. 사실상 꾸뻬 씨도 자신이 원만한 관계를 맺기에 충분히 성숙하다고 느끼기 전까지는, 클라라와 재회할 순간을 미룰 필요가 있었다.

한편 이 호텔에서라면 스카이프로 클라라와 영상통화가 가능할 터였다. 여기에 생각이 미치자 꾸뻬 씨는 서둘러 자기 방으로 돌아가고 싶었지만, 엉엉 울고 있는 제랄딘을 모른 척할 순 없었다.

"제랄딘, 유감이로군요, 정말 슬프네요."

"죽어버리고 싶어요……." 제랄딘이 정말로 죽어가는 목소리로 말했다.

"아니, 그건 좋은 생각이 아니에요. 무척 고통스럽겠죠, 그건 나도 알아요, 하지만, 나는 당신이 충분히 견딜 수 있다고 믿어요."

"내가 견딜 수 있을 거라고요?"

제랄딘은 눈물로 퉁퉁 부은 눈으로 꾸뻬 씨를 올려다봤다. 그 눈엔 이제 분노까지 이글거렸다.

슬픔을 분노로 변모시키는 것은 정신과 치료에서 상용하는 요령이었다. 그렇긴 해도 유난히 충동적인 기질의 환자에겐 각별히 주의해서 사용할 필요가 있었다.

"그럼요, 당신은 그런 정도는 견뎌낼 만큼 충분히 강한 사람입니다. 스스로도 잘 알고 있을 텐데요."

"아하, 이게 바로 정신과에서 흔히 쓰는 그 수법이군요. '당신은 강한 사람'이라고 세뇌시키는 것!"

"아닙니다. 그게 사실이니까 그렇게 말하는 거죠. 지금 당신은 무척 고통스럽겠지만, 저는 진심으로 당신이 충격을 견딜 수 있는 사람이라고 믿습니다."

"나쁜 놈!" 제랄딘이 외쳤다.

"제랄딘, 난 당신과 이 문제에 대해서 얘기를 나눌 준비가 되어 있어요. 하지만 지금은 우리가 급히 해야 할 일이 있습니다."

"급한 일이라뇨?"

"나랑 같이 온 젊은 여성 말인데요, 우리한테는 겨우 하루뿐입니다. 그 여자는 자기 부족을 도우려고 곧바로 다시 떠날 겁니다. 그러니 그녀를 인터뷰하려면 시간이 별로 없어요."

그는 제랄딘이 차츰 평정을 되찾아가는 모습을 지켜보았다. 기자 근성이 되살아난 것이었다. 그녀는 꾸뻬 씨 앞에서 자기가 무슨 옷을 입고 있는지 그때야 생각이 미쳤는지 부리나케 목욕탕으로 달려갔다.

"우리, 어디서 볼까요?" 그녀가 물었다.

꾸뻬 씨는 사랑에 관해 예전에 써놨던 문구가 기억나서 기뻤다.

사랑의 아픔을 잊으려면, 반드시 해야 하는 진정한 임무만큼 좋은 것은 없다.

아무리 그렇긴 해도, 제랄딘이 자신에게 맞는 핑크색 안경을 찾아낼 수 있도록 도와줄 필요가 있었다.

제자리걸음 중인 꾸뻬 씨와 클라라

◯◯

꾸뻬 씨에겐 모든 일이 순조로운 상태였으나, 그래도 그는 스카이프로 클라라와 영상통화를 하기로 마음먹었다.

그는 조용한 방에 앉아 컴퓨터 화면 위로 클라라의 얼굴이 나타나는 걸 지켜봤다.

"당신, 많이 탔네." 클라라가 말문을 열었다.

"응, 좀 탔을 거야.

"피부과 의사가 당신은 햇볕 많이 쬐면 안 된다고 했던 것 기억하지?"

"그럼, 조심하고 있어."

"왠지 내가 보기엔 충분히 조심하는 것 같지 않은데?"

"장-미셸을 만났어."

"아, 그래? 잘 지낸다지?"

"예전 그대로야. 원래 자리로 돌아갔더군."

"그리 놀랍지 않아." 클라라가 말했다. 그 사람, 연애는?"

"그런 얘긴 절대로 안 하는 친구인 거, 당신도 잘 알잖아."

'우리 같군.' 꾸뻬 씨가 속으로 말했다. '우리 부부도 우리의 사랑에 대해선 한 번도 말을 나눠본 적이 없으니까.'

두 사람은 끊임없이 소식을 주고받았다. 꾸뻬 씨는 자기네 부부가 언제까지고 정말로 중요한 주제에 대해서는 말을 꺼내지 않으리란 예감이 들었다. 그는 클라라를 조금 놀라게 할 속셈으로, 곧 그녀를 만나러 갈 거라고 말했다.

"언제?" 클라라가 대번에 물었다.

이 소식을 듣고서 특별히 기뻐한다기보다 스케줄이 꼬일까 봐 걱정하는 기색이 역력했다.

이 소식을 들으면 클라라가 행복해하면서 웃음 지으리라 기대했던 꾸뻬 씨에게는 뼈아픈 일격이었다. 그녀는 마치 자기 수첩에 행사를 또 하나 추가로 적어 넣는 사람으로만 비쳤다.

그는 클라라에게 "당신한테 별로 기쁜 소식이 아닌가 봐"란 말을 하고 싶었지만, 본래 타고난 자신의 기질대로 무례하다 싶은 언동은 참았다(환자들에게는 예외였지만). 게다가 전화로 이러쿵저러쿵 장광설을 펼친다는 것은 그다지 좋은 생각 같아 보이지 않았다.

그는 클라라에게 언제가 될 지는 아직 잘 모른다고만 대답했다. 그는 지금 있는 지역에서 며칠을 더 보내야 하고, 그러고 나서 에

두아르(그런 다음 또 아녜스를 만나러 갈 생각이지만, 여기에 대해선 클라라에게 아무 말도 하지 않았다)를 만날 것이고, 그런 다음에야 비로소 자기가 그토록 사랑하는 아내 곁으로 갈 계획이라는 이야기만 대충 들려주었다.

클라라는 자기 스케줄이 빈 주말(스케줄이 찬 주말엔 그녀가 대체 뭘 한단 말인가? 꾸뻬 씨는 이 같은 의문을 품었다) 날짜를 그에게 알려주면서, 날짜가 정해지면 미리 연락해달라고 당부했다.

아마도 새 친구를 사귀게 될 듯한 꾸뻬 씨

꾸뻬 씨가 호텔 6층 테라스의 파라솔 그늘 아래서 얼음 띄운 콜로넬(절반은 백포도주, 절반은 탄산수로 만든 술로, 열대기후에서는 이상적이다)을 마시는 동안, 제랄딘과 키와는 수영장에서 수영을 했다.

꾸뻬 씨는 클라라와 나눈 대화가 마음에 걸려 가급적 거기에 대해서는 생각하려 하지 않았다. 그건 그렇다 해도 그는 자신이 한 일에 대해 어느 정도 만족해했다. 두 젊은 여성이 사이좋게 지내고 제랄딘이 키와에게 관심과 애정을 품으리라 짐작했는데, 예상이 적중했던 것이다.

제랄딘에겐 '여성 로날드' 같은 기질도 있었지만, 동시에 너그러운 마음도 있었다. 그녀는 자기와는 다른 운명을 타고난 자매와도 같은 키와에게 이내 호감을 품었다.

키와는 겁먹은 듯하면서 동시에 홀린 듯한 모습을 보여 보는 이의 가슴을 애잔하게 만들었는데, 그 애잔함은 그녀의 표현대로 키와가 '속사' 자세에서 AK 47 자동소총으로 타깃을 구멍투성이로 만들어버릴 수 있는 사격 능력을 가졌다는 사실을 알고 나면 더더욱 큰 매력으로 다가왔다.

옆 테이블에 앉은 금발에 반바지 차림의 뚱뚱한 50대 후반 관광객은 처음엔 꾸뻬 씨를 주의 깊게 살피더니 다음엔 수영장의 두 젊은 여성에게로 눈길을 돌렸다.

그 관광객은 비록 수영복 차림이긴 하지만 꽤 부유한 사업가처럼 보였다. 하지만 그다지 교양이 있어 보이지는 않았는데, 이를테면 창고 문 앞을 지키고 있으면서 얼마든지 주먹질을 해댈 수도 있을 사람처럼 보였다. 꾸뻬 씨는 그가 러시아인일 거라 짐작했다.

결국 뚱뚱한 관광객은 자리에서 일어나 꾸뻬 씨가 있는 테이블로 다가왔다.

두 사람은 서로 자기소개를 했고, 마침 기분이 좋은 편이었던 꾸뻬 씨는 보리야에게 옆에 앉으라고 권했다. 술잔이 거듭 채워졌는데, 꾸뻬 씨는 콜로넬 또 한 잔을, 보리야는 보드카와 얼음을 새로 주문해서 마셨다(꾸뻬 씨는, 프랑스의 대작가인 마르셀 프루스트의 말마따나 '통념은 사실'이라고 생각했다).

보리야는 거칠어 보이는 외모와는 달리 매우 정중했다. 그는 꾸뻬 씨의 직업을 알고 나자 눈썹을 찡긋했다.

꾸뻬 씨는 보리야가 뭔가 마음에 담아두고 있는 것이 있으며, 머지않아 두 사람 사이에 대화가 이어지리라 예상했다. 또한 꾸뻬 씨는 보리야의 셔츠 목 부분으로 삐져나온 문신 끝자락과, 시계줄에 가려 있긴 하지만 손목 안쪽에도 새겨져 있는 문신을 놓치지 않았다. 꾸뻬 씨는 콜로넬 술기운이 느껴지는 가운데 또 한 차례, '통념이 사실'이란 생각을 했다. 그러자 피식 웃음이 터졌다.

보리야는 이 나라의 몇몇 동업자들과 함께 벌이고 있는 사업 때문에 출장 중이었다. 어떤 사업일까? 꾸뻬 씨는 궁금하긴 했지만 예의를 차리느라 묻지 않았다. 공연히 억지 대답을 둘러대게 할 필요가 없어서 묻지 않았지만, 아마 보리야는 이미 그럴 듯한 답변을 준비해두었을 성 싶기도 했다.

두 사람은 가족 이야기를 했다. 보리야도 똑같이 자녀 둘을 뒀는데, 각각 아들 딸 하나씩이었고 꾸뻬 씨의 두 자녀보다 아주 조금 더 나이를 먹었을 뿐이었다. 물론 두 사람은 일 얘기는 하지 않았고, 대화는 차츰 여행 중인 이 나라를 좋아하는 이유 쪽으로 흘러갔다.

"추운 곳에 살다가 여길 오면 마치 천국에 온 느낌입니다." 보리야가 말했다.

"네, 그러실 테죠." 러시아 사람들이라면 추위에 이골이 나있다는 사실을 새삼 떠올린 꾸뻬 씨가 맞장구를 쳤다.

"그렇긴 하지만, 한편으로는 너무 늘어지는 단점도 있습니다. 만일 저더러 여기서 살라고 한다면 노상 잠만 잘 것 같거든요."

"그럼, 기분 좋은 것 아닌가요?" 꾸뻬 씨가 반문했다.

"아, 자는 건 죽는 거나 매한가지죠." 보리야가 웃으며 말했다. 그렇게 말하고 나서 짐짓 자기 혼자 너무 말이 많았다는 듯 꾸뻬 씨를 빤히 쳐다봤다.

"생존을 위한 투쟁이 문제겠죠?"

"정확히 보셨습니다." 보리야가 상대편이 자기 말을 제대로 이해한 듯해서 흡족해하며 말했다.

"보리야, 그런데 선생은 무엇이 인생을 행복하게 해준다고 생각하십니까?" 꾸뻬 씨는 보리야 같은 사람으로부터 행복에 관한 얘기를 들어볼 수 있는 기회가 흔치 않다는 생각이 들어 이런 질문을 던져봤다.

보리야는 골똘히 생각했다. 좀 전에 마신 보드카는 그에게 전혀 영향을 미치는 것 같지 않았다.

드디어 그가 입을 열었다.

"내 나라가 처한 상황에 대해 너무 많이 생각하지 않는 것?"

'어쭈, 이것 봐라.' 꾸뻬 씨가 속으로 생각했다. '내가 철학자 마피아를 만난 것 같군.'

의도했던 것은 아니지만 꾸뻬 씨가 은연중에 상대방이 자기 삶을 털어놓도록 만드는 태도를 취한 탓에 보리야는, 아주 조금이지만, 자신의 인생에 대해 이야기하기 시작했다.

"난 내가 벌인 사업에서 꽤 유능한 편입니다. 현재로서는 꽤 성공한 셈이죠. 좀 더 사업을 키워볼 마음도 있고요. 그런데 도무지 긴장을 풀 수가 없어요. 잘 아시겠지만 거저 얻어지는 건 없지 않습니까? 한시도 경계심을 풀면 안 되고, 모든 것을 의심하게 되죠, 동업자들부터 시작해서 말입니다……."

꾸뻬 씨는 사업이란 것이 원래 그렇다고 말하고 싶었지만 입을 다물었다. 꾸뻬 씨의 나라에서도 동업을 하는 경우 돈을 잃어버릴 위험성이 있기는 매한가지였지만, 그래도 본인이 정당하다면 판사로부터 돈의 일부를 돌려주라는 판결을 끌어낼 수도 있었다. 그러나 꾸뻬 씨가 알기론 보리야의 나라에서는 사정이 전혀 다르고 위험성도 훨씬 더 높았다.

"……제가 여행을 꽤 많이 다닌 편입니다. 그래서 선생께 말씀드릴 수 있는데, 우리 나라는 꽤나 살기 힘든 나라지요. 우리 나라가 선생네 나라와 닮은 점이 없잖아 있기 때문에 그런 차이가 더 심하게 느껴집니다. 사실 우리 두 나라 사람들은 생김새도 비슷하지 않습니까, 건축도 마찬가지고요. 예르미타시 궁전(상트페테르부르크에 있는 러시아를 대표하는 궁전─옮긴이)은 루브르나 베르사유 궁과 모습이 닮았습니다. 그런데 선생네 나라는 모든 것이 훨씬 더 부드럽고 감미롭죠."

물론 보리야는 기후에 대해서 말하는 게 아니었다.

"그러니까, 그런 모든 것과 선생네 나라를 생각하면 그다지 행복하지 않다는 말씀인가요?"

"정확한 말씀입니다. 하긴, 어차피 그런 것들은 아무짝에도 소용없습니다! 난 그저 일에나 집중하고 사업을 잘 이끌어나가면 그게 행복이죠. 특히 가족들을 잘 보호할 수 있다면야……."

꾸뻬 씨는 자기 나라에서라면 '가족을 잘 돌보다'라고 할 대목에서 보리야의 나라에서는 '보호하다'란 말을 사용한다는 점에 주목했다.

"그러니까, 선생을 행복하게 만드는 건 자신이 제일 잘하는 걸 하는 거다, 이런 말씀인가요?"

"네, 뭐 그렇게도 말할 수 있겠네요. 하지만 난 내가 다른 일을 할 수도 있었을 거라고도 생각합니다." 보리야가 말했다.

"다른 일이라면?"

"나는 집을 좋아합니다. 그러니 건축가가 될 수도 있지 않았을까 싶습니다. 하긴, 이 또한 다 쓸 데 없는 망상이죠."

"요컨대, 선생은 의무를 다하는 것이 사람을 행복하게 만든다고 생각하시는 군요?" 꾸뻬 씨가 재확인했다.

"네, 그렇죠. ……가장('가족의 우두머리chef de famille', 또는 '패밀리의 두목'―옮긴이)으로서의 의무 말입니다!" 보리야가 웃으며 대답했다.

가족은 영어로 패밀리라 하는데, 보리야가 '가장'이라는 말을 할 때 살짝 미소 짓는 모습을 보면서 꾸뻬 씨는, 그가 이 말을 중의적으로 사용한 것이 아닌가 생각했다.

"그런데 난 이따금씩 스스로 행복하다는 생각이 드는 순간에도 주변 사람들 생각을 하지 않을 수 없습니다."

"예를 들면?"

"가령 노인들 중에는 오로지 돈이 없어서, 당뇨병 약이나 고혈압 약을 살 돈이 없어서 죽는 경우가 있습니다." 보리야가 웃음기를 거둔 채 말했다.

천사의 마음을 가진 마피아라니! 꾸뻬 씨는 정말 믿기 힘든 희귀한 일이라고 생각했다.

그와 동시에 보리야가 한 말은 꾸뻬 씨와 같은 사람의 마음에 쏙 들 만한 말이었다.

꾸뻬 씨는 아직 콜로넬을 두 잔밖에 안 마신 덕분에, 보리야와의 감미로운 공모 관계 속으로 너무 급하게 빨려 들어가지는 않았다.

그 순간 제랄딘과 키와가 수영장에서 나오자, 보리야의 시선(꾸뻬 씨의 시선도 다르지 않았다는 점을 강조할 필요가 있다)은 수영복 차림으로 젊음을 뿜어내며 두 사람 쪽으로 걸어오는 두 여성 쪽으로 향했다.

보리야는 은근히 꾸뻬 씨 쪽으로 몸을 굽히면서 귀에 대고 이렇게 속삭였다.

"어디서 저런 아가씨들을 찾아내셨습니까?"

보리야는 꾸뻬 씨와의 대화가 고단한 사업 일을 마치고 나서 긴장을 푸는 데 도움이 되지 않을까 나름 기대를 품었다! 그러나 자기 판단이 틀렸음을 깨닫고는 슬며시 미소를 지으며 점잖게 굴었다.

"선생님은 수영 안 해요?" 제랄딘이 물었다.

"나한텐 아직 해가 너무 뜨거워요. 해질 때까지 기다릴 참이요. 참, 이쪽은 보리야 씨."

보리야는 제랄딘과 키와에게 인사를 하기 위해 자리에서 일어섰다. 예의 바른 사람답게. 그러더니 그는 곧 약속이 있다면서 미안하단 말과 함께 자리를 떴다.

"흥미로운 사람이네요." 제랄딘이 자리에 앉으면서 말했다. "선생님은 저런 부류의 사람을 많이 알고 계세요?"

"예전에 한 사람 정도?" 꾸뻬 씨는 젊은 시절 겪었던 비슷한 경험을 떠올리며 말했다. 그때도 열대지방 나라의 호텔에서였다.

나중에 꾸뻬 씨는 보리야와의 만남을 계기로 자기 수첩에 적어놓은 문구를 돌이켜볼 기회가 있었는데, 사실상 그 문구는 그가 이미 이전에 작성한 핑크색 안경과 다를 바 없었다.

보리야는 틀림없이 깨달음#5 안경을 주로 사용할 터였다. '가끔씩 당신의 현재를 과거와 비교해보라' 라는 교훈이다. 보리야의 현재는 분명 과거보다 나을 터였다. 그리고 어려운 시기에 맞닥뜨리면(직업상 그럴 때가 종종 있을 텐데) 깨달음#6 안경도 사용할 법했다. 즉, 그럴 때는 자기가 찾은 의미에 집중하는 것이다. 그리고 그에게 그건 자기 가족을 보호하기 위해 가능한 한 많은 돈을 버는 일일 게다.

하지만 보리야는 꾸뻬 씨에게 자기 나라의 상황을 가급적 생각하지 않으려 한다는 말을 함으로써, 또 다른 핑크색 안경의 가능

성도 보여줬다.

깨달음#7 당신 힘으로 바꿀 수 없는 슬픈 일은 너무 오랫
동안 생각하지 말라.

그러고 보면 이 교훈은, 우울증을 앓는 환자 몇몇에게 꾸뻬 씨가 줬던 조언을 떠올리게 한다. TV 뉴스를 시청하지 말라.

나아가 이 교훈은 대부분의 사람들에게도 적용된다. 당신 힘으로 바꿀 수 없는 당신 약점을 끊임없이 되새기는 일을 중지하라.

꾸뻬 씨는 '약점에 치중하는' 이런 종류의 안경이 특히 젊은 환자들에게 빈번하게 사용되고 있다는 사실에 주목했다. 이런 젊은 이들은 자기 강점에 집중하거나 적어도 개선 가능한 면모에 집중하는 대신, 어느 날 자신이 이상으로 품었던 기준(잘 선택했다고 보기도 힘들다. 때론 귀엽긴 하지만 너무 마른 인형을 선택하기도 하고 굉장히 힘센 슈퍼히어로를 선택하기도 한다)에 전혀 부합하지 않는다는 사실을 알고는 매우 실망하곤 한다.

절망에 빠진 제랄딘

'○○'

제랄딘은 키와를 장시간 인터뷰하면서 이를 디지털카메라에 담아 자기 블로그에 올렸다.

수영장 바에 둘러쳐진 대나무 울타리 깊숙한 곳을 배경으로 젊은 키와는 부드러운 자태로 자기 민족에 대한 이야기를 들려주었는데, 그 부드러운 자태는 그녀가 벌써 수년 전부터 나뒹구는 시체들과 강간, 강제노역 등, 고향을 파괴시키고 머지않아 또다시 반복될지도 모르는 소규모 전쟁에 대해서 이야기할 때 더욱 큰 감동을 줬다. 그 말을 하면서 키와는 느닷없이 어조가 격앙되기도 했는데, 지켜보는 사람들은 이 때문에 그녀가 동족을 위해서라면 목숨을 내놓을 각오가 되어 있는 투철한 여전사일지도 모른다고 추측하기도 했다.

제랄딘은 키와가 내뿜는 감미로우면서도 비극적인 마법을 곧바로 간파해냈다.

꾸뻬 씨도 정글 속 마을에 머무르는 동안 키와의 이런 면모를 감지하긴 했지만, 어쩌면 그것이 늙어가는 수컷의 감상적인 시선 탓일 수도 있으려니 여겼다. 그는 자기는 그렇다 쳐도, 제랄딘은 이 문제에 관한 한 진정한 프로페셔널이란 사실을 알고 있었다.

제랄딘은 키와가 스스로 의식하지도 못하고 원한 바도 아니지만 그녀 자체로 한 민족의 두께와 깊이를 온전히 간직하고 있음을 직감했다.

꾸뻬 씨는 제랄딘이 키와와의 인터뷰뿐 아니라 이를 자기 방에서 편집하고 온라인에 올릴 때도 똑같은 열의를 쏟아붓는 모습을 지켜보면서, 이후에 이처럼 열정적인 활동이 끝나면 무슨 일이 벌어질지 몰라 걱정이 됐다.

그가 자기 방으로 돌아왔을 때 전화벨이 울렸다.

"난 죽고만 싶어요." 전화기 저편의 목소리가 그렇게 말했다.

흔히 사람들은 죽고 싶다고 밖으로 내어 말하는 이들은 실제로 자살을 감행하지는 못한다고 여긴다. 그러나 정신과 의사들은 죽고 싶다고 말한다는 사실이 자살을 감행하지 못하리란 사실을 뜻하지는 않으며, 특히 젊거나 충동적인 사람, 또는 타인의 관점에 지나치게 의존하고 그것도 사랑에 빠져 있는 여성이라면 각별한 주의가 필요하다고 생각한다.

제랄딘과 꾸뻬 씨는 호텔 로비에 있는 바의 한 구석 자리에서 만났다. 푹신한 소파가 있고 잔잔한 조명이 비치는 그곳은, 비록 제랄딘이 꾸뻬 씨의 환자는 아니지만 정신과 의사의 진료실마냥 속내를 털어놓기엔 안성맞춤이었다. 꾸뻬 씨는 그녀를 돕기 위해 어느 선까지 가야 할지 골똘히 생각했다.

제랄딘은 꾸뻬 씨의 권유대로 콜로넬을 마셔보기로 했는데, 이 술은 마셔도 비교적 오랫동안 또렷한 의식을 유지할 수 있었다.

꾸뻬 씨는 벌써 석 잔째 콜로넬을 주문하는 제랄딘을 보면서 자기 충고가 나쁘지 않았음을 확인한 것 같아 기뻐했다.

"왜 죽고 싶다는 거죠?" 꾸뻬 씨가 먼저 말문을 열었다.

"왜냐하면 유일한 진짜 사랑이 절 떠났으니까요."

"아니죠." 꾸뻬씨가 말했다.

"아니라니, 어떻게 그런 말을 하실 수 있죠? 선생님은 제 인생에 대해 아무것도 아는 게 없으시잖아요? 그는 저의 유일한 사랑이라니까요, 제 인생에서 가장 중요한 남자라고요!"

"아니죠." 꾸뻬 씨가 말했다. "난 그걸 의심하는 게 아닙니다. 내기 의심하는 건 '왜냐하면'이란 말입니다."

"'왜냐하면'이란 말이 문제라고요?"

꾸뻬 씨는 제랄딘에게 아주 작은 부분만 설명해줬다. 사람들은 언제나 사건 A(내가 누군가에게 버림받다)가 C란 감정(절망감, 죽고 싶은 마음)을 초래한다고 믿는데, 그건 사실이 아니다. 사실은 A라는 사건은 B란 생각(예컨대, 앞으론 더는 행복해질 수 없을 것이다. 내가 관심을 갖고 있던 남자의 마음을 얻지 못했다는 것이 그 증거다)을 초래하고, 그러고 나서 C란 감정(절망감)을 초래한다.

"그러니까, 선생님 말씀은 제 생각이 잘못됐다는 건가요?" 제랄딘이 또다시 화를 내며 물었다.

"아니죠. 다만 당신의 생각이 그런 감정을 초래한다는 얘기죠. 적어도 이건 잘 따져봐야 합니다. 버림받았다는 사실이 직접적으로 감정을 초래할 수도 있습니다. 아기일 땐 그랬지요."

"그럼, 나더러 어쩌란 말이죠? 지금 나한테 심리학 강의 하시는 거예요?"

"아니요. 그럴 마음이라곤 전혀 없습니다. 그러고 보니 지금 이런 사실이 우리가 집필할 책에 유용하게 쓰일 수도 있습니다. 어쨌든 사랑의 아픔은 행복을 가로막는 가장 커다란 장애물 중 하나니까요."

"선생님한테 뭐 대단한 걸 배우는 거 같지 않은데요? 난 버림받은 게 이번이 처음도 아닌데요, 뭐. 아시겠어요?"

"물론 힘들다는 건 잘 압니다. 그런데 잘 들어요, 내가 당신을 돕기 위해 과제를 하나 줄 테니까요."

"게다가, 과제라니요? 제가 지금 힘들어하는 거 안 보이세요?"

"자, 그러지 말고. 이제 곧 알게 될 겁니다."

제랄딘을 돕고자 애쓰는 꾸뻬 씨

다음 날 꾸뻬 씨는 식탁에서 아침을 먹으며, 제랄딘이 간밤에 떠오르는 생각을 기록해둔 공책의 첫 장을 읽었다. 꾸뻬 씨와 마주 앉은 제랄딘은 큼지막한 형광색 안경테 선글라스로 눈을 가리고 식사는 하지 않은 채, 벌써 커피만 두 잔째 마시고 있었다.

제랄딘은 과제를 잘 해놓았다. 사실 문제의 과제는 당사자가 부지런하고, 글쓰기에 이렇다 할 저항이 없으며, 또 글을 써보라는 과제를 부과한 사람을 신뢰할 경우라야 가능했다.

제랄딘이 글을 쓴 공책은 호텔 구내 매점에서 산 것으로, 겉표지에 분홍색 연꽃과 황금색용이 그려져 있는 고급 공책이었다. 꾸뻬 씨는 그 공책을 마치 책을 집필할 때 다섯 개 장으로 나누듯 다섯 부분으로 나누고, 각각의 부분마다 하나의 제목을 붙였다고 제랄딘에게 설명했다.

결핍, 분노, 죄의식, 비하, 불안

제랄딘이 격심한 고통을 느낄 때마다 그녀는 그 순간의 상태가 어느 장에 속하는지 판단하고, 자기 머릿속에 떠오르는 생각을 공책의 그 부분에 적기로 했다.

만일 제랄딘이 꾸뻬 씨의 환자였더라면, 그는 벌써 여러 번 진료를 통해서 제랄딘으로 하여금 자신이 겪는 여러 감정 상태를 말로 표현하거나 또는 공책에 스스로 제목을 붙여가며 적어보도록 했을 것이다.

하지만 지금의 경우는 달랐다. 정상적인 상황이 아니었고 조금 서두를 필요가 있었다. 꾸뻬 씨는 제랄딘에게 이를테면 운전하면서 모터를 고치는 격이라고 설명했다. 그러자 제랄딘이 곧바로 대꾸했다.

"선생님은 절 자동차로 보시나요?"

하지만 팩팩거리던 것과는 달리 그녀는 간밤에 잠을 이루지 못하는 가운데 글을 쓰기 시작했다.

꾸뻬 씨는 그 글을 읽었다.

결핍

나는 도저히 잠을 이룰 수 없다. 이 침대에서 나 홀로, 앞으로 두 번다신 그의 몸을 느껴볼 수도, 그에게 안길 수도 없고, 그의 온기를 느낄 수도 없다는 것을 절감하니, 잠이 오질 않는다.

뭐랄까, 마치 모든 걸 빨아들이는 블랙홀처럼, 내 몸 한가운데 커다란 구멍이 뚫린 것 같다.

이런 감정이 너무 고통스러워진다면, 나는 창문 밖으로 몸을 던져버릴 것 같다.

꾸뻬 씨는 결핍감이 사실상 가장 누그러뜨리기 힘든 감정이자 감각이라는 사실을 잘 알고 있다. 결핍의 감정은 우리 두뇌의 가장 깊숙한 곳에 새겨진 버림받았던 경험의 회로를 일깨운다. 결핍감은 우리 내면에 숨어 있던 아기, 한밤중에 홀로 깨어나 엄마가 올 때까지 울어대던 그 아기를 일깨운다.

꾸뻬 씨는 자신의 의사 면허가 인정받지 못하는 이 나라에서 제랄딘의 결핍감을 어느 정도 누그러뜨리는 데 도움이 될 만한 합법적인 약품으로 무엇이 있을까 자문해봤다.

아주 잠깐이지만, 그는 만일 클라라가 둘 사이가 끝났다고 선언할 경우 자신에게 엄습할 결핍감에 대해 생각해봤다. 과연 견뎌낼 수 있을까?

'그럴 경우, 난 순한 콜로넬로는 안 될 테니 진한 백포도주로 넘어가게 될 테지.' 그가 생각했다. 좋은 생각이 아니란 걸 뻔히 알면서도 말이다.

분노

나쁜 놈! 내가 그런 놈을 위해서 기울인 노력을 생각하면…… 저를 혼자 조용히 내버려두고, 몇 날이고 곁을 떠나 있어도 참아주고, 심지어 내가 저랑 함께 있고 싶은 마음이 들 때도 그렇게 해주었건만.

사랑하니 어쩌느니 하는 말들이며, 그가 말하는 '밀월'이니 뭐니 하는 것들, 그걸 내가 혼자 지어냈겠느냐고. 그가 내 꽁무니를 따라

다녔지, 난 처음엔 그럴 마음도 없었다고. 그뿐인가, 그놈 때문에 난 겁이 날 정도였어. 사람들 말로는, 음악하는 사람들이 제일 고약하다고 했지. 그 놈은 수없이 내 주위를 여러 번 맴돌았다고.

그는 나를 사랑한다고 말해주고, 나를 사랑한다는 노래도 부르더니만(으악…… 이 극심한 결핍감).

게다가 내 덕분에 지난번 계약도 따냈으면서, 내가 소개해준 사람들하고 계약했으니 말이야. 그런데도 이렇게 구역질나고 비겁한 방식으로 결별을 선언하다니, 나쁜 놈, 난 그놈을 증오해.

제랄딘은 이 글을 쓰면서 마치 폴린이 책 표지를 들여다볼 때처럼 돋보기안경을 썼다. 그녀는 자기 자신의 결핍이나 남자친구의 허물만을 볼 따름이었다.

공책에서는 수많은 문장들이 계속 이어졌는데, 사실 그 글들은 간밤에 제랄딘이 그때그때 느끼는 감정에 따라 이 장에서 저 장으로 옮겨가며 썼기 때문에 실제로는 시차를 두고 쓰인 것이었다.

죄의식

나는 내가 남을 성가시게 만든다는 걸 알고 있다. 사랑에 빠지면 그 사람한테 껌 딱지처럼 달라붙는다는 것도 안다. 솔직히 내가 그 남자를 숨 막히게 했다. 그건 사실이다.

나는 그 남자를 책망하는 걸 자제했어야만 했다. 그 가엾은 남자는 자기가 할 수 있는 걸 했고, 나를 사랑했다.

어째서 나는 이렇게 생겨먹었을까, 어째서 지난번에 그렇게 성질을 부렸던가? 나는 꼭 필요할 때 자제할 줄 모르고, 그 남자한테 상처를 줬다. 나는 왜 지난번 파티에서 그가 보는 앞에서 다른 남자들이 나한테 작업을 거는 걸 뿌리치지 않았을까? 그야 물론 그가 질투심을 느끼게 하려고 한 짓이었지, 그간 그로 인해 쌓였던 좌절감에 대해 복수하려는 마음에서 말이다. 어쨌든 결과적으로 상처를 준 건 사실이다. 이 모든 것이 다 내 잘못이다. 난 버림받아 마땅하다.

이 문장들은 자신의 허물은 돋보기로 보고, 좋은 점은 망원경을 거꾸로 들고 보면서 써내려간 문장들이다. 다른 많은 사람들처럼, 제랄딘도 자신에 관한 이야기를 할 때면 그때그때의 기분에 따라 안경을 바꿔 쓰곤 했다.

꾸뻬 씨는 일순간 클라라를 대하는 자신의 태도 중에서 스스로 반성해야 할 점들이 뇌리를 스쳤다.

하지만 얼른 이런 생각은 떨치고, 다음에 집중해야 했다.

비하

알고 보면 나는 그다지 흥미로운 인물도 아니고, 예쁘지도 않다. 어쩌면 약간 재미있을 수는 있으나, 곧 주위 사람들을 성가시게 만든다. 나는 그런 내 성격이 드러나지 않도록 노력을 한다고는 하는데, 남자들은 나의 참모습을 알고 나면 내 곁을 떠나려 한다.

나는 제대로 된 남자를 만나 정착하긴 틀린 것 같다. 줏대 없는 선량한 남자라면 모를까.

아니다. 그럼, 지옥일 게다. 차라리 잘생긴 남자들과 재미나 보면서 살아야 할까? 그것도 아니다. 그건 사는 것도 아니다.

대체 나에겐 어떤 남자가 맞는단 말인가?

나는 언제나 실제의 내 모습보다 잘나 보이고 싶어 했다.

꾸뻬 씨는 제랄딘의 과거 연애사에 대해 아는 바가 없었다. 하지만 그는 제랄딘이 행복할 때는 망원경을 거꾸로 들고 쳐다보고, 어려운 시기에는 돋보기안경을 끼고 본다는 것만큼은 거의 확신할 수 있었다.

불안

앞으로 남은 내 인생은 어떻게 굴러갈까? 나에게 이런 사랑은 다신 없을 거다. 이렇게 멋진 사랑은 앞으로 다신 찾아오지 않을 것이다. 나는 나의 유일한 진짜 사랑을 잃어버렸다. 이제 어떻게 해야 하나? 매일 이런 식으로 잠에서 깨야 한단 말인가?

지금, 이 점이 두렵다.

"오늘 아침에 마지막으로 쓴 문장이에요." 제랄딘이 쉰 목소리로 말했다.

"정말 열심히 썼네요." 꾸뻬 씨가 칭찬했다.

그 순간 키와가 모습을 나타냈다. 그녀는 두 사람보다 훨씬 일찍 일어나 수영장에서 시간을 보냈다. 그녀는 수영이 전혀 지루하지 않다고 했다.

"저는 강에서 수영을 배웠는데, 언제나 나뭇가지며 자갈 때문에 수영하기가 쉽지 않았어요."

키와는 풀 죽은 제랄딘의 얼굴을 보면서 뭔가 심상치 않은 일이 벌어졌다는 걸 직감했다.

그녀는 무슨 일이냐는 표정을 지으며 꾸뻬 씨 쪽으로 고개를 돌렸지만, 그는 직업적인 비밀 엄수의 원칙을 지키기라도 하듯 아무 말도 하지 않았다.

"방금 애인한테 차였어." 제랄딘이 말했다.

"저런, 미안해." 키와가 말했다.

"키와한테도 그런 일이 있었어?" 제랄딘이 물었다.

"아, 난 애인이 있던 적이 없어." 키와가 대답했다.

이런 사실을 꾸뻬 씨는 이미 알고 있었지만 제랄딘은 알 턱이 없었다.

"어째서?" 제랄딘이 물었다.

"우리는 달라." 키와가 대답했다.

"그럼 사랑의 아픔 같은 것도 없겠네?"

"아니, 그건 있어, 물론."

키와는 자기 고향에서도 남녀가 서로 눈이 맞아 사랑에 빠지기도 하지만, 그런 다음 어느 한쪽 집이 두 사람의 약혼이나 결혼에 반대한다는 일도 있다는 거였다.

"······대개는 돈 문제 때문이야. 한쪽 가족이 다른 쪽 가족보다 부유할 경우, 부유한 가족이 자기네보다 가난한 집 딸은 원치 않거든."

"그런 일이 키와 너한테도 있었나 봐?" 제랄딘이 일순간 번뜩이는 통찰력을 발휘하며 말했다.

"응." 키와가 웃으며 대답했다.

꾸뻬 씨는 키와의 눈가에 맺히는 눈물을 보았다.

수영장 바닥에 갇힌 꾸뻬 씨

꾸뻬 씨는 두 아가씨들이 함께 관광을 나가도록 내버려뒀다.

그는 몇 해 전 이미 두 차례나 이 도시를 샅샅이 구경했기 때문에, '아, 예전만 못하네' 따위의 말을 중얼거리기 싫어 그간 변했을 도시 모습을 보고 싶지 않았다. 그는 그런 말은 늙은이들이나 하는 말이라 생각했다.

하지만 보통, 꾸뻬 씨는 관광 자체에 점점 더 염증을 느꼈다. 하물며 섹스 관광이라면 이 도시에서는 너무도 손쉬운 일이지만, 설사 자신이 언젠가 독신 생활을 하게 되더라도 그런 것엔 전혀 마음이 내키지 않을 것이라고 거의 확신할 수 있었다.

허나 일단 방에 혼자 남자, 하루 종일 방구석에만 틀어박혀 있는 것도 그리 좋을 건 없다는 생각이 들었다. 그는 어쩌면 미래에 자기한테 닥칠지도 모를 사랑의 아픔이라는 다섯 파도가, "클라라"라고 웅얼대면서 발밑에서 부서지는 것이 느껴졌다.

그는 방을 나와 수영장으로 향했다. 적어도 수영을 조금 즐길 순 있을 터였다. 그러나 파라솔 그늘 아래 놓인 장의자에 드러눕자 이내 육중한 피로감이 엄습했다.

어쨌든 그가 최근 며칠 동안 무리한 것은 사실이었다. 정글 숲을 걸어야 했던 첫날 밤이 특히 그랬다. 호텔에서 하룻밤을 자고 났는데도(사실 시차 때문에 숙면을 이룰 수 없었다) 아직 몸 상태가 완전히 회복된 것 같진 않았다.

"지극히 정상이지. 사십 고개를 넘어선 지도 오래되었으니!" 그는 이런 농담을 곁에서 들어줄 사람이 없는 것이 못내 아쉽다는 심정으로 혼잣말을 했다.

그러다가 까무룩 잠이 들었다.

그가 잠에서 깼을 때는 이미 태양이 기울어 자기 발치에 가 있었다.

놀랍게도 수영장 주변에는 아무도 없었다. 사람들이 모두 관광에 나선 모양이었다. 섹스 관광이든 아니든 간에 말이다.

꾸뻬 씨는 수영장 물속에 머리부터 넣으며 뛰어들기로 작정했다.

하지만 마음뿐 실제로는 그러질 못했는데, 수영장에서 다이빙하지 않은 지 벌써 여러 해가 되었기 때문이었다. 대신 그는 수영장 물 온도에 적응할 수 있도록 조심스레 철제 사다리를 밟아가며 물속으로 들어갔다.

물은 지독하게 차가웠다. 계속해서 물을 바꾸므로 미처 햇볕에 데워질 겨를이 없기 때문이었다. 꾸뻬 씨는 차라리 여기보다 훨씬 덜 발전한 나라의 호텔 수영장, 물이 늘 고여 있는 수영장(꾸뻬 씨는 심근경색보다는 오히려 각종 수인성 병균들로 인한 합병증이 낫다고 생각하는 편이었다)이 더 마음에 들었다.

그는 제법 힘차게 개구리헤엄을 치기 시작했다. 암튼 그에겐 그렇게 보였고, 그래서 그는 자신이 아직 건강한 편이라고 여겼다.

"꾸뻬 씨!"

누군가가 그를 부르는 소리를 듣고 뒤를 돌아보자, 웬 여자 한 명이 수영장 가장자리에 서 있었다.

그는 그 여자가 클라라임을 알고서 하마터면 물을 들이킬 뻔했다.

"클라라!"

이게 대체 무슨 기막힌 조화람! 클라라는 표정이 좋지 않았다. 얼굴이 어찌나 창백하던지 마치 공연에 등장하는 여배우처럼 완전히 하얗게 화장한 것 같은 데다, 대단히 우아하지만 어쩐지 죽음을 연상시키는 치명적인 검은 옷차림이었다.

그는 문득 클라라가 아주 고약한 소식을 전하기 위해 나타난 건 아닐까 하는 두려움에 사로잡혔다. 혹시 우리 아이들 중 하나가?

클라라는 재빨리 뭔가를 던졌다. 꾸뻬 씨는 그것이 수영장에 구비돼 있는 구명 튜브란 사실을 너무 늦게야 알았다. 이미 구명 튜브는 그의 머리 위에 던져져 있었으니까.

"아니, 클라라, 이런 건 필요 없어!"

클라라는 대꾸도 하지 않고 계속해서 불만에 찬 표정으로 그를 쳐다보기만 했다.

꾸뻬 씨는 물 밖으로 나가 클라라를 포옹하기 위해 철제 사다리 쪽으로 가려했다. 바로 그때 그는 역류 때문에 자기가 뒤로 밀려 나고 있다는 사실을 깨달았다.

그는 뒤를 돌아다보았다. 시커먼 물이 소용돌이를 일으키며 수영장 한가운데로 빠져나가면서 꾸뻬 씨까지 그 소용돌이 속으로 빨아 당기는 것이었다.

꾸뻬 씨는 헤엄쳐서 수영장 가장자리에 닿으려 했지만 허사였다. 물살은 무척이나 셌고, 꾸뻬 씨는 발이 바닥에 닿지 않았다. 뒤편으로 소용돌이가 다가오는 소리가 들렸다.

"클라라!" 꾸뻬 씨가 다급하게 외쳤다.

클라라는 미동도 하지 않았고, 그저 기가 막힌다는 표정으로 어깨만 들썩였다.

"이 바보야!" 그녀가 외쳤다.

꾸뻬 씨가 계속 고함을 내지르는 동안 물은 이미 그의 어깨와 입을 덮쳤다.

호텔의 정신과 의사가 된 꾸뻬 씨

∞

"저 혼자만 악몽을 꾸는 게 아니로군요." 보리야의 목소리가 들렸다.

꾸뻬 씨는 눈을 떴다. 그는 여전히 장의자에 누워 있었다. 보리야는 수영복 차림으로, 조금 떨어져 있는 장의자에 앉아 있었다. 꾸뻬 씨는 보리야의 상체에 새겨진 문신을 봤는데, 놀랍게도 교도소에서 볼 수 있는 그런 종류가 아니라 매우 예술적인 것이었다.

"제가 뭐라고 하던가요?"

"막 소리를 지르더군요. 어떤 여자 이름을 부르는 것 같았어요."

"죄송합니다." 꾸뻬 씨가 몸을 일으키며 사과했다.

"별말씀을." 보리야가 말했다. "전 자고 있지도 않았는데요, 뭐."

"잠드는 건 죽는 거나 마찬가지니까." 꾸뻬 씨가 농담조로 말했다.

"잠들면 악몽을 꿀 수도 있죠." 보리야가 진지하게 말했다. "저도 악몽을 꾸곤 합니다."

"어떤 종류의 악몽을 꾸시나요?"

"군대 시절 꿈이죠."

꾸뻬 씨는 보리야가 속마음을 조금 열고 싶어 한다는 걸 느꼈고 그에게 술이나 한잔하자고 제안했다. 두 사람은 조금 떨어진 곳에 있는 테이블로 자리를 옮겼다.

하지만 정작 꾸뻬 씨가 보리야에게 군인 시절 악몽을 자주 꾸느냐고 되묻자, 대화를 시작하기에 좋은 질문인데도 보리야는 흔쾌히 말문을 열려 하지 않았다.

"과거에 제가… 군 시절 얘기를 해볼까 해서 정신과 의사를 찾아간 적이 있습니다. 하지만 결과는 더 나빠졌어요. 악몽도 더 자주 꾸고, 게다가 심지어 낮에도……."

꾸뻬 씨는 보리야 같은 인물이 정신과 의사를 찾아갔다는 사실에 놀랐다. 십중팔구 밤이면 그가 고함을 질러대는 통에 지쳐버린 배우자가 권했을 것이다. 꾸뻬 씨는 정신과 치료가 성공을 거두지 못했다는 데 그리 놀라지 않았다.

오랫동안 사람들은 끔찍하기 짝이 없는 기억을 믿을 만한 사람이나 특히 답변을 줄 수 있는 전문가에게 털어놓는 경우, 그 두려운 기억에서 헤어날 수 있으리라고 믿어왔다. 대개는 그렇게 되는데, 늘 그런 건 아니다. 어떤 사람들은 자기가 겪은 끔찍한 기억을 꼭꼭 숨겨놓고 거기에 대해서는 절대 말하지 않음으로써, 생각하지 않으려고 노력함으로써 그럭저럭 무탈하게 지내기도 한다. 그러다 보면 해결이 되기도 한다. 마치 지금의 보리야처럼, 비록 일시적일지라도, 방금 주문한 보드카의 힘을 빌려 남자답게, 진정한 남자로서 그것이 해결되었다고 생각하게 되는 것이다.

"사실, 제 아들 녀석 얘기를 좀 하고 싶습니다."

꾸뻬 씨는 '들어볼 테니 말씀해보시죠'라고 말하듯 고개를 끄덕이며, 콜로넬 대신 주문한 백포도주 첫 모금을 마셨다. 사실 꾸뻬 씨는 악몽을 피하기 위해 술이 필요했고 보리야와의 대화가 필요했다.

물에 빠지려 할 때 클라라가 "이 바보야!"라고 외쳐대던 소리가 아직 꾸뻬 씨 귓전에 생생했다.

보리야가 아직 젊었을 때 아들이 태어났는데, 당시 그의 부대가 외국(외국까지는 어떨지 모르겠으나, 적어도 독립을 원했으나 영예로운 소비에트 연방이 연방의 해체를 염려해 탈퇴를 용납하지 않았던 몇몇 나라들. 이런 정황은 꾸뻬 씨에게 키와의 민족이 겪은 역사를 상기시켰다)으로 파병되는 바람에 아들을 제대로 돌볼 수 없었다.

"아들은 이제 곧 서른입니다. 그런데 난 그 녀석을 어떻게 해야 좋을지 모르겠어요."

"어째서죠?"

"도무지 진지한 일이라고는 하려들질 않으니…… 게다가, 녀석은 제 아비인 나를 경멸합니다."

꾸뻬 씨는 자기 아이들이 자기를 경멸하지 않아서 참으로 다행이라 생각했다. 행여 자신이 자식에게도 멸시당하는 처지라면, 자기가 어떻게 성공한 삶이 어쩌느니 저쩌느니 하는 말을 할 수 있겠는가?

"녀석은 이 애비가 벌어온 건 마음껏 누리지요." 보리야가 말했다. "아주 안락하고 풍족하게 살죠, 고등교육도 받았고요."

"아드님은 자기가 얼마나 행운아인지 인정하지 않나요?"

"녀석은 애비가 하는 일을 증오합니다. 녀석의 친구라는 예술가들이나 먹물 좀 먹은 녀석들도 마찬가지고요. 그 녀석들에게 전

나쁜 놈이고, 착취자이고, 일종의 갱입니다."

피곤한데다 방금 마신 백포도주 때문에 정신이 몽롱해지기 시작한 꾸뻬 씨는, 보리야가 이야기를 계속하도록 그저 연신 고개만 끄덕일 따름이었다.

"제 덕에, 녀석은 이 애빈 꿈도 못 꿨던 호사를 누려왔죠. 그런데 이제 와서 아들 녀석은 자기 세계관이니 가치관이니 하는 것들을 들먹이면서 이 애빌 경멸하는 겁니다."

"아드님이 뭘 좋아하나요?" 꾸뻬 씨가 물었다.

"시, 연극, 뭐 그런 것들이죠."

"그건 가치 없는 일은 아니로군요."

"게다가 대중연극théâtre normal까지요⋯⋯." 보리야가 말했다.

"대중연극이라뇨?"

"우리나라에도 푸시킨이나 고골, 체호프⋯⋯ 같은 위대한 극작가들이 있죠. 그야말로 문학의 거장들이죠!" 보리야가 이미 보드카를 꽤나 마신 듯 울먹이는 목소리로 말했다.

그는 말을 멈추더니 마음을 진정시키려는지 술을 다시 한 모금 마셨다.

"근데, 아들 녀석은 그런 덴 관심이 없어요." 보리야가 중얼거렸다.

"어째서죠?"

"녀석은 배우들이 관객석으로 내려오거나, 무대에서 옷을 홀랑 벗거나…… 이런 종류의 연극만 한다니까요."

"현대극이로군요."

"패배자를 위한 연극이죠. 진짜 연극은 할 역량이 안 되는 놈들을 위한 연극이란 말입니다! 누가 그런 연극을 보려고 하겠습니까? 게다가 연극 연출가라니, 나 참……. 영화감독이라면 나도 이해합니다. 그런데 연극 연출가라니…… 계집애라면 나도 암말 않겠습니다. 그건 사내 녀석이 할 짓이 아니죠. 정말이지 계집애들이나 하는 거라고요."

"어쩌면 아드님은 아버지 덕분에 자기가 생계를 위한 돈벌이는 할 필요가 없다고 생각할 수도 있겠네요."

"바로 보셨습니다. 그러니 한심할 따름이죠. 게다가 녀석은 애비가 하는 일을 물려받을 능력도 안 되고요."

꾸뻬 씨는 가족 치료의 여지가 있다고 생각했다. 보리야로 하여금 자기 아들이 아버지와 똑같은 데서 삶의 의미를 찾아야 할 까닭이 없다는 사실을 받아들이게 할 필요가 있었다. 똑똑해 보이는 보리야도 어쩌면 그런 사실을 부분적으로나마 이해는 하고 있겠지만, 받아들인다는 것은 또 다른 문제였다. 또한 보리야의 아들도, 아버지가 어떤 사람이며 그 자신과는 다른 시대, 오늘날과는 다른 세상에서 태어나서 성장했음을 알아야 한다. 그런 아버지 덕에 주머니에 땡전 한 푼도 생기지 않는 길을 갈 수 있다는 사실을 깨닫도록 도와줘야만 할 터였다.

하지만 꾸뻬 씨는 수영장 가장자리에 앉은 채, 보리야의 문신(손목에는 낙하산 끝에 매달린 단검과 부대 번호를 새긴 문신이 새겨 있었다)으로 인해 주의력이 흩어지고 백포도주까지 두 잔이나 들이킨 터라, 용기를 북돋아줄 말이 쉽게 떠오르지 않았다.

"경멸이라!" 꾸뻬 씨가 별안간 큰 소리로 외쳤다.

"경멸이요?"

"누군가를 경멸한다는 건 그를 이러저러한 꼬리표로 낙인찍어버리는 겁니다." 꾸뻬 씨가 설명했다.

"네?"

"그러니까, 경멸한다는 건 누군가를 한 가지 차원에 묶어버리는 겁니다. 이를테면 '패배자' 니 '계집애' 처럼 말이죠. 그런데, 선생 아드님도 똑같이 행동하는 셈이죠."

"제 아들이요?"

"네……. 아드님도 선생한테 '나쁜 놈' 이니 '갱' 이니 하는 꼬리표를 붙이지 않습니까?"

"그 녀석은 이 애비를 경멸합니다."

"네. 헌데 아드님도 바로 자기 아버지에게서 사람들한테 꼬리표를 붙이는 걸 배웠을 겁니다."

'휴우.' 꾸뻬 씨가 생각했다.

'내가 좀 너무 세게, 너무 빠르게 진도를 나가는 것 같군. 그래도 뭐 어쩌겠어, 여기는 조용한 진료실도 아니고, 술까지 걸쳤

으니…….'

보리야는 꿀 먹은 벙어리가 되어버렸다. 그가 이상하리만치 침착하게 꾸뻬 씨를 바라보는 바람에 꾸뻬 씨가 오히려 좌불안석이었다.

조금 가라앉힐 시점이었다.

"보리야, 선생은 아드님이 하는 일을 경멸하고 있음을 드러내 보입니다. 그런데 그렇게 하면서 선생의 마음도 다칩니다. 선생은 아드님을 사랑하니까요. 그래서 나는 선생은 아드님을 단순히 패배자로만 여기지 않으며, 마찬가지로 아드님도 자기 아버지를 갱으로만 여기지 않는다고 확신합니다. 선생이나 아드님 두 분 모두 지금 같은 상태를 조금 넘어설 필요가 있습니다……."

보리야는 한숨을 푹 내쉬면서 나지막한 목소리로 말했다.

"어쩌면 그럴 수도 있겠군요……. 무슨 말씀인지 이해할 수 있을 것 같습니다……."

나중에 꾸뻬 씨는 수첩에 이렇게 적었다.

깨달음#8 당신의 안경에서 당신이 사람들에게 달아놓은 꼬리표를 떼어내고 그들을 있는 그대로 바라보라. 당신 자신에 대해서도 마찬가지다.

꾸뻬 씨는 이 문장이 제랄딘에게도 영감을 주리란 확신이 들었다.

다시 잠든 꾸뻬 씨

∽○○∽

마침내 보리야는 꾸뻬 씨가 일러준 이름을 적은 호텔 문장紋章이 새겨진 종이 잔 받침을 손에 쥐고는, 약속이 있다며 자리를 떴다.

꾸뻬 씨는 기억을 더듬은 끝에 가족 치료 학회에서 만났던 키 크고(그만큼이나 컸다) 금발인 러시아 출신 여성 정신과 의사를 떠올렸던 것이다. 그녀는 몇몇 여성 치료사들이 그러하듯, 평온하면서도 주변으로 확산되어 나가는 에너지를 뿜어내는 인물이었다.

꾸뻬 씨는 자신이 도움을 줬다는 느낌이 들어서 한결 기분이 좋아졌다.

그는 소용돌이에 빨려들었던 악몽을 좋은 기억으로 덮어버릴 요량으로 수영이나 좀 해볼 참이었다.

늦은 오후라, 가족 단위 손님들이 돌아와 장의자는 사람들로 북적이고 여러 나라에서 몰려온 꼬마들이 수영장 물속으로 다이빙을 하며 물을 튀기는 바람에, 꾸뻬 씨는 이내 물 바깥으로 나왔다.

꾸뻬 씨는 사십 세를 넘긴 지 이미 한참이나 지난 사람의 바쁜 하루가 이렇게 지나는구나,라고 생각하면서, 저녁 식사 때까지 지는 해나 감상하려고 장의자로 돌아왔다. 하지만 꾸뻬 씨는 저녁 식사 전에 지는 해는 감상하지 못했다. 또다시 잠이 들어버렸으니까.

새로운 속담을 만들어내는 꾸뻬 씨

∘○∘

"꾸뻬 씨?"

잠들었던 꾸뻬 씨가 깼다.

벌써 밤이었는데, 놀랍게도 자기 의자의 발치에 이번엔, 긴 소매 셔츠에 바지를 입고 있어서 마치 멋쟁이 해외파견 근무자처럼 보이는 장-미셸이 앉아 있었다.

"방으로 전화해도 안 받고 휴대폰도 받질 않기에 여기 오면 자 넬 만날 수 있을까 해서 와봤다네."

꾸뻬 씨는 지금 상황이 '강변에 앉게나, 그럼 적의 시신이 떠내 려 오는 걸 볼 수 있을 것이네'(노자가 한 말이라 전해진다-옮긴이)란 속담 대신, 차라리 '수영장 가장자리에서 잠이 들면, 친구들이 오 는 게 보일 거라네'라는 새로운 속담이 더 잘 어울리겠다는 생각 이 들었다.

"자넬 다시 보니 이렇게 기쁠 수가. 하지만 어쩐 일인가?"

"내 상사, 아니 내가 단체를 떠났으니 이젠 전 상사가 될 테지, 암튼 전 상사를 만나보러 왔다네."

"그럼, 그 사람들과 다시 합칠 건가?"

"그 사람들 쪽에서 나랑 합쳐야 할 테지." 장-미셸이 웃으며 말했다.

꾸뻬 씨 곁에 와서 앉은 그는, 아마도 그를 조금이라도 가까이서 보고 싶어서였는지 얼른 다가오는 여 종업원에게 탄산수를 주문했다.

"근데, 어쩌면 이렇게 빨리 왔지?"

"나야 모든 정식 서류를 다 갖추고 있으니까. 게다가 비행기를 탔고."

장-미셸은 제랄딘이 불과 48시간 전에 인터넷에 올린 키와의 인터뷰가 벌써 그 지역은 물론 그 너머로까지 반향을 일으키고 있다고 전했다.

제랄딘의 블로그는 추종자가 수천 명에 달했고, 그중엔 기자들도 상당히 많았다.

큰 신문사들에서도 자기네 홈페이지에 제랄딘의 블로그를 링크해 놨다.

"덕분에 난 우리 지역의 상황에 대해 인터뷰를 요청하는 외국 특파원들 전화를 받느라 정신이 없다네. 이곳 대사관에서도 전화를 하고, 다른 나라 대사관에서도 전화를 하고……. 게다가 내가 소속됐던 단체에서도 나를 찾지 뭔가."

제랄딘은 컴퓨터 클릭 몇 번으로 키와와 그녀의 미소를 유명하게 만들었고, 키와의 소수민족이 자유를 얻기 위해 벌이는 투쟁도 널리 알렸다.

꾸뻬 씨가 환자와 부상자 머리맡에서 '천사장' 장-미셸과 함께 찍은 그녀의 사진 몇 장도 '스토리텔링'에 힘을 보탰다.

"이렇게 빨리 효과가 나타날 줄이야 꿈에도 생각하지 못했다네!" 꾸뻬 씨가 말했다.

"나도 동감이야." 장-미셸이 웃으며 말했다. "우린 이제 완전 구닥다리인가 봐, 안 그래?"

"안경을 바꿔 쓸 때가 된 게지." 꾸뻬 씨가 말했다.

바에서 진료하는 꾸뻬 씨

∽○○∽

나중에 꾸뻬 씨는 핑크색 안경에 관한 인터뷰를 계속하기 위해, 두 사람이 좋아하는 장소인 바의 구석자리에서 제랄딘을 만났다. 그는 제랄딘에게 최근 자기가 찾아낸 핑크색 안경 목록을 전했다.

꾸뻬 씨는 그녀가 슬퍼하는 것 같아서, 우선 그녀가 공책에 "비하" 항목 아래 적어놓은 글을 조금 읽어보라고 했다. 예컨대, '알고 보면 나는 그다지 흥미로운 인물도 아니고'라거나 '나는 제대로 된 남자를 만나 정착하긴 틀린 것 같다' 등의 문장들이었다.

물론 꾸뻬 씨는 제랄딘에게 기운을 북돋아주기 위해, '아니에요, 제랄딘. 당신은 정말 흥미로운 인물이에요. 틀림없이 좋은 남자를 만나게 될 거예요' 따위의 말은 하지 않았다. 그런 식의 말은 과거에도 그녀의 친구들이 이미 많이 했을 텐데, 게다가 정신과 의사들이 그런 똑같은 말이나 반복하려고 수년간 공부하고 또 돈까지 받는 건 아니지 않을까?

꾸뻬 씨는 그녀에게 이렇게 말했다.

"좋아요, 제랄딘. 당신 말이 맞다고 칩시다. 그러니까 당신은 흥미로운 인물이 아니라고 인정해봅시다. 어디, 그렇게 말할 만한 증거를 제시해볼 수 있겠어요? 아니면 반증도 좋고요."

두 사람은 제랄딘이 흥미로운 인물이 아니라는 사실(그녀가 무시당했거나 버림받았을 때의 정황)과 그녀가 흥미로운 인물이란 사실(오랫동안 관계를 유지해온 남친과 여친들, 그녀의 블로그 추종자들, 좋아요 개수 등)을 입증하기 위해 제시한 모든 증거들을 함께 검토했다.

결국 제랄딘의 입에서 이런 말이 튀어나왔다.

"좋아요. 제가 흥미로운 인물일 수 있겠네요. 근데 그게 뭐요, 그 남자가 절 버렸잖아요……. 이번이 처음도 아니라니까요." 그녀가 훌쩍이며 말했다.

"좋소. 그럼, 당신이 언제나, 누구한테나 흥미로운 인물로 비쳐지지는 않는다,라고 말할 수는 없을까요?"

"그렇게 말할 수 있겠죠."

꾸뻬 씨는 제랄딘이 자신이 꿈꾸는 것, 즉 언제 어디서나, 누구에게나 흥미로운 인물로 비쳐지기 원하는 것과는 달리 언제 어디서나 누구에게나 그렇지는 않다는 사실을 깨닫도록 했다.

"방금 전, 제랄딘, 당신은 마치 이렇게 말하는 것 같았어요. '내가 언제나, 모든 사람에게 흥미 있는 인물로 비치지 않는다면, 난 흥미로운 인물이 아니다' 라고요."

"전부가 아니면 아무것도 아니라, 이런 말씀이죠?"

"맞아요."

"흑이냐 백이냐?"

"정확한 말입니다.

제랄딘과의 이 대담을 계기로 꾸뻬 씨는 안경에 관한 또 다른 아이디어를 얻었다!

○──○ 깨달음 #9 대비하지 말라. 모든 것은 완전히 검거나 완전히 희지 않다.

"잘 기억해둘게요." 제랄딘이 말했다. 딴 데 정신이 팔리기도 하는 꾸뻬 씨와는 달리 그녀는 한시도 책 집필 계획을 잊지 않았다. "혹시 또 다른 사례도 있나요?"

"엄마?" 꾸뻬 씨가 무심코 말했다.

"선생님의 어머니?"

꾸뻬 씨는 자기 엄마가 새끼 양 넓적다리 구이를 (좀) 너무 태웠

거나 모둠 치즈 접시에 뭔가가 빠졌을 때 하던 말을 떠올렸다. 그럴 때마다 꾸뻬 씨의 엄마는 "오늘 저녁 식사는 완전히 망쳤네!"라고 말하곤 했다. 나머지 식사는 훌륭했고 모두들 즐겁게 식사를 마쳤는데도 말이다.

"좋아요. 하지만 이런 식의 흑백 안경은 한편으로는 완벽성을 추구하게끔 부추기는 장점도 있을 것 같은데, 아닌가요?"

"네, 맞습니다. 그래서 나도 때로는 이런 안경을 쓰면 안 된다고는 말 못 하죠."

"저라면 제가 탈 비행기를 만드는 사람이나 저를 수술해줄 외과 의사라면 반드시 이런 안경을 껴야 할 것 같아요."

"미래의 당신 남편감은?"

"난 절대 결혼 같은 건 안 할 거예요!"

"좋아요. 하지만, 그래도 상상은 해볼 수 있죠……."

제랄딘은 생각에 잠겼다.

"으음, 그건 아니죠. 그런 완벽성은 직장에서나 발휘하라죠. 난 내 남편은 내가 얼렁뚱땅해놓은 건 못 보는 사람이면 좋겠어요."

"거 보세요. 건강하다는 건 때에 따라 거기에 어울리는 안경을 낄 줄 안다는 겁니다."

"잘 적어놓을게요!" 제랄딘이 말했다.

뷔페식당에서의 꾸뻬 씨

"굴, 드셔보셨어요?"

"일본산인데, 정말 맛있어요."

꾸뻬 씨는 보라색 불을 밝힌 수영장 근처의 뷔페식당에서 접시에 음식을 담으면서, 아무리 잘 알고 있는 곳이라고는 하나 다른 나라의 수도에 와서 이틀 동안 호텔 바깥으로 한 발짝도 나가지 않은 건 기록이라고 생각했다. 어쩌면 앞으로는 이것이 그의 새로운 관광법이 되려나?

제랄딘과 키와는 이틀 연속 불교 사원을 구경했고, 제랄딘은 새로 사귄 친구를 입히려고 쇼핑까지 마치고 돌아왔다.

꾸뻬 씨는 알록달록한 꽃 색깔의 긴 여름 드레스를 입은 두 젊은 여성을 바라보는 것이 즐거웠다. 제랄딘이 길거리 시장 진열대에서 재치 있게 건져낸 디자이너 특유의 개성까지 겸비한 의상이었다.

키와는 여전히 나이프와 포크 사용에 익숙해지려고 애쓰면서도 처음보다 한결 덜 주눅 든 모습이었다. 장-미셸은 그녀에게, 다음 날 둘이서 그가 예전에 일했던 인도주의 단체의 지역 본부에 들렀다가 점심엔 국제적으로 널리 알려진 한 일간지의 그 지역 특파원과 만나 식사를 하기로 되어 있다고 설명해주었다(무엇보다 먼저 세계적으로 널리 알려진 그 미국 일간지와 인터뷰를 해야 한다고 장-미셸을 설득한 건 제랄딘이었다).

키 큰 젊은 남성이 그들과 함께 식사했다. 그는 장-미셸이 예전에 일했던 단체에 소속된 의사로, 키와의 나라와 국경을 맞댄 곳에서 멀지 않은 곳에서 활동하고 있었다. 마르크라는 이름의 그 청년은 그곳에서 말라리아에 관해 연구 중이었다. 그는 이따금씩 수도에 와서 그 지역 사람들에게서 채취한 혈액 샘플을 분석케 하고, 경각심을 가져야 할 신종 바이러스를 찾아내기도 했다. 진지하고 내성적인 그 청년을 보면서 꾸뻬 씨는 자신의 젊은 시절 모습을 보는 듯했다. 다만 꾸뻬 씨가 주로 자기 나라에 머물고 있는 것과는 달리 마르크는 처음부터 장-미셸과 같은 삶의 방식을 택했다.

놀랍게도 마르크는 키와네 민족의 언어를 능숙하게 구사했는데, 그도 그럴 것이 그는 키와네 민족과 함께 생활하고 있었다. 다행히도 국경의 다른 쪽이라서 그는 평화롭게 살 수 있었다. 국경의 반대쪽은 상황이 정반대였는데, 그곳 사람들은 국가로부터 온전한 국민 취급을 받지 못하는 까닭에 정글 속 마을에 숨어서 상대적으로 가난하게 살았다.

꾸뻬 씨는 두 젊은 남녀가 미소를 머금은 채, 자기는 통 알아듣지 못하는 말을 끊임없이 서로 주고받는 모습을 지켜보았다. 이야기 도중에 키와는 자주 웃음을 터뜨렸다. 마르크가 그녀에게 말할 때 진지하면서도 조금은 꿈꾸는 듯한 태도를 취하는 데다, 이따금

정확한 단어를 찾으려 쩔쩔매는 모습을 보이기 때문인 것 같았다.

동시에 꾸뻬 씨는 키와에 관해 대단히 심각한 질문을 스스로에게 던져보지 않을 수 없었다. 나는 지금 키와에게 행복을 안겨주는 것인가 아니면 불행을 안겨주는 것인가?

그가 키와에게 새로운 지평선을 열어준 것은 사실이다. 키와를 자기 마을에서 끌어내어 이 뷔페 식당과 수영장, 제랄딘과의 쇼핑처럼 모든 것이 쉽고 풍요로운 이 대도시로 데려오지 않았던가?

행복을 망치는 확실한 방법 중 하나는 비교를 하는 것이다. 키와가 다시 자기 마을로 돌아간 후, 진창길에서 미끄러지지 않으려고 애를 쓰며 강에 가서 밥공기들을 씻게 될 때, 과연 어떻게 비교를 하지 않고 살아갈 수 있단 말인가?

자기가 맡은 의무를 다한다는 감정만으로 그곳 오솔길만큼이나 협소하고 폐쇄적인 삶을 받아들이기에 충분할까?

아니면, 그렇기 때문에 더더욱 헌신적으로 될까?

제랄딘은 나름의 매력을 발산하며 마르크의 관심을 끌려 했다.

"이따금씩 정글에서 혼자라서 외롭다는 생각은 안 드나요?" 그녀가 물었다.

"음, 그럴 만큼 한가하질 않습니다. 늘 이 마을에서 저 마을로 옮겨 다니거든요. 우기엔 조금 낫긴 합니다. 좀 짜증은 나지만요."

"어째서요?"

"차가 통행을 못합니다. 길이 온통 진창이 되거든요."

"그럼, 어떻게 해요?"

"걸어야죠, 자전거를 타기도 하고요." 마르크가 웃으며 대답했다.

제랄딘이 존경스럽다는 태도를 취했지만, 정작 마르크는 키와쪽으로 고개를 돌렸다.

'이보게, 젊은 의사 양반, 자네는 지금 내 일을 망치고 있는 중이라네.'

꾸뻬 씨가 이렇게 생각했다. 하지만 그러면서도 그는 마르크를 이해했는데, 그간 이 젊은 청년은 관광객으로 온 수많은 서양 여성 숭배자들한테 꽤나 시달렸을 테니 말이다.

꾸뻬 씨는 키와와 제랄딘에 대한 걱정을 떨치지 못하면서도 한 식탁에 둘러앉은 사람들에 대해 만족스러웠다. 어쨌든 자기 덕분에 사람들이 이렇게 한자리에 모이게 된 것이 아니겠는가. 요컨대 그는 장-미셸이 말했듯이, "상궤에서 벗어남으로써" 자신이 보다 유용한 사람이 된 기분을 맛볼 수 있었다.

그는 스스로에게 상을 주기 위해 굴 한 접시를 더 가지러 가려고 일어섰다가 보리야와 마주쳤다. 보리야는 손에 접시를 든 채 고기를 집을지 게를 집을지 망설이고 있었다.

"사업은 잘돼갑니까?" 꾸뻬 씨가 물었다.

"사업이 잘된다고 말하는 사람은 아마 없을 겁니다." 보리야가 대꾸했다. "그런데, 조금 전 TV에서 선생 친구분들을 봤어요."

"TV에서요?"

"네, 뉴스 시간에."

"저희와 합석하시겠습니까?"

"나중에요. 지금은 사업 파트너들과 함께 있습니다." 보리야가 조금 떨어진 곳에 놓인 테이블을 가리키며 말했다.

악어마냥 주름이 깊게 팬 두 명의 아시아 사람과 반바지 차림의 두 러시아 사람이 꾸뻬 씨의 눈에 들어왔다. 러시아인들 옆에 앉은 보리야는 마치 바캉스 촌의 책임자처럼 보였다.

잠시 후 보리야가 와서 합석했다. 장-미셸과 보리야는 이내 공통 화제를 찾았다. 장-미셸은 의사자격증을 따자마자 첫 임지로 산중에 있는 임시 병원에서 일했고, 보리야는 같은 나라지만 다른 지역에서 젊은 공수부대원으로 군인으로서의 첫발을 내디뎠다.

"아름다운 나라예요." 보리야가 말했다.

"기가 막히죠." 장-미셸이 맞장구쳤다.

보리야와 장-미셸은 의기투합해 그 나라를 칭송하기 시작했는데, 이러한 칭송은 그곳에서 일정 시간을 보낸 사람들 사이에서 항시 관찰할 수 있었다. 몇 년 전 그곳을 방문한 꾸뻬 씨의 아들도 그랬던 것처럼.

그러나 꾸뻬 씨는 산세가 험하고 주민들도 용맹한 전사이며, 여성들도 아름답긴 하지만 언제 분출할지 알 수 없는 모진 면을 감추고 있는 이런 세상 한 자락을, 사람들이 어째서 그토록 칭송하는지 솔직히 이해하기 힘들었다.

그걸 이해하려면 언젠가 내 발로 그곳을 한번 돌아봐야 하지 않을까? 하지만 그러려면 항상 전쟁 중인 그곳 상황을 고려할 때, 클라라에게 진짜로 버림을 받아 정말로 아무것도 할 일이 없을 때까지 기다려야 할 거란 예감이 들었다.

바로 그 순간 꾸뻬 씨는 자기도 제랄딘처럼 사유한다는 생각이 들었다. 내가 만일 나의 진정한 사랑인 클라라에게 버림을 받는다면, 내 인생은 그걸로 끝장 나는 거다.

하지만 꾸뻬 씨는 제랄딘과는 달리, 그런 사고방식을 갖는 것은 나쁜 안경을 쓰기 때문이란 걸 알고 있었다. 자기도 본의 아니게 가끔씩 그런 안경을 쓰긴 하지만, 그는 그 안경을 벗어버릴 수 있다는 사실을 거의 확신할 수 있었다.

제랄딘은 시무룩한 표정으로 음식을 먹는 둥 마는 둥 깨작댔다.

꾸뻬 씨는 이내 상황을 파악했다. 마르크는 키와와 이야기를 나누고 보리야는 장−미셸과 대화를 나누는 걸 보니, 자연히 제랄딘은 또다시 버림받았다는 느낌이 들면서 자신은 흥미 없는 인물이라 여기고 있을 터였다.

꾸뻬 씨는 제랄딘 쪽으로 몸을 굽혔다.

"제랄딘, 이 모든 게 당신 덕분이에요."

"맞아요." 장−미셸도 동조했다. "제랄딘, 고마워요."

"자, 그럼 우리 축배를 듭시다." 보리야가 포도주 한 병을 새로 시키기 위해 종업원 쪽을 돌아보며 말했다.

"나의 자매." 키와가 양팔로 제랄딘을 끌어안으며 말했다.

제랄딘은 일순간에 행복에 겨워했다. 모두들 서로의 눈을 바라보며 축배를 들었다. 보리야와 장−미셸도 마찬가지였는데, 나이가 들다 보니 두 사람이 같은 편에 있지 않았다는 사실은 무뎌지면서 그보다는 젊은 시절 같은 시기, 같은 장소에서 삶의 첫발을 내디뎠다는 점이 더욱 소중하게 여겨지기 때문일 것이었다.

"고맙고 또 고마워요. 저희 동족을 위해서도 고마워요." 키와가 말했다.

키와가 환한 미소와 함께 잔을 높이 치켜들자 마르크는 지나치게 진지한 표정으로 그런 키와를 바라보았다. 꾸뻬 씨는 젊은 의사가 키와를 심각하게 사랑하게 된 건 아닌지 궁금했다.

꾸뻬 씨와 김이 서린 안경

다음 날 아침 꾸뻬 씨는 파라솔 그늘 아래에서 제랄딘과 다시 만났다.

제랄딘이 세 번째 커피 잔을 앞에 둔 채 눈물로 얼룩진 눈을 가리기 위해 여전히 커다란 선글라스를 끼고 있어서인지, 꾸뻬 씨가 보기엔 마치 여배우 같았다.

꾸뻬 씨는 어제 저녁 식사 동안 있었던 일에 대해 이야기를 나누기로 작정했다. 그는 다시 한 번 어제와 같은 과정을 밟고자 했다.

제랄딘은 사건 A(자신을 제외한 모든 사람들이 대화한다) 이후 자기 머릿속에서 펼쳐졌던 생각(반사적으로 든 생각 B: 즉, 사람들은 내가 흥미 있는 인물이라고 여기지 않는다. 사실상 나는 흥미 있는 사람이 아니다), 또 그런 생각이 초래한 감정(C, 즉 유쾌한 상황이 아니라는 감정)이 일었다는 사실을 곧바로 털어놨다.

"당신이 내가 제안한 공식 ABC를 금세 터득해서 정말 기쁩니다."

다행스럽게도 전날의 저녁 식사는 모든 사람들이 제랄딘을 치하하는 축배를 드는 것으로 마무리되었다. 덕분에 꾸뻬 씨는 이날 아침 또다시 제랄딘에게 그 가파른 경사로를 처음부터 힘들게 올라가도록 다그칠 필요가 없었다.

"오케이, 선생님이 의도하는 하는 바를 이해해요." 제랄딘이 말했다. "결핍에 대해선 또 어떤 걸 제안하실 건가요?

아닌 게 아니라 제랄딘이 공책에 적은 글 중에서 결핍 항목은 전날부터 시작하여 제일 길어진 항목이었다.

내 품안이 텅 빈 듯한 느낌. 마치 나의 피부가 떨어져나가기라도 한 것처럼. 여러 차례 잠이 깨면서 어느 순간엔가 그가 내 곁에 몸을 누이고 있다고 느꼈다. 하지만 나는 곧이어 그건 현실이 아니며, 앞으로도 영원히 그렇지 않으리란 걸 깨달았다. 아, 이 끔찍함.

"어찌나 끔찍하던지, 내 인생은 이제 완전히 끝났구나, 싶더라니까요."

꾸뻬 씨는 제랄딘이 이런 말을 털어놓아서 매우 흡족했다. 그에게 이런 종류의 말은 이를테면 별식 같은 것으로, 토론을 가능하게 하는 열쇠 같은 말이었다.

"내가 제대로 알아들은 거라면, 정말 많이 고통스러웠겠네요. 그 어느 때보다도……."

"네." 제랄딘이 애써 울음을 참으며 대답했다.

"……그러니까, 당신 인생이 끝났다는 생각이 들었단 말이죠?"

제랄딘은 훌쩍이며 고개를 끄덕였다.

"공황장애와 흡사하네요." 꾸뻬 씨가 말했다.

"네?"

"사람들이 처음으로 공황장애를 일으키면 엄청나게 불안해합니다. 심장이 다 벌렁거리면서, 엄청난 두려움에 사로잡힙니다. 너무나 고통스러워 이러다가 죽으려나 보다라고 생각하게 된답니다."

"근데, 죽진 않나요?"

"안 죽습니다. 하지만 너무나 끔찍한 느낌이라 자기의 마지막 순간이 찾아온 거라고 여기죠. 그러나 그러고 나면 회복합니다."

"그게 저와 무슨 상관이죠?"

"사람들은 발작을 일으키면 너무나 고통스럽기 때문에 자기한테 대단히 심각한 일이 닥쳤다고 생각하죠. 마찬가지로, 당신도 너무 고통스럽기 때문에, 당신 인생이 끝났다고 생각하는 겁니다."

"제가 곧 회복할 텐데도 말이죠? 그 말씀이 하고 싶으신 건가요?"

"그뿐만이 아니라 당신이 정서적 추론을 하고 있단 말을 하고 싶어요."

꾸뻬 씨는 정서적 추론이란 감정의 안경을 쓰고 상황을 바라보는 방식이라고 설명해줬다. 이를테면, 나는 매우 고통스럽다. 그래서, 이 사태가 매우 심각하다라고 생각하는 경우이다(꾸뻬 씨는 제랄딘에게, 공황장애가 반복적으로 찾아올 경우 결국 진짜 병이 되니 치료를 받아야 한다, 비교의 과정을 복잡하게 만들어버리기 때문이라는 말 따위는 늘어놓지 않았다).

"비유컨대, 두려움이나 슬픔, 버림받았다는 감정 등의 정서는 안경에 김을 서리게 해서 모든 걸 암울하게 보이도록 하는 거죠."

"새로 등장하는 안경이로군요." 제랄딘이 말했다.

"아주 정확하게 맞았어요. 그걸 어떻게 표현하면 좋을까요?"

제랄딘은 잠시 생각하더니 수첩에 글을 적어 꾸뻬 씨에게 보여 줬다.

ㅇㅇ─ 깨달음#10 그 순간의 감정 상태를 확인하라. 안경에 감정 이라는 김이 너무 많이 서리도록 하지 말라.

"멋지군요!" "알겠어요." 제랄딘이 말했다. "그런데 살다 보면 정말로 끔찍한 상황에 처하게 되기도 하죠. 소중한 존재를 잃거나 불치의 병에 걸린다거나⋯⋯."

"그럼요. 살다 보면 때로는 아주 비극적인 일들을 겪기도 해요. 하지만 내가 말하려는 건, 대개의 경우 감정 때문에 사태를 실제 보다 더 심각하게 보게 된다는 거죠."

"그렇네요⋯⋯. 저는 선생님이 저한테, '정신 차려요!', '뭘 그 리 고통스럽다고 그래요!' 같은 말은 제발 하지 않으셨으면 해요. 선생님도 버림받으면 얼마나 고통스러운지 아시잖아요."

"네."

"그런데 아무리 이게 내 인생의 끝은 아니다, 끼고 있는 안경에 서 서린 김을 닦아내야 한다, 이런 걸 알고 있다 하더라도, 그 '나 쁜 놈' 때문에 제가 겪고 있는 결핍감은 어떻게 떨칠 수 있나요?"

"사랑의 아픔, 다섯 가지 요소에 대해서 계속 파고드세요. '나 쁜 놈'은 분노 항목에 넣어야겠죠?"

"네. 솔직히 그러다 보니 조금씩 나아지는 것 같긴 한데, 그래도 끔찍한 결핍감이 들면 어떻게 해야 하죠?"

"자, 이거 받아요." 꾸뻬 씨가 말했다.

제랄딘은 꾸뻬 씨가 내민 상자를 살펴봤다.

"이건 감기약이로군요!" 그녀가 어처구니없다는 듯이 내뱉었다.

"그렇긴 한데, 결핍감으로 인한 고통에도 웬만큼 들어요. 사실상 결핍감이 육체와 관련돼 있기도 하거든요. 호텔 바로 옆 간이매점에서 샀어요."

꾸뻬 씨는 미심쩍어하는 제랄딘에게, 머리가 아프거나 미열이날 때 복용하는 이 평범한 약이 버림받은 데서 오는 고통도 경감해준다는 사실이 연구 결과 밝혀졌고, 어쨌든 그 약이 뇌에 작용하는 만큼 그리 놀라운 사실은 아니라고 덧붙였다.

"그래도 남용은 금물입니다." 꾸뻬 씨가 덧붙였다.

"안 그럴게요. 게다가 저, 약 먹는 거 엄청 싫어해요."

"하루에 세 알 이상은 안 돼요."

"그렇게 해보죠."

"그리고 제랄딘, 나한테 한 가지만 맹세해요. 죽어버리겠다면서 그 약 한꺼번에 먹지 않겠다고."

"그러니까 선생님은 제가 다른 방식으로 죽길 바라시는 모양이군요?"

요즘 젊은이들이 예전 젊은이들보다 상대하기가 까다롭군, 이라고 꾸뻬 씨는 생각했다.

"그럴 리가……. 그런 건 전혀 아니에요. 이제 당신도 상태가나아질 수 있다는 걸 느끼죠?"

"네, 그렇긴 해요……. 하지만 그때그때 달라요. 선생님과 얘기하는 동안은 확실히 괜찮아요. 그런데 밤이 되면…… 게다가 이제 또 선생님한테도 버림받잖아요!"

사실이었다, 꾸뻬 씨는 그날 저녁 비행기를 탈 예정이었으므로.

"난 당신을 버리지 않아요. 더구나 당신은 이제 꽤나 바빠질 텐데요……."

제랄딘은 장-미셸, 키와와 더불어 여러 약속 장소에 동행할 예정이었다. 말하자면 그녀는 두 사람의 홍보 담당이 된 셈이었다.

"……게다가, 우린 스카이프로 통화할 수도 있잖아요."

그렇게 말하던 꾸뻬 씨는 최근 며칠간 클라라와 통화하지 못했다는 걸 깨달았다. 하지만 장거리 통화는 사태를 악화시킬 뿐이며, 사태 해결을 위해서는 당사자 두 사람이 직접 만나는 길밖에 없었다. 두 나라 사이에서도 전쟁을 피하려면 직접 협상 테이블에서 만나야 하는 것과 같은 이치였다.

꾸뻬 씨와 장-미셸 그리고 사랑

◦○◦

택시는 어두운 밤을 가르며 공항 방향 고속도로를 달렸다. 장-미셸은 한사코 공항까지 꾸뻬 씨를 배웅하겠다고 고집을 부렸다.

"그러고 보니, 우리 둘이서 오붓하게 얘기를 나눌 시간이 많지 않았네." 장-미셸이 말했다.

"내가 다시 돌아올 텐데, 뭐."

"제발 그렇게 되어야 할 텐데."

"난 말이지……."

장-미셸은 꾸뻬 씨가 말을 끝맺기를 기다렸다. 그는 정신과 의사는 아니지만, 사람들 말을 경청할 줄 알았다.

"난 말이지, 이 모든 것이 키와에게 고통만 안겨주는 건 아닌지……."

장-미셸이 피식 웃었다.

"자네도 결국 너그러운 하느님은 아닌가 보네?"

"그게 무슨 말이야?"

"자주 느끼는 거지만, 자네는 스스로를 선량한 하느님으로 여기거나 또는 그래야 한다는 의무감을 가지고 있는 것 같아 하는 말일세. 사람들을 구해야 한다는 의무감 말이야. 이번엔 구해야 할 사람이 키와이고."

꾸뻬 씨는 오랜 친구의 말을 들으면서 젊은 시절 자기가 또 다른 젊은 여성을 구하려 했던 일이 떠올랐다. 그렇지만 그건 장-미셸은 모르는 일이었다.

"이보게, 장-미셸, 선량한 하느님이 되려 하는 건 내가 아니라 오히려 자네가 아닌가?"

"그래, 아주 틀린 얘긴 아닐세, 친구. 그런데 이 일에 뛰어든 이후 난 한계를 너무 많이 느낀다네."

"아무튼 키와를 위해서 작은 기적쯤은 행할 수 있지 않은가?"

"아, 내가 보기엔 나보다도 오히려 마르크가 그 일엔 적격일 것 같네만."

장-미셸은 실제로 마르크가 자기한테 속마음을 털어놓았고, 키와가 다시 전쟁 중인 자기 마을로 되돌아갈까 봐 애태운다는 말을 전했다.

"그럼, 어떻게 되는 거지?"

"마르크가 마을로 우릴 만나러 올 거란 예감이 들어." 장-미셸이 말했다. "잘된 일이지. 우리 마을에 점점 더 치료하기 힘들어지는 말라리아 환자들이 있거든."

꾸뻬 씨는, 마치 용맹한 기사가 미녀를 만나기 위해 마법에 걸린 숲을 거침없이 내닫듯(그곳엔 유령이 아니라 지뢰가 있었다), 마르크가 어깨에 약품이 가득 담긴 보따리를 이고서 키와가 있는 마을에 도착하는 장면을 상상했다.

"자, 이제 자네 얘길 해보세." 장-미셸이 말했다. "클라라에게 소식은 있었어?"

"내가 클라라한테 만나러 가겠다고 했어. 그런데 별로 기뻐하질 않더군. 오히려 내가 언제 올 건지, 도착 날짜에만 더 관심을 보이더라고. 이젠 날 사랑하지 않는 것 같아."

"마인드−리딩mind-reading!" 장−미셸이 말했다.

"그런 걸까?"

"이건 자네가 나한테 가르쳐준 거잖아!"

꾸뻬 씨는 몇 해 전에, 나쁜 안경이라고 할 수 있는 마인드−리딩에 대해 장−미셸에게 가르쳐줬던 일을 떠올렸다. 친구 사이에서 흥미로운 화젯거리란 생각이 들어서였다.

마인드−리딩이란 다른 사람의 생각을 읽을 수 있다는 믿음을 일컫는다. 꾸뻬 씨는 방금, '클라라가 나한테 특히 스케줄에 관한 질문을 했고, 그리 흡족한 기색을 보이지 않았다. 그러니 그녀는 나를 더는 사랑하지 않는 거다' 라는 말을 했다.

제랄딘 역시 마인드−리딩의 신봉자라 할 수 있었다. 꾸뻬 씨가 제랄딘을 파리의 진료실에서 처음 만난 날, 그가 대화 시간을 줄이려하자 이내 그녀는 "저란 존재가 선생님한텐 재미가 없군요!"라고 했다. 실제론 꾸뻬 씨가 어서 빨리 식당에 가서 맥주와 참치 샐러드를 먹고 싶었을 뿐인데 말이다.

마인드−리딩이란 마치 자신이 X선, 아니 도리어 Z선(왜냐하면 세상에 존재하지 않는 광선이기 때문에)을 내뿜어 다른 사람의 마음을 읽는 안경을 끼고 있다고 믿는 것이다.

꾸뻬 씨는 자기 진료실에서 Z선을 내뿜는 환자들과 매일 마주친다.

"그 여자가 제 메시지를 씹었어요. 제가 어떻게 되든 상관치 않겠다는 증거지요.", "제가 그 사람과 마주쳤는데 인사도 안 하는 거예요. 그 사람한텐 제가 하찮은 사람인 게죠.", "네가 피곤하다고 말하는 걸 보니, 너한테 일을 맡긴 나를 책망하는 걸 테지." 등등⋯⋯.

"자네가 무슨 말을 하려는지 알겠네." 꾸뻬 씨가 말했다. "하지만 어쨌든 나에 대한 클라라의 사랑이 식었다고 할 수도 있겠지."

"인정. 마인드-리딩이 때론 정확한 경우도 있으니까. 그렇긴 해도 자네가 한 말은 어디까지나 가정이 아닌가? 그러니, 확인을 해봐야지."

"그래, 맞아."

"결국 정확히 알 수 있는 유일한 방법은 가서 직접 만나보는 걸 테지."

꾸뻬 씨는 수첩에 이렇게 적어야겠다고 다짐했다.

깨달음#11 Z선 안경을 벗어라. 다른 사람의 생각을 추측하기보다 차라리 직접 가서 물어보라.

"알았어, 장-미셸. 그런데 자넨 지금 우리 부부가 처한 상황을 어떻게 보나?"

"그야 알 수 없지. 요 몇 년 동안 자네 부부를 만나본 적이 없잖

은가? 내 생각으론, 자네 부부 사이엔 아주 단단한 끈이 연결돼 있어 도저히 끊길 것 같지 않네만."

"사랑은 어쩌고?"

"아, 사랑이라, 그건 또 다른 얘기지. 자네도 알다시피, 사랑에도 여러 형태가 있잖나? 에로스, 필리아, 아가페……."

그런 거라면 꾸뻬 씨도 물론 잘 알고 있었다. 에로스는 정염의 사랑이다. 뿐만 아니라 제랄딘을 그토록 고통에 몸부림치게 하고, 어쩌면 머잖아 마르크와 키와까지도 고통에 빠뜨릴지도 모를 결핍을 초래하는 사랑이기도 하다.

필리아는 화합을 동반하는 사랑으로 깊은 우정과도 흡사하고, 아가페는 마치 자식들에 대한 부모의 사랑(또는 당신이 그렇게 태어났다면, 인류 전체에 대한 사랑을 위해 헌신할 수도 있다)처럼 대가를 바라지 않으면서도 다른 사람이 행복해지길 바라는 사랑이다.

"알았어. 그렇지만 난 아직 에로스 단계의 사랑 없이는 살 수가 없다네." 꾸뻬 씨가 말했다. "오로지 좋은 친구처럼 지낸다······ 그건 아니지."

"그 심정도 이해가 가네." 장-미셸이 말했다.

가만 있자, 장-미셸이 자신의 개인사에 대해 좀 더 털어놓을 심산인가?

"어떻게? 자네도 그런 경험이 있어?"

"그런 건 아니고. 난 이제 에로스 없이 사는 것이 점점 더 쉬워지는걸." 장-미셸이 말했다.

"그래도 가끔씩 욕구가 생길 텐데?"

장-미셸은 묵묵부답이었다. 꾸뻬 씨는 장-미셸이 20년도 더 된 연애 사건 이후로 자신의 연애에 대한 속내를 밝히는 게 이로써 마지막이라 생각했다.

"아니. 욕구 같은 건 없다네. 우리 나이에선 차라리 잘된 일이지."

꾸뻬 씨는 골똘히 생각했다. 그러고 나서 입을 열었다.

"우리 나이라고? 그보다는 차라리 자네가 사는 곳이 특별하기 때문이라고 해야 하지 않을까?"

장-미셸은 처음엔 대답이 없더니 이내 빙긋 웃었다.

"둘 다겠지."

지난 일을 되돌아보는 꾸뻬 씨

∘○○∘

이번에 가는 곳은 꾸뻬 씨가 장-미셸을 만나기 위해 20년도 더 전에 찾았던 곳인데, 이번엔 그곳으로 에두아르를 만나러 가는 길이다.

꾸뻬 씨는 과연 세상에서 가장 가난한 지역 가운데 하나인 그곳과 오랫동안 보지 못한 에두아르 중 무엇이 더 변했을까 자문해봤다. 꾸뻬 씨가 마지막으로 에두아르를 찾아갔을 때 그 친구는 키와의 민족이 사는 곳에서 그리 멀리 않은 곳에서 배 고픈 불교 승려로 살고 있었다.

에두아르는 항상 인생에 있어서 변화를 추구하는 데 명수였다. 꾸뻬 씨는 가끔씩 이를 주제로 강연을 개최하면 어떨까 하는 생각을 하곤 했지만, 에두아르는 남들 앞에서 자신에 대해 말하길 원치 않았다. 어쨌든 그는 애초부터 다른 사람들이 자신에 대해 뭐라 생각하든 개의치 않는 사람이었다.

첫 번째 변화는 도착 직후부터 눈에 띄었다. 오래전에 콘크리트로 지은 공항은 노후된 상태 그대로였지만, 꾸뻬 씨는 이번엔 그래도 비행기에서 내린 후 찌는 듯한 땡볕 아래 노지를 걸을 필요가 없어서 다행이라 생각했다. 전 세계 다른 공항들처럼 이곳도 비행기에서 내리면 도착 층에 바로 접근할 수 있는 가교가 설치돼 있었다.

언감생심 에어컨까지는 설치되지 않았지만, 커다란 선풍기가 덜덜거리며 돌면서 미적지근한 바람을 내보내고 있었다.

"우리나라에 무슨 목적으로 오셨습니까?" 이민국 관리가 물었다. 그는 마치 피아노마냥 검고 장대했고, 고른 흰 치아들은 건반을 연상케 했다. 꾸뻬 씨는 자신이 본의 아니게 엉뚱한 비교를 하고 있음을 깨닫고는, 아무래도 너무 피로가 쌓였나 보다고 짐작했다.

"친구를 만나러 왔습니다."

꾸뻬 씨는 에두아르의 이름을 댔다.

"아, 우리나라를 위해 애쓰시는 고마운 분이죠!" 이민국 관리가 파안대소하며 말했다. 그러더니 꾸뻬 씨의 여권에 작은 책상이 흔들릴 정도로 힘차게 입국도장을 찍어줬다.

꾸뻬 씨는 짐을 찾으면서 지난번 왔을 때와는 달리 서로 자기 가방을 차지하려고 다툼을 벌이는 짐꾼들을 찾아볼 수 없어서 놀랐다. 사실 그 동안에 모든 여행 가방에는 바퀴가 달리게 되었는데, 트랙터가 등장해 농업의 판도가 달라진 것과 마찬가지로, 기술 발달에 힘입어 여행의 판도도 변했다고 할 수 있었다.

반면에 그는 전에 보지 못한 제복을 입은 짐꾼들이 카트(이 또한 기술 발달로 인한 변화였다)를 끌고 와 타지에 나갔다가 귀향하는 그 지역 사람들의 엄청나게 큰 보따리들(마치 어느 짐이 더 큰지 경합을 벌이는 듯한 그 짐들은 그런 대로 단단하게 잘 포장되어 있었다)을 실으려고 법석이었다.

공항에서 빠져나온 꾸뻬 씨는, 그나마 미적지근한 선풍기도 없는 땡볕 아래 예전에 그를 에워쌌던 굶주린 거지 떼가 보이질 않아 다행스럽게 생각했다.

일견 이 나라가 그간 발달했다는 증거라고도 할 수 있었다(하지만 그때의 그 거지들은 이미 오래전에 굶어죽었을 터였다).

꾸뻬 씨는 이번에도 지난번처럼 순백의 커다란 사륜구동 자동차가 자기 앞에 정차하는 광경을 기쁜 마음으로 지켜봤다. 하지만 이번에는 자동차에서 장−미셸이 아닌 에두아르가 내렸다.

지난번 꾸뻬 씨가 이곳을 찾았을 때는 이 친구가 비참할 정도로 바짝 마른 승려였던 데 반해, 이번엔 발그스름하게 볼살이 오르고 푸른 눈에서는 장난기와 지성이 번뜩였다.

놀랍게도 에두아르는 흰 머리라곤 전혀 찾아볼 수 없었다. 꾸뻬 씨는 이내 친구가 염색을 했다는 사실을 깨달았다. 의아한 일이긴 한데, 에두아르는 언제나 다른 사람들 시선 따위는 안중에 없는 사람이기 때문이었다.

"잘 왔네." 에두아르가 말했다. 그러는 사이 마치 이민국 관리와 형제처럼 보이는 덩치 큰 그의 운전수가 꾸뻬 씨의 가방을 가뿐하게 들어서 트렁크 안에 넣었다.

"장−미셸이 자네한테 안부 전해달라더군."

"저런, 어째서 같이 오지 않았나? 나한테 기별을 했어야지. 그 친구, 여기서 몇 년을 보냈잖아."

"이제 보니까, 여기도 많이 달라졌네." 예전보다 팬 곳이 많이 줄어든 것 같은 도로 위를 달리는 차 안에서 꾸뻬 씨가 말했다.

"그렇게 볼 수도 있지. 게다가 여긴 수도니까. 예전보다 조금 발달한 건 맞아."

"인도에 쭉 늘어서 있던 시장도 보이질 않네!"

여느 보통 도시들처럼 길거리는 분주하게 뭔가를 하는 사람들로 붐볐다. 그저 그 사람들 가운데 일부만 목발을 짚고 어슬렁거릴 뿐이었다.

"그래, 맞아. 현재 시장으로 일하는 자의 프로젝트 때문이라네. 거리의 상점들을 모조리 거대한 실내 시장 안으로 몰아넣었거든."

"좋아진 거 아닌가?"

"그럴 수도. 하지만 난 또다시 지진이 닥치면 그 시장이 어떻게 될지 차마 상상하기조차 겁나거든."

이곳엔 지난번 꾸뻬 씨가 다녀간 이래 커다란 변화가 있었다. 큰 지진이 일어나 시가지 전체를 쑥대밭으로 만들었고, 그러는 와중에 이제 막 현대식으로 지은 몇 안 되는 새 건물들도 다 무너졌다.

"그런 흔적이라고는 전혀 안 보이는걸." 꾸뻬 씨가 말했다.

"안 보이긴, 주택들 사이의 개활지가 그래, 모두 치워서 깨끗해 보일 뿐이지."

바로 그 순간 커다란 공사장 트럭이 일행이 탄 차를 교차해서 지나갔다. 아니 차라리 스쳐 지나갔다고 해야 할 것 같았다. 트럭 측면에는 '예수는 당신을 사랑합니다', 또는 '신만이 우리를 구원할 수 있습니다' 따위의 손으로 쓴 낙서들이 어지러이 쓰여 있었다.

"여기 사람들은 여전히 신앙심이 깊다네." 에두아르가 말했다.

"지진을 겪고도?"

"리스본 지진 이후로, 그건 사실 뭐 새로울 것도 없는 문제지."

사실 그랬다. 꾸뻬 씨가 무척이나 좋아하는 소설 속 주인공 캉디드(프랑스 18세기의 계몽주의 작가인 볼테르의 동명 소설이다-옮긴이)를 통곡하게 한 그 유명한 지진 이후로 전 세계적으로 기독교도의 수는 오히려 늘었다.

꾸뻬 씨는 종교야말로 가장 강력한 핑크색 안경이라고 생각했다. 삶의 모든 불행에 의미를 부여하기 때문이었다.

하지만 정신과 의사로서 그는 그 문제에 관한 한 딱히 이렇다고 내세울 말이 없었다. 특히 그 자신이 종교라는 안경을 가질 수 있을지 확신하지 못하는 탓에 더더욱 그랬다.

"어쨌거나 좋아진 건 확실해. 자네한테 경호원이 없는 것만 봐도 그래. 지난번에 보니까 장-미셸은 경호원을 한 명 대동했던 걸." 꾸뻬 씨는 운전석 옆의 빈 조수석을 가리키며 말했다.

"아리스티드는 무장 상태야." 에두아르가 말했다.

꾸뻬 씨는 백미러를 통해 아리스티드가 씽긋하며 시인하는 모습을 보았다.

꾸뻬 씨는 이 나라에 도착해서 맞이한 처음 순간이 안경과 교훈에 대해 되새김질해볼 거리를 제공하는 것 같았다.

깨달음#5 가끔씩 당신의 현재를 과거와 비교해보라.

지진을 제외하면 현재가 과거보다 나아진 듯 보였기 때문이다.

더불어 또 다른 교훈을 떠올리지 않을 수 없었다. 행복이란 때로는 알려고 하지 않는 것이다. 예컨대, 아리스티드가 무장했다는 사실은 몰랐던 편이 나은 것처럼…….

에두아르가 즐거워하는 표정을 보면서 꾸뻬 씨는 자기가 클라라와 함께, 또는 클라라 없이 맞이하게 될 인생 3막을 좀 더 보람차게 보낼 수 있는 방법을 어쩌면 이 친구로부터 배울 수 있겠다는 생각이 들었다.

세상을 바꾸려는 에두아르

과거에 꾸뻬 씨가 묵었던 호텔은 예전 그대로였다. 분홍색 회벽의 스페인풍 방갈로는 지진을 잘 견뎌낸 반면, 1970년대에 타워 형태로 세워진 수도에서 가장 큰 호텔은, 에두아르의 표현에 따르면 '콘크리트로 만든 크레이프(밀가루를 얇게 부쳐 치즈나 설탕 따위를 얹어서 먹는 프랑스의 간이음식─옮긴이) 더미'로 변해버렸다나.

"내가 막 호텔을 빠져나오던 참이었지. 더 정확하게는 바에서 나오는 길에 그 일이 터진 거야! 내 인생에서 마지막 술잔을 마다한 것이 그토록 큰 행운을 안겨준 적은 없다네!"

에두아르는 승려가 되기 전 그런 종류의 유머를 툭툭 던지곤 했다. 꾸뻬 씨는 이전의 친구를 되찾게 되어 기뻤다. 그도 그럴 것이 승려는 존경스럽고 인상적이긴 하지만, 친구로선 재미가 훨씬 덜한 게 사실이니까.

꾸뻬 씨가 황금색 수도꼭지가 달린 자기 방 욕실에서 서둘러 샤워하는 동안, 에두아르는 호텔의 로비에서 그를 기다렸다. 꾸뻬 씨는 일전에 그 로비에 도착했을 때 '손님이나 방문객은 입구에 무기를 놔두시길 바랍니다'라는 표지판을 기쁜 마음으로 읽었다. 그런데 이번엔 기술 진보를 나타내는 또 다른 증거가 있었다. 바로 금속 탐지기가 설치된 문이었다. 때문에 아리스티드는 들어오지 않고 차 안에서 대기했다.

일행은 왔던 길을 되돌아 도시 전체가 내려다보이는 언덕에 자리 잡은 에두아르의 사무실로 갔다. 에어컨이 설치된 조립식 건물로, 모든 것이 단순하고 새것 같은 분위기를 풍기면서 약간의 군대식 터치가 가미되었다고나 할까. 주머니가 여러 개에 견장까지 달린 에두아르의 셔츠에서 잠수부용 손목시계, 그리고 점점 더 높아지는 계단을 올라가는 듯한 형태의 그래픽을 꾸뻬 씨에게 설명할 때 느껴지던 군대 사령관 같은 어조에 이르기까지…….

"이건 우리 수도의 상징물이라네. 우리를 찾는 투자자들이 점점 더 늘어나고 있지."

"사업이 번창한다는 얘기로군."

"자기가 하는 사업이 잘된다고 말하는 사람은 없다네." 에두아르가 말했다. "게다가 자네도 알다시피, 아직 사업이라고 부를 만한 단계는 아니지."

"어째서?"

"현재로선 돈만 잔뜩 태워 먹는 중일세. 들어오는 건 땡전 한 푼도 없으면서 말이야!" 에두아르가 웃으며 말했다.

꾸뻬 씨는 문득 방금 한 말이 에두아르의 새로운 익살이면서 승려 생활이 남긴 흔적이 아닐까 하는 생각을 했다. 부자들의 돈을 불살라 그들에게 돈에 지나치게 집착해서는 안 된다는 깨달음을 주는 게 아닌가 말이다. 아, 돈, 도를 깨치는 데 방해가 되는 최대의 장애물.

"아니, 그런 건 아니고, 아주 진지하게 하는 말일세." 틀림없이 꾸뻬 씨의 눈길에 담긴 의미를 꿰뚫어봤을 에두아르가 선수를 쳤다. "이건 아주 진지한 프로젝트라니까."

"뭘 위한 프로젝트?"

"세상을 바꾸기 위한 프로젝트." 에두아르가 말했다.

"세상을 바꾼다고?"

"하긴, 세상을 바꾸기 시작하는 프로젝트라고 해야 하나. 어차피 세상은 하루아침에 바뀌지는 않으니까."

"자네 투자자들도 동의하던가?"

"아, 그 사람들이야 큰돈을 벌 수 있다니까 흥분하는 거지! 하지만 그들도 '세상을 바꾼다' 라는 아이디어만큼은 마음에 들어 해. 뭔가 의식 있는 일에 참여한다는 느낌을 주는 모양이야. 고귀해 보이기도 하고 말이야. 비유하자면, 자네가 어떤 여성과 미친 듯이 사랑에 빠졌다고 하는데, 알고 보면 그저 그 여자를 자빠뜨리려는 욕정을 그럴듯하게 포장하는 말에 지나지 않는 거, 뭐 그런 식이지."

확실히 에두아르는 승려 시절을 깔끔히 정리한 모양이다.

"자네한테 보여줄 게 있다네. 백문이 불여일견이거든."

그는 전화기를 꺼내더니 나테이마라는 여성에게 자기가 있는 곳으로 오라고 했다.

"이제 곧 보게 될걸세." 에두아르가 말했다. "돈이 많으면 좋은 게 뭐냐 하면, 각 분야의 최고 인재를 고용할 수 있다는 점이지."

이윽고 육상선수처럼 보이는, 무척 키가 큰 아프리카 여자가 들어왔다. 여자는 그저 빛나는 정도가 아니라 눈이 부실 정도의 미소를 머금은 모습이었다. 꾸뻬 씨는 에두아르가 말한 '최고'가 어떤 의미인지 되새겨보았다.

"나테이마는 분자생물학 박사라네." 에두아르가 소개했다. "예일대학의 좋은 자리를 박차고 기꺼이 우리와 합류했지."

"에두아르가 절 좋게 생각하니, 저도 에두아르를 좋게 생각하죠." 나테이마가 말했다. "저한테 연구도 하면서 고국을 위해 일할 수 있는 기회를 제공하니, 어떻게 거절하겠어요?"

"지당하신 말씀이지, 나테이마. 만일 당신이 거절했더라면 정말 바보 같은 짓이었을 겁니다. 그런데 당신이 바보였다면 어떻게 예일대학에서 일할 수 있었겠소?"

"잘 아시다시피, 전 처음엔 예일대학에서 운동으로 장학금을 받았거든요." 나테이마가 웃음기 띤 목소리로 말했다.

"아, 그렇지, 난 그 사실을 자꾸 잊어버린다니까!"

"그러니까, 당신도 에두아르처럼 직업을 바꾼 셈이네요." 잠자코 듣기만 하던 꾸뻬 씨가 에두아르와 나테이마 사이에 오가는 유쾌한 대화 사이에 끼어들었다.

"꼭 그런 건 아니에요. 여기서도 여전히 분자생물학 기술을 활용하니까요. 다만 연구 주제가 조금 달라지긴 했지만요."

"내 친구 꾸뻬 씨가 대단히 관심을 보일 게 확실해요, 정신과 의사거든요."

"혹시 항정신성 신약 연구를 하시나요?" 꾸뻬 씨가 물었다.

"네, 그렇게 볼 수도 있죠." 나테이마가 대답했다.

"자, 그럼 한번 돌아볼까." 에두아르가 말했다.

진풍경을 보러 나선 꾸뻬 씨

∽◯◯∾

꾸뻬 씨는 에두아르와 나테이마의 안내로, 마치 공항의 연결 통로를 닮은 가교로 연결된 조립식 건물들을 옮겨가며 예전에 방문했던 연구소들과 크게 다를 바 없는 그곳 연구소를 구경했다. 흰 가운을 걸친 다국적 연구원들이 원심가속기며 분광계, 컴퓨터 또는 무슨 기계인지는 모르지만 값비싸 보이는 기계들을 조작하고 있었다.

꾸뻬 씨는 다른 연구원들이 나테이마를 대하는 태도를 보고서, 그녀가 다양한 인종들로 구성된 연구소의 우두머리라는 사실을 알았다. 또한 그는 그녀가 처음 예상했던 것보다 그리 젊지 않다는 사실도 알 수 있었다. 젊은 사람들을 실제보다 더 젊게 보는 꾸뻬 씨의 감식안에 멜라닌 효과가 더해진 결과였을까. 나테이마와 같은 종족은 보이지 않는 노화의 주범인 햇볕으로부터 피부를 보호받는 멜라닌 효과를 누리니까.

꾸뻬 씨는 연구동을 방문한 후에도 여전히 이곳에서 어떤 연구가 진행 중인지 짐작할 수 없었다. 그러던 차에 에두아르와 나테이마가 그를 불을 거의 밝히지 않은, 새로 지은 어떤 방으로 데려갔다.

그 방 안엔 희미한 보라색 불빛이 은은하게 비치는 가운데 천정까지 닿는 대형 수족관이 세워져 있었다. 수족관 안에서는 평범해 보이는 물고기들이 천천히 헤엄치고 있었는데, 꾸뻬 씨가 유리 가까이 다가가자 녀석들은 모조리 작은 공처럼 부풀어 올라 그를 놀라게 했다.

"하, 하. 이제 알겠지!" 에두아르가 비법을 공개하는 마법사 같은 태도로 말했다.

"그래도 좀 설명이 필요할 것 같은데요." 나테이마가 말했다.

"복어인가?"

그제야 꾸뻬 씨는 그 물고기들을 알아보았다. 일본에서는 맛있는 복어 살을 먹다가 매년 수십 명씩 죽는다. 전문 요리사가 제대로 손질하지 않은 복어를 먹을 경우, 자연에 존재하는 가장 강력한 유독 성분 가운데 하나인 복어 독이 인간을 저승으로 보내버리기 때문이다. 이렇게 되면 식당은 면허가 취소되어 독을 먹고 죽은 사람의 가족은 물론 일자리를 잃은 요리사 가족까지 비탄에 잠기게 된다.

"맞았어." 에두아르가 말했다. "우린 복어 독을 연구하고 있다네. 더 정확히 말하면, 복어 독으로부터 새로운 분자를 창조해내는 중이지."

꾸뻬 씨는 에두아르가 세상을 바꾼다더니 아예 인류를 말살함으로써 세상을 변화시키려 하는 건 아닌지 덜컥 의심이 들었다. 일부 사람들은(하긴 동물들도 말을 할 줄 안다면 틀림없이 그러길 바랄 텐데), 인간을 모조리 사라지게 함으로써 세상을 바꾼다는 게 멋진 일이라고 생각할 것이기 때문이었다.

"복어 독은 사람을 죽일 정도의 함량이 아니라면 인간 정신에 흥미로운 효과를 발휘하죠." 나테이마가 설명했다. "그 독이 나트륨의 통로를 막거든요." 그녀가 핵심만 콕 찍어서 덧붙였다.

"그걸 이 물고기들에서 추출해내나요?" 꾸뻬 씨가 물었다.

"아니죠, 우리가 화학적으로 제조하는 거죠." 나테이마가 대답했다. "그렇게 하면 독성이 약한 변종을 얻을 수 있거든요."

"수족관이니 물고기니 하는 건 오직 투자자들을 현혹시키기 위한 작은 쇼에 불과한 거지." 에두아르가 거들었다.

에두아르는 자기가 은행에서 일할 때 어마어마한 거부들(또는 그들의 은행)을 상대했는데, 그들은 항상 돈을 최대한 많이 벌 수 있는 투자처를 찾곤 했다고 말했다.

"오늘날 난 어떻게 하면 그들을 설득하고 또 돈 다발을 퍼붓게 만들 수 있는지, 그 방법을 잘 터득하고 있다네!"

"그 사람들한테 뭐라고 하는데?"

"그자들에게 낙관주의를 심어주는 거지! 그리고 난 그런 일엔 제법 재주가 있거든."

꾸뻬 씨는 결국 에두아르도 이곳의 초현대식 실험실에서 장-미셸이 정글에서 그러듯 동일한 교훈을 실천하고 있는 셈이란 생각이 들었다. 가능한 한 당신이 가장 잘하는 일을 하라.

반면, 꾸뻬 씨는 아직 나테이마처럼 흥미로운 여성과 함께 일하는 즐거움 이외에, 자기 친구가 이 거대한 프로젝트에 거는 의미까지는 이해하기 어려웠다.

그와 동시에 꾸뻬 씨는, 보라색 조명 아래 수족관 안에서 오르락내리락하며 작은 공마냥 부풀었다간 쪼그라드는 물고기 쇼를 제랄딘이 놓쳐서 정말 안타깝다는 생각이 들었다.

바로 그때 꾸뻬 씨는 주머니 속 휴대폰의 진동을 느꼈다.

메시지 한 통이 도착해 있었다.

"저, 곧 도착해요!"

제랄딘이 보낸 메시지였다.

기운을 되찾은 제랄딘

○○

"여기 오는 거, 식은 죽 먹기였어요." 짐꾼이 호텔 로비에 들고 온 작은 가방 두 개를 내려놓는 걸 지켜보면서 제랄딘이 말했다.

"정말로?"

"네. 책을 집필하기로 한 게 정말 좋은 아이디어란 증거예요. 선생님과 저는 환상의 팀이니까요!"

그녀는 피곤해하는 기색이라곤 조금도 없이 즐거워했다. 꾸뻬 씨는 이 같은 제랄딘의 업 상태가 다운 상태가 오기 전까지, 되도록 길게 이어지길 기대했다. 그는 이제 제랄딘이 어떤 사람인지 어느 정도 파악했기 때문이었다.

제랄딘은 사무실로 돌아오자마자 출판사를 찾아가, 자기가 인터뷰하고 꾸뻬 씨가 답변하는 형식으로 진행될 핑크색 안경에 관한 단행본 구상을 소개했다.

출판사 편집자는 제랄딘의 아이디어가 훌륭하다며 가급적 그 책을 빨리 출간하자고 채근했다. 그래서 제랄딘은 자기가 서둘러 꾸뻬 씨를 다시 만나 인터뷰할 수 있도록 편집자에게 선수금을 요구했다(더불어 그녀는 어려운 시기에 처해 있는 만큼 자기의 개인 심리치료사를 찾아갔다. 하지만 여기에 대해선 꾸뻬 씨에게 아무 말도 하지 않았다).

"그 사이에 새로운 핑크색 안경에 관해 적어두었죠."

"멋지네요!"

"자, 이거요, 어떻게 생각하십니까? 깨달음#11. 당신의 Z선 안경을 벗어던져라. 다른 사람의 생각을 추측하기보다는 직접 가서 물어보고 확인하라."

"나쁘지 않네요. 그런데 기자로서 보자면, 가서 질문하고 확인하는 건 완전 제 직업인걸요."

꾸뻬 씨도 사람들에게 그들이 생각하는 바를 묻는 것이 직업인데도, 정작 자신은 클라라와 감히 그렇게 할 용기를 내지 못했다.

"그렇군요, 제랄딘. 하지만 당신은 말처럼 늘 그렇게 행동하는 건 아니죠."

"그게 무슨 말씀인가요?"

꾸뻬 씨는 제랄딘에게 파리 자기 진료실에서의 그 순간, 그가 제랄딘과의 대화를 끝내고 싶어하자 그녀가 '저란 존재가 선생님께는 흥미롭지 못하군요!' 라고 소리쳤던 그 순간을 일깨워줬다.

"아, 네, 기억나요. 그런데 이젠 우리 둘 다 잘 알잖아요, 노상 내가 흥미로운지 아닌지 자문하는 것이 내 문제라는 점 말이에요!"

"그래도 아직 충분히 의식하고 있는 것 같지 않은걸요."

"선생님과 책을 공동으로 집필하려고 여기 오는 건 당연히 흥미로운 일이다, 그리고 이 나라를 처음으로 발견하는 것도 흥미로울 것이다, 그러니 정말이지 내가 이런 일을 할 수 있는 걸 보니 나는 확실히 흥미로운 사람이다!"

꾸뻬 씨는 웃음이 났다. 제랄딘이 어려운 시기를 겪고 나서 이렇게 즐거워하는 모습을 보니 기뻤다.

그녀가 갑자기 심각한 표정을 지었다.

"그런데, 우리는 함께 뭘 하는 거죠? 이거, 치료인가요?"

꾸뻬 씨는 난감했다. 그는 지금 그가 환자들을 치료할 때 사용하는 몇몇 기술을 통해서 제랄딘을 돕고 있긴 하지만, 두 사람의 관계는 진료실에서처럼 치료사와 환자가 각각 일인용 소파에 앉아 정해진 날 정해진 이유만으로 만나는 사이와는 차이가 있었다.

"과연 그렇네요. 그런데 우리가 반드시 그 목적을 위해서만 본다는 점을 제외하면, 지금 이 관계가 치료가 되기 위해 부족한 점이 뭐죠?"

꾸뻬 씨는 곰곰이 생각했다. 그는 어디서부터 시작해야 좋을지 몰라 망설이다가 마침내 입을 열었다.

"당신 이야기."

"내 이야기?"

"그래요. 당신이 끼고 있는 안경이 어떻게 해서 만들어졌는지부터 시작해봐요. 자신이 흥미 없는 사람으로 비치면 어떻게 하나 하는 두려움이 어디에서 시작된 건지, 어째서 거기에 그토록 집착하는 건지……."

"그러니까 제 어린 시절을 말씀하시는 거로군요?"

"그렇죠, 어린 시절 겪었던 일 중에 기억나는 몇몇 중요한 장면 같은 거……."

"저런, 전 어린 시절 얘기라면 하고 싶지 않아요. 생각하기 싫거든요. 차라리 잊어버리고 싶은데……."

요컨대 제랄딘에게는 보리야와 같은 기질이 약간 있었다. 그녀는 나쁜 기억에 대해서는 생각하려 하지 않았고, 거기에 대해 말하기는 더더욱 싫어했다.

"……그렇긴 하지만, 그렇다고 해서 끔찍스런 일이 있었던 건 아니에요, 매를 맞고 자란 것도 아니고, 성추행이나 성폭행을 당한 것도 아니니까요."

꾸뻬 씨도 어느 정도 짐작은 하고 있었다. 사람 속을 다 알 수는 없는 법이지만, 이따금씩 제랄딘이 삶의 기쁨을 한껏 분출하는 것으로 미루어 과거에 그 같은 끔찍한 일은 겪지 않았을 가능성이 커 보였다.

"언젠가 어떤 심리치료사를 만나 털어놓게 될지도 모르죠."

"내가 정말 그러고 싶으면 그렇게 하겠죠! 지금으로선 우리 책을 쓰고 싶은 마음이 훨씬 더 큰걸요! 심리치료를 받으면 책 쓰고 싶은 욕망이 싹 사라져버릴지도 모르잖아요."

"그건 왜죠?"

"사람들의 관심을 끈다, 바로 이것 때문에 난 부지런히 쏘다니죠. 그리고 그 덕분에 기자로서 제법 잘나가는 편이고요……."

제랄딘은 때론 우리의 약점이 다른 영역에서는 강점이 될 수도 있다는 사실을 깨우쳤다. 하지만 모든 영역에서 그렇다는 것은 아니다.

"……물론 연애에 있어서는……."

그녀는 말을 맺지 못했다.

"아이 참, 더는 그 생각 안 했는데, 또 생각이 나네! 우리 빨리

일 시작해요! 내 방에 가서 짐이나 풀고 다시 올게요."

　제랄딘이 오기를 기다리며 꾸뻬 씨는 모히토를 한 잔 주문했다. 예전에 무수히 많은 노예들이 일하다가 죽은 대규모 사탕수수 플랜테이션이 있는 이 나라에서라면 반드시 마셔야 할 것 같은 술이란 생각이 들었다. 모히토 한 잔을 시키면서 노예들의 비극을 떠올리는 것을 보면, 꾸뻬 씨도 자신을 위한 핑크색 안경을 찾아 써야 할 시간이 된 모양이라는 생각이 들었다.

　꾸뻬 씨는 음료를 홀짝대며 마시면서, 클라라에게 전화를 걸어 부부 간 일을 터놓고 얘기하고 그녀에게 사랑한다는 말을 할 수 있게 해줄 안경을 찾기 시작했다.

다리 없는 화가의 핑크색 안경

∞

"우아! 여기선 모든 사람이 날 쳐다보네." 제랄딘이 말했다.

"그렇다면 여기가 천국이겠군요." 꾸뻬 씨가 응수했다.

제랄딘은 팔꿈치로 꾸뻬 씨의 옆구리를 찔렀는데, 이런 동작만 봐도 두 사람의 대화가 치료를 위한 대화가 아니란 사실을 입증해 주는 셈이었다. 환자라면 스스럼없이 치료사를 팔꿈치로 쿡 찌르는 행동은 하지 않기 때문이다.

그런데 모든 사람이 자신을 쳐다본다고 했던 제랄딘의 말은 핑크색 안경이 초래한 지나친 낙관주의 탓이 아니고 사실이었다.

우선 제랄딘은 햇빛을 가리기 위해(그녀는 머리는 갈색이었으나 피부는 창백할 정도로 흰 편이었다) 챙이 엄청 넓은 멋들어진 모자를 쓴 탓에 마치 아스콧(영국 런던에 있는 경마장으로, 여성 관객들이 화려한 모자와 긴 드레스를 입고 관전하는 전통이 있다—옮긴이)에 가는 숙녀처럼 보였다. 하지만 그런 인상은 잠시 뿐, 그렇지 않다는 것을 이내 알 수 있었다. 모자는 그렇다 치고, 더위를 피하려고 입은 가슴이 깊게 파인 민소매 흰 티셔츠와, 희고 긴 다리가 그대로 드러나는 깡총한 청 반바지 차림 때문이었다.

사람들이 제랄딘은 쳐다본 건 남다른 복장 때문만은 아니었다.

사람들로 북적이는 지붕 덮인 그 시장에서 백인이라곤 그녀와 꾸뻬 씨 단 둘뿐이었기 때문이기도 했다.

이 나라 사람들은 모두 피부가 매우 검었는데, 거기엔 아주 단순한 이유가 있었다. 2세기 전, 주인들의 멸시(또한 가혹 행위)를 견디다 못한 흑인 노예들이 폭동을 일으켰다. 이때 이들은 너무도 단순하기 때문에 돋보이는 하나의 생각을 집요하게 실천에 옮겼다. 다름 아닌, 백인이란 백인은 남김없이 죽여버리기로 한 것이었다. 이 때문에 이 나라는 이웃나라들과는 달리 혼혈이나 모카커피 빛깔 피부의 사람들이 많지 않았다. 그 후 평화가 돌아오고 새로 흑인 정부가 들어서면서 "백인들을 환영합니다. 우리는 이민자들에게 문호를 개방합니다"라는 구호까지 내걸었는데도, 백인들은 오랫동안 이 나라에 대한 두려움을 떨쳐내지 못한 채 다른 곳만 기웃거리면서 기회를 노렸다.

"선생님은 어떻게 생각하세요?" 제랄딘이 물었다.

그 시장은 뭐든지 다 팔았다. 냄비며 과일, 닭, 심지어 염소도 팔았다. 뿐만 아니라 그 지역 화가들의 그림도 팔았는데, 제랄딘과 꾸뻬 씨가 뚫어져라 바라봤던 그림은 교회로 가는 한 무리의 사람들을 그린 그림으로, 어른들은 정장을 입었고, 어린 계집아이들은 흰 드레스를, 사내아이들은 짧은 재킷을 입었고, 전체적으로 색상이 선명하고 화사했다. 눈이 시리게 새파란 하늘을 배경으로 서 있는 교회 주변으론 야자수들이 늘어서 있었다. 이른바 나이브 아트 계열의 그림으로, 진정한 기쁨과 시정이 뿜어 나왔다.

"저는 솔직히 현대미술을 좋아하는 편이죠." 제랄딘이 말했다.

"그런데 사람들이 나이브 아트를 너무 쉽게 무시하고 잊어버리는 것 같아요."

"흐음, 꽤 세군요." 꾸뻬 씨도 한마디 했다.

그는 미술 전람회 개막 전 행사 때 사람들이 "아름답다"라고 말하지 않고 대신 "세다"라는 말을 사용하는 데 주목했었다.

그림을 그린 화가가 꾸뻬 씨가 하는 말을 듣고서 크게 웃었다.

등받이 없는 의자에 앉아 있던 그는 제랄딘과 꾸뻬 씨가 더 잘 볼 수 있도록 자기 그림을 붙잡고 있었다. 두 다리가 없는 그는 그림을 보여주기 위해 일어설 수조차 없었다. 한쪽 다리는 무릎 바로 위에서 잘렸고, 다른 쪽 다리는 무릎 바로 밑에서 잘린 상태였다.

"지진으로 두 다리를 잃었습니다." 일행의 안내를 맡은 아리스티드가 설명했다.

꾸뻬 씨는 이 사내가 두 다리를 잃었으면서도(어쩌면 가족의 일부를 잃었을 수도 있다) 어떻게 그토록 아름다운 그림을 그릴 수 있었을까 궁금했다.

"선생님 진료실에 걸면 어떨까요?" 제랄딘이 물었다.

이런 상황을 예상하지 못한 꾸뻬 씨는 잠시 궁지에 몰렸다 싶었으나, 그림을 다시 한 번 보고 화가(그는 핑크색 안경계의 챔피언 감이었다)와 시선까지 마주치고 나자, 마음속에서 기쁨이 퍼지면서 마침내 "그럽시다"라고 대답했다.

아리스티드가 곧 화가와 흥정했고, 그 결과 꾸뻬 씨에게는 맥주를 곁들인 참치 샐러드 한 달 치, 화가에게는(그리고 그에게 가족이 남아 있다면) 1년치 생활비, 아리스티드 가족에게는 몇 주일치 생활비에 해당하는 가격이 그림 값으로 결정되었다.

홍정이 끝나자 화가는 두 손을 모으고 꾸뻬 씨와 제랄딘에게 이렇게 말했다.

"우리 주 예수께서 두 분을 보호하소서!"

그제야 꾸뻬 씨는 화가의 핑크색 안경이 어디에서 유래하는지 알게 되었다.

숨은 재능을 발견한 꾸뻬 씨

○○

다음 날은 토요일이었다. 에두아르는 꾸뻬 씨와 제랄딘, 나테이마에게 모두 함께 바닷가에 가자고 제안했다.

꾸뻬 씨는 기분이 언짢은 탓인지 바닷가와 연관된 예전의 고약한 기억들이 새록새록 떠올랐다. 예컨대 캘리포니아에서 유학하던 시절, 당시 그를 지도하던 교수들이 꾸뻬 씨를 포함한 상급생들 여럿을 이끌고 바닷가에서 배구했던 날이 뜬금없이 생각나는 것이었다. 꾸뻬 씨는 배구에 전혀 소질도 없고 워낙 배구를 싫어했는데, 게다가 그를 딱하게 여긴 다른 학생들이 일부러 그가 점수를 따게 해준다는 낌새까지 느껴지자 원래 싫던 배구가 더더욱 싫어졌다.

하지만 꾸뻬 씨는 그런 생각이 떠오르는 이유는, 기분이 나쁜 탓에 과거를 기억할 때면 안경에 김을 서리게 만들기 때문이란 사실을 잘 알고 있다. 그래서 어쩌면 바닷바람을 쐬면 기분전환이 될 거란 생각도 들었다.

꾸뻬 씨는 그날 아침은 말을 많이 하지 않기로 작정했는데, 자꾸만 우울한 생각이 들기 때문이었다.

아리스티드는 꾸뻬 씨의 기억 속에 남아 있는 길, 국제 규모의 여러 프로젝트에도 불구하고 그의 첫 번째 체류 이후에도 나무라곤 한 그루도 자라나지 않은 것 같은 돌투성이 언덕 한가운데로 난 길로 대형 사륜구동 자동차를 몰았다.

"그래도 드문드문 나무들이 자라긴 했는데, 지난번 태풍이 모조리 휩쓸어 갔지……." 에두아르가 변명하듯 말했다.

"게다가 태풍까지 왔다고요? 그렇게 연거푸 자연재해를 겪으면 도대체 사람들이 어떻게 견뎌낼지 궁금하네요." 제랄딘이 말했다.

'앞으로 닥칠 재해는 또 어쩌고?' 꾸뻬 씨는 이런 생각이 들었지만 입 밖에 내지는 않았다.

"나테이마, 당신은 어떻게 생각하지?" 에두아르가 그녀 쪽으로 몸을 굽히며 물었다.

꾸뻬 씨와 에두아르는 예의상 제일 뒷줄에 앉았고, 나테이마와 제랄딘은 그 앞줄, 운전석 바로 뒤편에 자리 잡았다. 꾸뻬 씨가 보기에 두 젊은 여성은 서로 그리 말이 많은 것 같지 않았다. 제랄딘이 키와 대번에 친해졌던 것과는 사뭇 달랐다.

"저는 이 나라 사람들이 낙천적인 데에는 여러 요인이 개입하고 있다고 생각해요." 나테이마가 운을 뗐다. "그리고 부분적으론, 자연선택의 문제이기도 하고요."

"네? 뭐라고요?" 제랄딘이 조금 놀란 표정으로 물었다.

꾸뻬 씨도 놀랐는데, 꾸뻬 씨 나라에서는 '자연선택'이라는 말은 과거의 나쁜 기억을 불러오는 까닭에 특히 사람들에 대해서 얘기할 때는 쓰지 않는다는 암묵적인 합의가 이루어져 있기 때문이다.

하지만 그 말을 한 사람이 다름 아닌 아프리카 출신으로 예일대학에서 학위를 받은 나테이마인 만큼, 꾸뻬 씨는 공연히 걱정하지는 않았다.

나테이마는 설명을 계속했다. 이 나라의 주민들은 노예의 후손이다, 다시 말해 이들의 조상은 아프리카의 다른 부족들에게 포로로 잡혀서 연안까지 강제로 끌려갔고, 그러던 중 상당수가 길에서 죽었다, 그 후 백인들은 살아남은 흑인들을 자기네 배에 태워 실어 날랐다. 당시는 뱃사람도 모진 대접을 받던 시대였는데, 하물며 장차 노예가 될 흑인들은 상품 취급을 당했으니 그 고생은 이루 형언할 수 없었다, 그 후 두 번째 선택에서 살아남은 세대는 가족과 헤어지고 심지어 자식들과도 헤어진 채 낯선 나라에 도착하여, 모두들 농장에서 지쳐 쓰러질 때까지 사탕수수를 자르는 일을 해야 했다, 노예들이 이렇게 강제 노역에 시달리는 동안 식민지 백인 농장주들은 모히토를 마셨다(하지만 이런 여유로움은 다른 나라들에서보다 빨리 끝이 났는데, 앞서 말했듯이, 흑인 노예들이 백인들을 몽땅 죽여버리기로 작정했기 때문이었다), 그리고……. 이런 식으로 설명을 계속했다.

"요컨대, 정글에서 강제로 걷고, 짐짝처럼 배에 실리고, 혹독한 환경에 처해지는 등 무수히 많은 계기에 봉착한 노예들이 차라리 그런 삶을 사느니 죽고 싶어 했을 거라고 나는 생각합니다." 나테이마가 말했다. "그러니까 살아남은 노예들은 신체적으로 강인할 뿐만 아니라 마음가짐도 상당히 낙관적이었을 거라고 봅니다."

"당신처럼 말이죠, 나테이마……." 에두아르가 말했다.

"그렇게 말해주니 고마워요." 나테이마가 웃으며 화답했다.

꾸뻬 씨는 그래서 새로운 핑크색 안경을 생각해봤다. 좋은 유전자를 가져라. 하지만 낙관주의자가 되기 위한 이러한 안경은 좋은 유전자를 갖지 못한 사람에게는 낙관적일 수가 없었다.

꾸뻬 씨는 그 생각을 접을 수밖에 없었다. 그날 아침은 어쩐지 꾸뻬 씨에게 비관적인 생각만 들 따름이었다. 이럴 바엔 차라리 '어떻게 하면 삶을 망치기 위한 잿빛 안경을 만들 수 있을까?' 라는 책을 써야 하지 않을까?

"……그런데 나테이마, 그건 자연선택이라고 할 수 없죠." 에두아르가 이의를 제기했다. "노예들의 여정이며 삶의 조건을 주관한 것이 자연은 아니라 다른 인간들이었으니까요."

칭찬에 이어지는 예리한 비판. 꾸뻬 씨는 역시 우두머리는 뭔가 달라도 다르다고 생각했다.

"그렇네요…… 맞아요." 나테이마가 순순히 동의했다. "'자연' 이란 말은 논란의 여지가 있네요."

"반드시 그렇지만도 않아요." 꾸뻬 씨도 한마디 거들었다. "다른 사람들을 노예로 삼으려는 경향이 인간이 타고난 천성의 일부라고 간주한다면 말이죠."

꾸뻬 씨의 이 말에 모두들 입을 다물었다. 그 말은 비관주의적 상념의 챔피언 격이었다.

어째서 그날 아침 꾸뻬 씨는 그토록 우울하기만 한 걸까?

그가 스카이프로 클라라와 대화를 나눴기 때문이었다.

또 티격태격하는 꾸뻬 씨와 클라라

∘⊙∘

그 전날, 꾸뻬 씨는 클라라와 같은 시간대에 통화를 할 수 있게 되어 기뻤다. 어쩐지 그녀에게 더 가까워졌다는 느낌이 들었다.

대화는 순조롭게 시작되었다, 꾸뻬 씨가 보기에 클라라가 썩 흡족해하는 기색이 아니라는 문제가 있긴 했지만 말이다.

"다음 주 말고 다다음 주쯤 당신을 보러 갈 수 있을 거야." 꾸뻬 씨가 말했다.

"오케이." 클라라가 대답했다.

그뿐이었다. 이어지는 말이라고는 없었다. 때문에 꾸뻬 씨는 가슴이 철렁했다.

"인터넷에서 당신을 봤어." 이윽고 클라라가 다시 입을 열었다.

"인터넷에서?"

제랄딘이 인터넷 덕을 톡톡히 봤듯이, 그 인터넷이 이번엔 클라라에게 국제탐정 노릇을 톡톡히 했음을 꾸뻬 씨는 깨달았다.

"그래, 그 젊은 여기자도 함께."

클라라는 제랄딘의 블로그에 들어간 모양이었다. 거기엔 제랄딘이 틀림없이 두 사람이 함께 찍은 여행 사진들을 올려놨을 터였다.

꾸뻬 씨의 예상대로였다.

"당신이 아주 예쁜 아시아 여자와 찍은 사진도 있던데."

클라라는 침착해 보였지만, 그녀를 잘 아는 꾸뻬 씨는 그녀가 단단히 화가 난 상태라는 걸 모르지 않았다.

"저기, 클라라, 그 여자들은 어린아이들이야……."

"그럴 테지, 게다가 두 여자 모두 당신을 꽤나 존경하는 것 같던데."

꾸뻬 씨는 라디오 스튜디오에서 제랄딘과 함께 찍은 사진을 떠올렸다. 제랄딘은 그 사진에 "슈퍼 정신과 의사와 함께"란 설명을 달아놓았다. 그뿐 아니라 그는 함께 호텔에서 저녁을 먹을 때 제랄딘이 키와가 자기한테 성의를 다해 감사를 표하기 위해 두 손을 모은 채 고개를 숙이던 순간 찍었던 사진을 떠올리며, 그 후로도 그녀가 계속 자기 블로그에 다른 사진들도 올렸을 거란 생각에 몹시 찜찜했다.

꾸뻬 씨에게 자신의 처지는 절망적이었다. 젊은 시절, 클라라와 꾸뻬 씨는 한동안 결별했던 적이 있는데, 그때는 클라라가 다른 남성(꾸뻬 씨는 그 남성과 주먹다짐까지 했다)과 사귀느라 먼저 빌미를 제공했으면서도, 그 후 그녀는 꾸뻬 씨가 젊은 아시아 여성(그렇다!)과 팔짱을 끼고 있는 걸 보고서 분을 이기지 못했다.

또 한 번은 몇 년 전의 일인데, 이번에는 꾸뻬 씨가 젊은 여기자(그렇다!)한테 한눈을 팔았고 그 젊은 여성을 알고 있던 클라라가 낌새를 알아챘다.

이런 전력 때문에, 꾸뻬 씨는 자기가 무슨 변명을 늘어놓든 클

라라의 화만 돋을 뿐이란 걸 알고 있었다.

그런데도 꾸뻬 씨는 상황을 수습하려는 시도를 단념하지 않았다.

"그런데 클라라, 제랄딘은 르포 때문에 여기 온 거야."

"어련하시겠습니까, 게다가 부분적으론 당신에 관한 르포일 테고."

"순전히 일 때문이라고."

"당신은 그 여자 블로그를 안 읽었나 보네. 한번 읽어봐, 그 여자가 어떤 어조로 당신 얘길 하는지 직접 확인해보라고."

"정말이지, 아무 일 아니라니까……."

"근데, 그 여잔 당신이 그 뭐라더라…… 카와라는 여자랑 있어도 질투하지 않나 봐?"

"키와?"

"그 여자도 당신을 꽤나 좋아하는 것처럼 보이던데."

"그 여잔…… 장-미셸이 데리고 있는 간호사야."

"아, 그렇구나, 장-미셸이 그 여자한테 못되게 굴진 않는 모양이네."

꾸뻬 씨가 제랄딘이며 키와와 함께 찍은 사진들이 클라라에게 고통스런 과거 일을 불러일으켰을 테고, 그러니 만큼 꾸뻬 씨는 그 사진들이 자신의 그 어떤 말보다도 훨씬 더 힘이 셀 거라고 생각하지 않을 수 없었다.

이럴 땐 클라라를 품에 안고서 그녀의 귀에 대고 속삭이는 등 뭔가 몸짓이 필요한데, 그건 영상통화만으로는 불가능한 일이었다. 두 사람 사이의 대화는 줄곧 엇나가기만 했다.

결국 꾸뻬 씨가 화를 냈다.

"좋아, 내가 무슨 말을 해도 소용이 없으니, 이만 끊어."

"차라리 그러는 편이 나아." 클라라도 동감이었다.

그러더니 클라라가 먼저 통화를 끊었다.

검은 화면 앞에서 꾸뻬 씨는, 클라라가 질투하는 걸 보면 아직 날 사랑하는 거라고 자위하면서 마음을 진정시키려 애썼다.

하지만 마음은 좀처럼 진정되지 않았다. 그가 좋아하는 작가들 가운데 한 사람이 남긴 잠언이 떠올랐기 때문이었다. 질투심은 언제나 사랑과 함께 태어난다. 그러나 사랑이 떠나간다고 해서 반드시 질투심도 함께 떠나는 것은 아니다.

이런 말을 남긴 이 유명 작가는 스스로 핑크색 안경과는 인연이 없다고 믿었는지 이렇게 고백했다. 나는 울적한 기질을 타고났다네. 프랑수아 드 라 로슈푸코(프랑스 17세기 고전주의 작가 중 하나로, 특히 그의 《잠언집》이 유명하다—옮긴이).

꾸뻬 씨와 낙관주의

◯─◯

바다는 깊고도 한결같은 푸른색을 띠고 있었다. 장-미셸이 시장에서 본 바로 그 나이브 아트 회화의 색채였다. 이는 곧 나이브 아트 회화가 그리 '나이브('나이브naïf'는 순진하다는 뜻이다―옮긴이)' 하지 않다는 사실을 증명하는 것이기도 했다.

꾸뻬 씨와 에두아르가 파라솔 그늘 아래 놓인 장의자에 드러누워 있는 동안, 나테이마와 제랄딘은 경호할 때 입는 정장보다도 반바지 차림일 때 더 무시무시해 보이는 아리스티드의 감시 하에 바닷물 속에 뛰어들기 위해 냅다 달렸다. 벌써 그날의 두 번째 해수욕이었다.

사실 태양이 수평선까지 내려와 있는 통에 파라솔로 햇볕을 가리기엔 무리였다.

"아리스티드가 곧 두 아가씨들을 데려올 걸세. 석양녘에는 해수욕을 하면 안 되거든."

"어째서?"

"상어들 때문에."

에두아르는 꾸뻬 씨에게 악어가 출몰하는 바닷가에서의 해수욕 상식에 대해 설명해줬다. 해가 뜨고 질 무렵, 바닷물이 혼탁할 때

(그러니까 강 하구에서도 마찬가지다)는 해수욕을 삼가야 하고, 물론 폐기물을 버리는 장소는 피해야 하며, 일단 상어가 나타났을 땐 급격한 동작이나 물을 첨벙이는 행동 따위는 하지 말아야 한다고 강조했다.

"여긴 물이 깨끗하니까, 시간대만 조심하면 되겠군."

불과 1분 전만 하더라도 꾸뻬 씨는 나테이마, 제랄딘과 함께 마지막으로 바닷물 속에 몸을 담고 해수욕을 하고 싶었다. 하지만 이내 그럴 생각이 가셔버렸다. 만일 클라라가 떠난다면 자기는 정말로 새로운 삶을 꾸릴 수 있을까 하는 회의에 점점 더 빠져들어가면서 삶의 의욕을 잃어가는 꾸뻬 씨였지만, 그래도 상어한테 산 채로 잡아먹히는 건 전혀 내키지 않는 일이었다. 그보다는 차라리 함께 나이 먹어가는 종업원들이 지켜보는 가운데, 참치 샐러드가 목에 걸려 숨 막혀 죽는 편이 백배는 낫겠다고 그는 생각했다.

"자, 우리도 가보자고, 아직 시간이 있으니까." 에두아르가 장의자에서 몸을 일으키며 말했다.

에두아르는 달릴 때 보면 옆구리 살이 출렁였지만, 놀랄 정도로 동작이 기민했다. 꾸뻬 씨도 그의 뒤를 따라 달리기 시작했다.

꾸뻬 씨는 바닷물 속에서도 계속 에두아르를 뒤따라 가면서, 자신과 다른 사람들 사이에 커다란 차이점이 있다는 생각이 들었다. 일례로 낙관주의에 대한 기대치만 봐도 그랬다. 나테이마가 설명했듯이, 이 나라 주민의 상당수는 잇단 재해에도 불구하고 여전히 핑크색 안경을 끼고 있었고, 에두아르의 투자자들만 하더라도 에두아르 자신조차 아직 완전히 이해하지 못하는 프로젝트에 수백만 유로의 돈을 척척 투척하니 말이다…….

다른 예도 있다. 에두아르는 나테이마와 제랄딘에게 물을 튀겨 가며 해수욕을 즐겼다. 그건 그가 그 시각이면 상어가 나타나 자기네들을 공격할 가능성이 희박하며, 따라서 자리로 돌아와 일행 곁에서 몸을 말릴 시간이 충분하다고 여긴다는 증거였다. 반면 꾸뻬 씨의 경우는 만에 하나 상어가 출몰할 수도 있다는 희박한 가능성만으로도 해수욕하고 싶다는 생각이 싹 달아나버렸으니 말이다. 그렇지만 꾸뻬 씨는 겁쟁이로 보일 수도 있는 최악의 상황을 면하기 위해 전혀 그런 내색은 하지 않았다. 아내에게 버림받고, 쓸모없고, 구태의연하다는 비난까지는 참아낼 수 있지만, 겁쟁이로 취급받는 것만은! 꾸뻬 씨는 그래도 여기까지 왔는데 바닷속에서 무슨 일이 일어나고 있는지 살펴보아야 한다는 생각에, 물속 깊숙이 내려가 잠수 상태에서 개구리헤엄을 계속했다.

"여기가 바로 천국이네요." 꾸뻬 씨가 물 표면으로 다시 올라오자 제랄딘이 물이 뚝뚝 흐르는 채로 말했다.

정말 그랬다. 인적이라고는 없이 텅 빈 해변에 해안선을 따라 줄지어 늘어선 파스텔 톤 회벽의 작은 방갈로들이 늘어서 있는 풍경은, 마치 나이브 아트 회화에서 막 튀어나온 듯했다. 키 큰 야자수들과 흰 모래사장은 두말할 필요도 없었다.

"고독이야말로 진정한 사치예요." 제랄딘이 말을 이었다. 꾸뻬 씨로서는 의외였다. 고독 속에서는 다른 사람의 관심을 끌 수 없을 테니 말이다.

제랄딘이 많이 나아진 걸까?

'특히 상어가 없는 고독'이라면 그럴 수 있겠다고 생각하면서도 꾸뻬 씨는 제랄딘이 행복이란 때로는 이해하려 들지 않는 것이다라는 멋진 교훈을 마음껏 누릴 수 있기를 바라는 마음에, 아무 말도 하지 않았다.

나테이마는 크롤 수영을 즐기기 위해 더 멀리로 나갔는데, 어찌나 멀리 갔는지 꾸뻬 씨는 그녀를 따라잡을 생각조차 하지 않았다.

그러고 나서 일행은 모두 수건으로 몸을 감싼 채 해변으로 돌아왔다. 종업원 제복을 입은 현지인으로 보이는 두 명의 남자가 장의자와 파라솔을 거두기 시작했다.

"리조트는 아직 문을 열지 않았어." 에두아르가 말했다. "그래도 나는 벌써 주변 마을 사람들을 고용하기 시작했다네."

"그럼, 자넨 이곳에도 투자를 했어?"

"소위 말하는 펫 프로젝트(영리 때문이 아니라 개인적 취향을 위해 벌이는 사업—옮긴이)일세." 에두아르가 말했다. "재미있기도 하고 지역 경제에도 도움이 되거든. 게다가 호텔 소유주 대접을 받는 기분도 나쁘지 않으니까!"

꾸뻬 씨는 그제야 비로소 어째서 젊은 지배인이 자기네 일행을 국빈 맞듯 깍듯하게 대했는지 이해할 수 있었다.

"게다가, 실험실 견학을 마친 투자자들을 여기로 데려올 수도 있거든. 굉장히 좋아들 해. 행여 정말 까칠하게 구는 투자자가 있다면 저녁 식사를 마치고 나서 바다에 가서 해수욕을 하게 만들 참이네!"

제랄딘이 까르르 웃었다. 꾸뻬 씨는 제랄딘이 에두아르의 유머를 꽤나 즐긴다는 것을 알 수 있었다. 곧이어 나테이마가 말했다.

"전 에두아르의 말이 농담인지 진담인지 도통 모르겠어요."

"그건 나도 그래요." 꾸뻬 씨도 거들었다.

"당연히 진담이지!" 에두아르가 말했다. "정말이지 상어조차도 잡아먹지 않을 법한 지독한 백만장자들이 있다니까!"

그러더니 한마디 덧붙였다.

"나중에 관광객들이 더 많아지면, 오스트레일리아에서처럼 상어 방어막을 쳐야 할 테지."

자연재해로 엉망이 되어버렸을 뿐 아니라 멋진 자동차를 타고 다니려면 무장한 경호원을 대동해야 하는 나라에 관광객들이 찾아오리라고 생각하려면, 상당한 수준의 낙관주의가 필요할 터였다.

이번에도 역시 꾸뻬 씨는 낙관적일 수 없었다.

"내가 어렸을 땐 이곳에 관광객들이 꽤 많았어요." 나테이마가 말했다. "그리고, 수도의 부르주아들은 이 호텔에 와서 주말을 보내곤 했죠."

현재를 과거와 비교하라는 교훈은 이곳에선 통하지 않았다. 비록 제랄딘이나 꾸뻬 씨 같은 '행복한 소수happy few'(프랑스 작가 스탕달이 처음 사용하여 널리 알려진 영어 표현으로, 실제로는 셰익스피어가 최초로 사용했다고 한다―옮긴이)가 관광객들이 없는 이곳 해변에서 한껏 즐기긴 하지만, 이 나라의 현재는 과거보다 못하기 때문이었다.

꾸뻬 씨는 에두아르를 비롯한 일행이 보여주는 낙천적인 핑크색 안경을 압축적으로 표현해주는 말이 퍼뜩 떠올랐다.

○○〜 깨달음#12 현재를 일어날 법한 미래와 비교하라.

비관주의자들의 문제는 있음직한 미래가 언제나 현재보다 못하다고 여기는 것이다. 예컨대 꾸뻬 씨의 환자들 중에는 상태가 나아지고 있는데도 오히려 나빠진다고 느끼는 이들이 있다. 이들은 꾸뻬 씨에게 이렇게 말한다.

"박사님, 지금 당장은 모든 것이 순조롭습니다, 그러니 앞으론 나빠질 일만 남았다는 걸 나는 잘 압니다!"

만일 이들이 속담을 만들어낸다면, 그것은 "비온 뒤에 쾌청한 날씨"가 아니라 오히려 "쾌청한 날씨 뒤에 비"가 될 터였다. 물론 이것도 일리가 있는 말이다.

사실상 이런 사람들은 결코 깨달음#7 핑크색 안경을 쓸 줄 몰랐다. '당신이 바꿀 수 없는 슬픈 일은 너무 오래 생각지 말라' 라는 교훈이 바로 그것이다. 이는 곧 나테이마나 그의 동족들, 또는 꾸뻬 씨의 나라에서도 전쟁과 독재를 겪어본 나이 든 세대라면 어린 시절부터 잘 알고 있듯이, 우리 삶이 본래 불확실하고 때론 비극적이기도 하다는 사실을 의미하는 것이었다.

꾸뻬 씨는 순간적으로 영감이 떠올랐다.

깨달음#13 삶의 비극적인 면모를 잊지 말라. 그렇다고 해서 끊임없이 그것만 바라보지는 말라.

요컨대, 행복하다는 것은 행복이 불확실하고 불안정하며 지속될 수 없다는 사실을 인정하고 받아들이는 것이다.

"선생님, 어째서 그렇게 심각하세요?" 제랄딘이 물었다. "여기서는 영감이 안 떠오르나요?"

"아, 마침 영감이라고 하니까." 꾸뻬 씨가 대답했다. "이런 안경은 어떨까요? 삶의 비극적인 면모를 잊지 말라……."

"잠깐만요, 수첩 좀 꺼내고요!"

깜짝 손님

일행이 자신들을 위해 특별히 마련된 해변의 식탁 주변에 둘러앉았다. 파도가 밀려와 웅얼대며 사그라지는 해안가로부터 불과 몇 미터 떨어지지 않은 곳이었다. 틀림없이 어둠 속에선 상어 몇 마리가 포식자로서 부지런히 먹잇감을 사냥해야 해야 하는 자기들의 타고난 조건을, 먹기 위해 사냥에 나서야 할 필요가 없는 꾸뻬 씨나 그의 일행의 생존 조건과 비교하며 행복을 망치고 있을 터였다.

"그런데요." 제랄딘이 커다란 게 다리의 살을 능숙하게 파 먹으며 말했다. "선생님은 아직 그 프로젝트의 내용이 뭔지 우리한테 말씀주신 게 없잖아요!"

"나테이마!" 바닷가재를 토막 내느라 분주한 에두아르가 그녀를 찾았다.

"알겠어요." 나테이마가 껍질 벗긴 새우를 자기 앞에 수북하게 쌓아놓은 채 대꾸했다.

(꾸뻬 씨는 인류를 두 부류로 나눌 수 있지 않을까 생각했다. 한 부류는 껍질을 벗기자마자 새우를 먹는 부류이고, 또 다른 부류는 껍질 벗긴 새우들을 일단 자기 앞에 쌓아놓는 부류다. 꾸뻬 씨는 만일 자신이 사업체

를 운영하는 사장이라면 두 번째 부류의 사람들을 고용하리라고 생각했다. 그러면서 에두아르가 나테이마한테 일자리를 제안하기 전에 그녀가 새우 먹는 방식을 유심히 관찰하지 않았을까 하는 추측도 해보았다.)

"우리 사업 내용을 설명하려면 직접 시연해 보일 참석자가 필요합니다." 나테이마가 손목에 차고 있던 잠수부 시계를 쳐다보면서 말했다. "이제 곧 올 겁니다, 시간이 됐거든요."

"나테이마, 우선 이 사람들한테 이곳 풍습을 설명해주시죠." 에두아르가 부추겼다.

"부두." 그녀가 꾸뻬 씨를 쳐다보며 말했다.

나테이마의 검고 깊은 눈동자가 자신에게 와서 꽂히자 꾸뻬 씨는 순간 소름이 쫙 끼쳤다. 혹시 이 여자가 저주를 내릴 수 있는 부두교 사제라면? 따지고 보면 부두란 일종의 비밀결사 모임으로, 회원들의 예일 대학 유학도 막지 않는 건 아닐까?

"부두라면, 혹시 마법 같은 거 아닌가요?" 제랄딘이 물었다. "그런데 부두하고 분자생물학하고 도대체 무슨 관계가 있단 말이죠?"

"없는 것 같지만 관계가 있습니다." 이번엔 에두아르가 대답했다. "꾸뻬 씨도 학생 때 그런 강의를 들은 적 있지?"

하지만 꾸뻬 씨는 대답하지 않았다. 바로 그 순간 횃불 너머로 커다란 그림자 하나가 어둠 속에서 다가오는 광경이 보였기 때문이었다. 그는 처음엔 아리스티드인가 보다 생각했다. 그러나 아리스티드는 잰걸음으로 호텔 쪽에서 다가오는 중이었다.

의문의 형체가 불빛 속으로 다가왔다. 제랄딘은 고함을 지를 뻔했다.

누더기를 걸친 키 큰 흑인, 마치 밀가루를 바른 것처럼 얼굴이 흰 흑인이 일행을 쳐다보았다. 아니, 보지 않으면서 쳐다보고 있거나, 아니면 반대로 쳐다보지 않으면서 보는 것 같았다.

"좀비라네." 에두아르가 설명했다.

꾸뻬 씨는 몸을 부들부들 떨면서 자리에서 일어서려는 제랄딘을 막으려고 그녀의 팔에 손을 얹었다.

"여러분들께서는 TV에서 저질 연속극들 꽤나 본 모양입니다." 에두아르가 이죽거렸다. "이자는 여러분들의 뇌보다는 해산물을 훨씬 더 좋아한답니다!"

이번만큼은 제랄딘이 에두아르의 유머를 탐탁하게 여기지 않는 것 같았다.

나테이마는 꾸뻬 씨가 쓰는 말과 유사하지만 "r" 발음이 없고 또 상당히 변형된 언어로 좀비에게 조용조용히 말하기 시작했다. 덕분에 꾸뻬 씨는 일행과 합석을 권하는 말 외에는 도무지 무슨 말인지 알아들을 수 없었다. 하지만 좀비는 일행이 앉아 있는 식탁의 빈자리에 앉는 대신 모래사장 위에 책상다리를 하고 앉았다.

나테이마는 접시에 새우와 게 조각을 담아 그에게 가져다주었다.

좀비는 시종일관 텅 빈 시선을 한 채 끔찍한 소리를 내며 우적우적 씹어 먹기 시작했다. 그는 갑각류를 껍질째 먹었는데, 그런 광경을 처음 접하는 꾸뻬 씨는 대체 무슨 일인지 도무지 감을 잡을 수 없었다.

"그러니까 이런 겁니다." 나테이마가 좀비를 방해하지 않으려는 듯 조용히 입을 열었다. "이곳 전통에 따르면, 이 남자는 저주를 받았다고 할 수 있습니다. 이 남자는 자신의 의지를 잃어버렸으며 오직 반사 신경만 남아서, 그에게 저주를 내린 사람이 이 남자를 마음대로 움직일 수 있습니다.

"정말인가요?" 제랄딘이 물었다.

"그럼요, 경우에 따라선 정말이에요." 나테이마가 대답했다. "하지만 난 저주 따윈 믿지 않아요. 차라리 최면 암시라고 생각해요."

꾸뻬 씨는 정신과 수련 과정 중에 이러한 사실에 대해 배운 적이 있었다. 예컨대 부두 의식 같이 특별한 환경에서는 사람들이 자기가 저주받았다고 암시를 받으면 실제로 저주받은 듯이 행동한다.

한 세기 전 꾸뻬 씨의 나라에서는 코안경을 낀 어느 정신과 의사가 동일한 현상을 발견한 적이 있다. 그가 탈부착 가능한 칼라에 넥타이를 맨 의사들로 가득한 강당에서 비교적 심약한 젊은 여성 여러 명에게 자신들이 간질 발작을 일으킬 것이라 암시하자, 이 여성들은 실제로 간질 발작을 일으키거나 아니면 기절을 하거나 땅바닥을 데굴데굴 구르는 행동을 보였다. 이를 토대로 코안경을 낀 정신과 의사는 이 여성들에 관한 책을 써서 세계적으로 이름을 떨치게 되고(프랑스의 정신과 의사인 샤르코가 20세기 초 파리의 살페트리에르 병원에서 행한 최면술 실험을 암시한다—옮긴이), 특히 비엔나에서 온 짤막한 턱수염을 기른 또 다른 정신과 의사(정신분석학의 창시자인 지그문트 프로이트를 일컫는 듯하다—옮긴이)에게 영향을 끼치게 되었다. 그는 이 젊은 여성들이 사실상 무의식적인 욕망을 가졌고, 에두아르의 표현을 빌리자면, 불행하게도 육체적인 욕망을 해소하지 못했기 때문이라고 규명함으로써 더더욱 유명해졌다.

"하지만 우리 이 손님은 암시 때문도 아니고 그 무엇 때문도 아니에요." 나테이마가 말했다.

그 점에 관해서는 에두아르가 설명하기 시작했다. 일행의 발치에서 갑각류를 껍질째 씹어 먹고 있는 저 거구의 남자에게 수많은 검사와 테스트를 실시한 끝에 얻어낸 결론은, 그가 복어 독과 함께 현재의 약품 시장에선 도저히 해독제를 구할 수 없는 또 다른 천연물질에 적정량 중독된 탓에 저렇게 되었다는 것이었다.

요컨대, 그는 통증을 포함하여 모든 것에 무감각하고, 오로지 음식 섭취와 같은 생존을 위한 반사 신경만이 기능한다는 것이었다. 그는 고통도 모르고 슬픔도 느끼지 못한다. 일종의 힘 덩어리인 셈이었다.

"그러니까 선생님은 인류를 좀비로 바꾸어 세상을 변화시키려는 건가요?" 제랄딘이 경악하며 물었다.

"아니죠. 좀비의 삶이 지닌 긍정적인 쪽만 취하려는 거죠." 에두아르가 웃으며 답변했다. 에두아르의 말이 농담인지 진담인지 이번에도 알기 어려웠다.

"탄력성이라는 용어를 들어봤나요?"

"물론이죠." 제랄딘이 대답했다. "큰 불행을 겪고 나서 다시 일어설 수 있는 능력을 말하는 것 아닌가요?"

"가령 이 세상에 태어났다는 불행처럼요!" 에두아르가 말했다. "자, 이제 돌아가야겠군요. 곧 모기들이 극성을 부릴 시간이니까요."

에두아르는 특유의 낙관주의에도 불구하고, 전 세계적으로 볼 때 상어보다 모기 때문에 더 많은 사람들이 죽는다는 사실을 알고 있었다. 그리고 그가 이제 돌아가야 할 시간이라고 한다면, 그 말은 분명 진담이었다.

특종을 잡은 제랄딘

○○

다음날 일행은 늦은 아침을 먹었는데, 맛있는 구운 놀래기(나테이마가 가르쳐줬다)가 나오는 등 이른 점심 식사라고 해도 무방했다. 에두아르가 진지한 태도로 자신과 그의 연구진이 어떻게 세상을 바꿀 것인지에 대해 못다 한 설명을 했다.

"탄력성에 관한 연구는 꽤 많아요." 에두아르가 말했다. "특히 심리학적 관점에서 진행된 연구가 많죠. 대체 어떤 인성을 가졌기에 다른 사람들보다 충격을 잘 견디는지 연구하는 거죠."

"그렇지만, 연구 결과가 명쾌하진 않아요." 꾸뻬 씨가 말을 이어받았다. "다만 재난이 발생할 경우, 예를 들어 다른 사람들을 구조하려고 나서는 적극성을 가진 사람들이 그저 가만히 당하고만 있는 사람들에 비해 탄력성이 강하다는 정도랄까요? 아니면 구조대원이나 군인처럼 재난 상황에 처했을 때 대처 방법을 훈련받은 사람들도 그렇고요."

반면에, 교통사고나 주차장에서 폭행을 당하는 등 개인 차원의 재난에 있어서는 그나마도 반드시 적용된다고 보기 힘든 게 사실이었다.

"게다가 사건의 경중에 따라 달라지기도 하죠." 꾸뻬 씨가 말했다. "예컨대 똑같이 지진을 당하더라도 진원지에 가까운 곳에 있었던 사람들이 심리적 장애를 나타낼 가능성이 더 높습니다."

꾸뻬 씨의 터키 출신 동료 정신과 의사들이 행한 연구에 의하면, 터키 수도에서 있었던 엄청난 규모의 지진을 계기로 그런 사실을 보다 명쾌하게 밝힐 수 있었다고 한다.

물론 재난을 겪기 이전의 인성이 중요한데, 그럴 수밖에 없는 것이 사람들은 언제나 똑같은 반응을 보이는 게 아니기 때문이다. 같은 동네에서 지진을 겪더라도 사고 즉시 무너진 집을 다시 일으켜 세우는 사람들이 있는가 하면, 그저 어둠 속에 주저앉아만 있거나 정신과 병동에 입원하는 사람들도 있다.

"그러니까 복어 독으로 탄력성을 높일 수 있단 말씀이죠?"

"복어 독을 변형시켜서요……." 나테이마가 보다 정확하게 고쳐 말했다.

"삶의 재난에 대한 탄력성을 높이는 것이야말로 멋진 프로젝트가 아닐까요?" 에두아르가 큰 목소리로 웅변하듯 말했다.

"폐허 한가운데서 피어나는 행복이로군." 꾸뻬 씨가 중얼거렸다.

"그 정도가 아니라 그 이상일세. 자네가 매일 진료 보는 환자들의 불행한 개인사를 생각해보게."

맞는 말이었다. 꾸뻬 씨는 소중한 존재를 잃었거나 사고 또는 폭행 등의 중대한 불운을 겪은 환자들을 비롯하여, 그보다 정도는 덜 심각하지만 로날드 같은 상사로부터 모욕을 당한다거나 낭비벽이 심한 배우자, 해고, 또는 야심만만한 친구들로부터 배신을 당하는 등 다양한 불행을 겪고 있는 환자들을 생각했다.

"사랑의 아픔을 극복할 수 있는 탄력성은요? 애인한테 버림받은 고통을 이길 수 있게 해주는 탄력성 말이에요."

"물론입니다. 그 역시 트라우마에 포함되니까요." 나테이마가 자신 있게 답변했다.

"그렇다면 전 선생님들이 하고 계신 연구에 대찬성입니다." 제랄딘이 말했다. "제 블로그에 소개해도 될까요?"

"전혀 문제될 것 없습니다." 에두아르가 말했다. "다만 올릴 글을 사전에 보여주세요. 우린 사람들한테 희망을 주고 싶지만, 지나치게 성급해선 안 된다고 봐요. 아직 우리 연구가 막바지에 도달한 건 아니니까요."

꾸뻬 씨는 에두아르가 어떤 상황에서도 무조건적인 낙관주의를 표방하는 건 아니라는 사실을 처음으로 접했다. 그리고 이 말을 하는 에두아르는 전혀 농담조가 아니었다.

오늘만 사는 에두아르의 철학

∽

"저 여자 좀 보게나." 에두아르가 꾸뻬 씨의 귀에 대고 소곤거렸다.

꾸뻬 씨는 춤추는 남녀들로 붐비는 홀 중앙에서 은실을 섞어 짠 드레스를 입고 있는 여자, 정치적으로 부적절하게 표현하자면 쭉쭉 빵빵한 S자 몸매의 여신급 여성을 보았다.

에두아르는 꾸뻬 씨의 귀에 대고 속삭일 수밖에 없었던 것이, 소규모 밴드가 아프리카 오지의 리듬에 제랄딘의 옛 애인이나 알 법한 세계 음악 같은 가락을 얹어 연주하는 음악이 귀청을 찢을 정도였기 때문이었다. 물론 제랄딘은 지금 당장이야 자기 옛 애인을 생각할 겨를이 없었다. 나테이마와 함께 조금 떨어진 곳에서 한창 몸을 흔들며 춤에 열중하고 있었으니 말이다. 한편 아리스티드는 두 여성 가까이서 마치 궤도를 도는 인공위성마냥 춤을 추며 얌전히 맴돌았는데, 잘 재단된 그의 검정색 정장이 그가 어떤 일을 하는지 한눈에 말해주는 탓에, 춤추는 남성들이 두 젊은 여성에게 눈독을 들이면서도 감히 접근할 엄두를 내지 못하게 하는 결과를 낳았다……. 그리고 독자 여러분이 이 순간 읽고 있는 이 문장이 유난히 긴 것도 실은 꾸뻬 씨 자신도 고삐 풀린 듯하면서 동시에 나른한 이 음악의 리듬에 한껏 빠져든 상태이기 때문이었다.

에두아르와 나테이마가 프로젝트 진행에 대해 설명해준 해변가 호텔에서의 두 번째 날이 지나자(실험실의 연구진은 가엾은 돼지들에게 의도적으로 외상을 가하고 나서, 변형된 복어 독을 먹은 돼지들과 그렇지 않은 돼지들을 비교하면서 탄력성을 실험했다), 에두아르는 이제 그만 돌아가기로 결정했다.

"자네는 이 나라 문화를 좀 맛볼 필요가 있을 거야." 에두아르는 꾸뻬 씨에게 그렇게 말한 적이 있었다.

사실 꾸뻬 씨는 그만하면 이 나라 문화를 이미 맛봤다고 할 수 있는데, 바로 음악과 춤이야말로 더욱 자극적인 뭔가로 인도하는 전주곡이라는 생각이 들었기 때문이었다. 심지어 꾸뻬 씨는 한순간 홀에 나가 춤추는 군중 틈에 섞이고 싶은 욕구가 일기도 했다. '내가 이럴 나이는 아니지' 라고 생각하며 그가 애써 욕구를 잠재우려는 순간, 에두아르는 탁자에 술잔을 내려놓더니 무대 쪽으로 달려가 춤을 추기 시작했다. 에두아르가 어찌나 열정적으로 춤을 추던지 은색 실을 섞은 드레스를 입은 여신급 여성을 포함하여 주변 사람들의 폭소를 자아냈다. 꾸뻬 씨는 자신마저도 홀에 나가 오래도록 잊고 지냈던 동작을 자연스럽게 취하며 몸을 흔드는 객기를 부리게 된 것도 우연은 아니라는 생각이 들었다. 나테이마가 그런 그에게 윙크를 보냈다. 이 문장이 유난히 길어진 까닭도 열광적인 춤사위에 취했기 때문일 터였다.

잠시 후 에두아르와 꾸뻬 씨는 일종의 연료 충전을 위해 바에 자리를 잡았다.

"자네, 나의 행복관을 이해하겠지?" 가쁜 숨을 몰아쉬며 에두아르가 물었다.

"이해하다 뿐인가, 존경스럽기까지 하다네." 꾸뻬 씨도 조금 숨이 가쁜 목소리로 말했다.

"내가 나이를 잊는 더 멋진 방법을 말해주지."

"나이를 생각하지 않는 것?"

"그보다 더 나은 건 마치 나이 따위는 존재하지 않는 듯 행동하는 거라네!"

"그럴 수 있는 소질을 타고 나야지."

"물론 그럴 테지. 어쨌든 여기선 그러기가 훨씬 쉬워. 우리나라에서라면 자네가 감히 밤에 클럽에 가겠나?"

"그럴 리 없지." 꾸뻬 씨는 마지막으로 클럽에 갔던 것이 벌써 이십 년도 더 되었다는 사실을 떠올렸다. 그것도 중국에서, 에두아르와 함께였다.

"그렇다니까, 여기가 천국일세." 에두아르가 말했다.

"자네 나이에 좀 무리한다는 생각은 안 드나?"

"내 몸뚱어리가 따라주는 한." 에두아르가 듬지막한 자기 몸을 가리키며 말했다. 건장한 몸을 타고 났으니 주춤거릴 까닭이 없을 터였다. 아무튼, 어느 정도는.

"그런데 말일세, 그건 불교의 가르침에 역행하는 일은 아닌가?"

"아, 난 도를 너무 열심히 닦았다는 생각이 들어. 그러니까 내 분수에 맞지 않을 정도로 너무 열중했다, 이런 말이지. 나는 불교 승려보다는 지금처럼 즐기면서 살고 사업이나 하는 게 더 잘 맞아. 비록 당시엔 사람들이 승려인 나를 믿고 따랐었지만 말이야.

자네, 기억하지?"

"그럼."

그러고 보면 에두아르도 장-미셸과 비슷한 삶의 궤적을 밟았다고 할 수 있는데, 빙 돌아서 마침내 자신이 가장 잘할 줄 아는 일로 되돌아온 셈이었다.

"아직 나한텐 그 시절 흔적이 남아 있다네. 예컨대, 지금 현재 순간에 살고, 세상 만물에 측은지심을 품거든. 어찌 보면 지금 진행하고 있는 프로젝트도 사바세계의 고통을 줄이려는 것일 테고."

"그러니까 자넨 여전히 도를 닦는 중이로군?"

"맞아. 큰길에서 살짝 벗어나 있는 셈이지. 부처님도 이해하실 거네. 알고 보면 부처님도 젊었을 때는 꽤나 방탕했거든. 그리고 그렇게 하는 편이 '너의 나이에 맞게 처신하라' 처럼 도덕군자 같은 말보다 낫다고 생각하니까. 차라리, '나이 따위는 존재하지 않는 듯이 처신하라, 행여 탈이 나면 하는 수 없는 거고, 끝까지 즐겨라!' 가 나의 신조라네."

그러더니 그는 다시 홀로 되돌아갔다. 꾸뻬 씨는 하지만 이번에는 그를 뒤따르지 않고 그저 조용히 구경만 하기로 했다.

"춤 안 추세요?" 나테이마가 물었다.

그녀는 꾸뻬 씨 곁에 서 있었다. 꾸뻬 씨만큼이나 큰 키에, 불타오르는 듯한 눈동자를 가진 그녀는 거대한 여사제 같아 보였다.

"잠시 쉬고 있어요." 꾸뻬 씨가 대답했다.

"너무 오래 쉬진 마세요. 선생님, 춤 잘 추시던데요? 아무튼, 백인치고는 그렇다는 말이죠." 멀어져가는 그녀가 찡끗 윙크를 보내며 이렇게 말했다.

그녀는 제랄딘 곁으로 돌아갔다. 꾸뻬 씨가 보기에 시선은 하늘을 향한 채 신들린 모습으로 그치지 않고 춤을 추는 제랄딘은, 마치 코안경을 낀 정신과 의사의 젊은 여성 환자들과 닮은꼴이었다.

바로 그 순간 가슴 쪽에 넣어둔 휴대폰이 진동을 했다. 클라라였다. 차라리 전화를 받지 않는 편이 나을 테지만, 꾸뻬 씨는 하루 종일 머릿속이 클라라 생각으로 꽉 차 있었던 터라 반사적으로 아이콘을 "통화" 쪽으로 가져갔다. 스카이프로 통화 요청이 왔지만 이미 때는 늦었다.

클라라가 슬픈 표정을 한 채 화면에 모습을 드러냈다. 꾸뻬 씨 짐작으로는 지난번 통화할 때 화를 냈던 걸 후회하는 듯싶었다. 하지만 클라라의 얼굴 표정이 이내 굳어졌는데, 꾸뻬 씨는 그제야 그녀가 자기 뒤편 바에 늘어선 술병들이며 귀청을 찢는 듯한 음악 소리를 눈치챘으리란 생각이 들었다. 어쨌든 그의 귀엔 클라라의 목소리가 들리지 않았고, 클라라가 바로 전화를 끊는 바람에 통화는 싱겁게 끝이 났다.

2초 후, 짤막한 문자 메시지가 도착했다.

"당신, 에두아르와 여행할 때 즐기는 좋은 습관은 여전하네요."

꾸뻬 씨의 머릿속에 먹구름이 잔뜩 몰려왔다.

잠시 후 에두아르의 모습이 보이질 않았는데, 틀림없이 은실을 엮어 짠 드레스를 입은 여성과 함께 사라진 듯했다. 그녀 역시 홀에서 보이지 않았으므로. 공교롭게도 클럽은 고풍스런 품격을 간직한 오래 된 목재 호텔 1층에 자리 잡고 있었다. 꾸뻬 씨는 에두아르에게 차라리 잘된 일이라 여기면서도 다른 한편으론 오랜 벗이 자기 곁에 그대로 있어주면 더 좋았을 텐데 하는 아쉬움도 남았다.

오랜 벗 대신 제랄딘이 꾸뻬 씨에게 다가왔다.

그녀는 울고 있었다.

"제랄딘, 무슨 일이에요?"

"이 망할 놈의 음악 때문에……." 그녀가 울먹였다.

음악에 문외한인 꾸뻬 씨였지만, 클럽에서 밴드가 연주하는 음악의 어떤 면들이 일렉트로-펑크를 떠올리게 함으로써 제랄딘에게 갑자기 결핍감을 불러왔으리라 짐작하기란 어렵지 않았다.

홀에서 함께 춤추던 수많은 남성들이 그녀에게 추파를 던졌지만(아리스티드의 존재로 인해 접근은 할 수 없었다), 그것만으론 그녀의 잃어버린 사랑을 잊기에 충분치 못했다.

클럽 안이 너무 시끄러워 대화를 나눌 수 없는 터라, 꾸뻬 씨는 차라리 그곳에서 나와 일행이 묵고 있는 호텔까지 동행해주는 편이 더 낫지 않을까 생각했다. 그러던 차에 나테이마가 나타났다.

그녀는 이내 상황을 파악했다.

"제가 알아서 할게요." 그녀가 꾸뻬 씨의 귀에 대고 소곤거렸다. 그리고 나서 그녀는 제랄딘의 귀에 대고 뭐라고 하더니, 그녀의 손을 잡고 밖으로 나갔다. 낙관주의로 똘똘 뭉친 뭇 남자 춤꾼들(나테이나의 설명에 따르면 그 나라엔 그런 남자들이 우글거린다는 것 같았다)에겐 아쉽게도 말이다.

꾸뻬 씨는 다이키리(흰 럼주와 레몬, 설탕을 얼음에 넣어 만든 칵테

일—옮긴이)를 또 한 잔 주문하고, 클라라와 자기 자신에 대한 원망과 절망감을 되새겼다. 그러면서 그는 자신이 이제껏 들었던 강의 중에서 나쁜 생각을 반추하는 것이 심장에 나쁘다는 취지의 강의를 모조리 떠올리고 있음을 깨달았다. 하지만 달리 무슨 뾰족한 수가 있단 말인가?

그는 그 자리에서 명상을 시도해볼 수도 있었겠지만, 시끄러운 음악과 술을 마신 다음이라 완전한 의식 상태에 이르기는 쉽지 않은 일이었다.

이젠 나테이마와 제랄딘으로부터도 버림받은 상태였다.

다시 춤이나 추러 가볼까? 자기와 여러 차례 눈길이 마주쳤던 익살스런 고수머리 여성 곁에서 서성이는 건 어떨까?

그건 아니지, 뭣 하려고?

시간이 꽤 지났을 때 나테이마가 돌아왔다.

"선생님 친구분을 위해서 2층에 방을 잡았어요. 침대에 눕는 거
보고 나왔으니 지금은 잠들었을 거예요."

나테이마는 그를 쳐다보더니 팔을 잡아끌었다.

"우리 다시 춤추러 가요! 여긴 슬픔에 잠기기 위한 곳이 아니라
고요!"

필름 끊긴 꾸뻬 씨

∽◯◯∽

꾸뻬 씨는 아무 급할 것 없는 바캉스 철인 것처럼 잠에서 깨어났으면서 눈은 그대로 감고 있었다.

방 천장에 달린 선풍기가 윙윙대며 돌아가는 소리 말고는 주변은 고요했다. 벌거벗은 몸 위에 닿는 바람이 상쾌했다. 정말 기분이 좋았다.

꾸뻬 씨는 별안간 자기 호텔 방에는 선풍기가 아니라 에어컨이 설치돼 있다는 사실에 생각이 미쳤다.

나는 어디에 있는 거지?

"잘 잤어요, 백인 아저씨?" 나테이마가 꾸뻬 씨를 추락시킨 그 나긋나긋한 미소와 함께 아침 인사를 건넸다.

그러더니 그녀는 벌거벗은 채 목욕탕으로 향했다. 꾸뻬 씨는 자신을 타락시킨 장본인인 그녀의 또 다른 면모를 봤다.

하지만 그뿐만이 아닐 터였다. 모든 것은 사물이며 사람을 바라보는 관점에 달렸으니 말이다. 꾸뻬 씨는 나테이마를 에두아르의 사무실에서 처음 봤고 나중에 해변에서 비키니 차림일 때도 봤지만, 그녀에게 흑심을 품지는 않았다.

그런데 어젯밤 바에서 클라라가 보낸 메시지를 읽고 절망에 빠진 나머지 어찌나 화가 나던지, 그가 사물, 특히 사람을 바라보는 시각이 나테이마가 다시 함께 춤추러 나가자고 권유하는 순간 변해버린 거였다.

그녀는 꾸뻬 씨의 변신(울적하게 우두커니 서 있는 바의 기둥 같은 상태에서 파티의 에센스로 돌변한 것)에 흡족해하는 것처럼 보였고, 그래서 술 취한 정신과 의사라도 대번에 무슨 뜻인지 알아볼 수 있을 만한 눈길을 오래도록 그에게 보냈다.

그 후의 일은 더구나 나테이마가 호텔 리셉션과 말이 잘 통하는 까닭에 까다로운 절차 따위 없이 아주 간단하게 진행되었다. 나테이마는 여전히 벌거벗은 몸으로 목욕탕에서 나와 꾸뻬 씨에게 이글거리는 눈초리로(그런데 어째서 화가 난 걸까?) 쏘아보는가 싶더니, 갑자기 그녀의 늘씬한 육체가 부풀기 시작하여 급기야 방 안을 가득 채우더니 그녀의 커다란 입이 꾸뻬 씨에게 가까이 다가왔다. 꾸뻬 씨가 자세히 보니 입안 깊숙한 곳까지 촘촘히 박힌 날카로운 이빨들이 번쩍거렸다.

"주무실 때 비명을 지르기도 하시나 봐요?"

꾸뻬 씨는 눈을 떴다. 그는 천장에 선풍기가 달린 낯선 방에서 옷을 입은 채로 침대에 누워 있었다. 나테이마는 호텔에서 준 목욕 가운을 얌전히 입고 있었다.

"그렇지 않아도 선생님을 깨우려던 참이었어요. 이제 전 출근해야 하거든요."

"헌데…… 헌데…… 어떻게 된 거죠?"

꾸뻬 씨는 머리가 멍했다. 그는 어젯밤 기억의 어디까지가 진짜인지, 어디부터가 자기가 꾼 악몽인지 혼돈스러웠다.

"아, 시작은 아주 좋았어요." 나테이마가 말했다. "그리고 이 침대에서도 괜찮았어요. 그런데 갑자기 선생님이 안 된다고 하시더라고요. 내가 보기엔 얼마든지 될 것 같아 보이던데 말이죠. 선생님은 나는 원치 않는다, 이러는 건 당신을 위해서도 나를 위해서도 좋을 게 없다고도 하시더군요! 당신을 위해서도 나를 위해서도 좋을 게 없다는 말만 반복하셨어요!"

"미안합니다……."

"아니에요. 미안해하실 거 없어요. 어차피 각자 자기 마음 가는 대로 행동하는 걸요. 저도 선생님을 강제로 범할 마음은 없었다니까요……." 그녀가 킥킥댔다.

"그럴 기분이 아니었다오……."

"선생님한테는 어쩐지 모르겠어요. 그런데 좀 심했던 건 저한테도 좋을 게 없다고 하신 대목이죠. 마치 제가 스스로 무슨 짓을 하는지도 모르고 날뛰는 청소년인 것처럼 말이에요!"

"난 홀몸이 아닙니다."

나테이마가 웃었다.

"차라리 잘된 거죠. 전 요즘엔 독신남성이라면 딱 질색이에요. 그럼 앞으로도 만나자고 할 테고, 그러다 보면 결혼하자고 조를 수도 있고……."

"당신은 어떻소?"

"저도 결혼한 적 있어요. 아들이 미국에서 학교에 다니는걸요.

그래서 결혼 생활이 어떤 건지 알아요."

"결혼 생활로 다시 돌아가고 싶진 않나요?"

"당장은 아니에요. 제 연구에 방해되는 거라면 무엇이든 다 싫어요. 제가 선생님 친구 에두아르와 하는 연구는 제 인생에서 가장 짜릿한 일이에요. 그런데 뭣 때문에 그 보잘것없는 결혼 생활로 인해 방해를 받겠어요?"

"그저 세상을 바라보는 한 방식일 테죠." 꾸뻬 씨가 말했다.

"거의 모든 것에 그렇듯, 선생님께서도 잘 알고 계시는군요." 나테이마가 말했다.

바로 그 순간, 두 사람의 대화는 세상을 비관적으로 바라보는 누군가에 의해 끊겼다. 옆방에서 절망에 가까운 떠들썩한 고함 소리가 들려왔다.

죽음 따위 아랑곳하지 않는 에두아르

∽◯∘

옆방 문이 열리자마자 꾸뻬 씨의 눈에는 바닥에 널브러져 있는 은색 드레스가 제일 먼저 들어왔다. 마구 구겨진 그 은색 드레스는 마치 빛을 받아 반짝거리는 커다란 물웅덩이 같았다. 그다음으로는 약간 푸르딩딩한 기운을 머금은 에두아르의 벌거벗은 몸과 그 몸이 대각선으로 누워 있는 가마 형태의 침대. 그리고 방문을 열어준 은색 드레스의 주인공, 여신급 여자. 벌거벗은 여자는 어느새 침대로 돌아가 에두아르를 보며 비명을 질렀다가 울기를 반복하는 등, 잔뜩 흥분한 상태였다.

나테이마가 그녀에게 다가가 침대에서 떼어내어 그녀를 진정시키는 동안 꾸뻬 씨는 에두아르에게로 달려갔다. 아니, 이미 영혼이 육신을 떠났으니 그의 시신이라고 해야 옳을 터였다.

아, 그런데 아니었다. 에두아르의 몸은 아직 따뜻했고, 꾸뻬 씨가 목에 손가락을 대보니 맥이 아주 느리게 뛰는 상태였다. 맥박이 어찌나 느리게 뛰는지 한 번 뛰고 그다음 박동이 오기까지가 영원만큼이나 긴 것 같았다. 그러면서도 맥박은 조금씩 조금씩 빨라지는 중이었다. 꾸뻬 씨는 한순간 자기 입을 친구의 입에 대고 인공호흡을 해볼까 생각했으나, 다행스럽게도 에두아르가 조금씩

호흡을 되찾더니 마침내 얼굴색도 평소의 핑크색으로 돌아왔다.

"으흠." 에두아르가 눈을 뜨며 헛기침을 했다.

"에두아르! 지금 기분이 어때?"

"잠시 기절했었나 봐."

"자네, 검사 받아봐야겠어!"

이처럼 사소한 기절 상태를 겪고 나면 곧 정말로 심각한 사태가 벌이지곤 한다는 사실을 꾸뻬 씨는 알고 있었기 때문이었다.

나테이마는 이미 전화기를 들고서 부자들을 위한 응급 서비스를 부르는 중이었다. 부자들을 위한 응급 서비스란 실상 의사가 탄 앰뷸런스를 일컫는데, 꾸뻬 씨의 나라에서라면 부자든 가난하든 상관없이 모든 사람들을 위한 응급 의료 서비스를 뜻하는 것이었다. 꾸뻬 씨는 그 같은 자기 나라의 의료 체계가 자랑스러웠고, 또 그래서 살인적으로 높은 세율에도 군소리 없이 세금을 납부하게 마련이었다.

마침내 호텔 앞에 도착한 앰뷸런스의 침상에 누운 에두아르가 팔에 링거를 꽂고 가슴에 전극을 부착하고, 꾸뻬 씨가 보기에 너무 젊다 싶은 의사까지 침상 옆에 앉았을 때 환자가 입을 열었다.

"아니, 이게 다 뭔가? 난 완전히 괜찮은데."

"그럴 수도 있겠지만, 그래도 어째서 그런 일이 벌어졌는지 알아내야 할 테지."

꾸뻬 씨가 앰뷸런스에서 친구 곁에 자리를 잡고 앉았다. 나테이마가 뒷문에 모습을 나타냈다.

"저도 병원까지 따라갈게요." 그녀가 말했다.

그 순간 꾸뻬 씨는 나테이마가 어제 입고 있던 옷을 그대로 입고 있다는 사실이 그녀와 자신이 밤을 함께 보냈음을 보여주는 명백한 증거라는 사실을 깨닫고는, 자기 자신 때문인지 나테이마 때문인지 아니면 에두아르 때문인지 모르겠는 가운데 왠지 마음이 거북하고 꺼림칙했다.

꾸뻬 씨가 불편해하는 기색을 눈치챈 에두아르는 나테이마가 앰뷸런스의 문을 닫는 순간, 절친답게 그에게 가볍게 윙크를 보냈다.

바깥엔 새벽 동이 밝아오고 있었다. 앰뷸런스가 출발했다. 앞좌석에는 운전수와 남자 간호사가 타고 있었는데, 남자 간호사가 들 것 곁에 꾸뻬 씨 자리를 마련해주었다. 꾸뻬 씨는 뒤 창문을 통해 아리스티드가 운전하는 흰색 대형 사륜구동 자동차가 따라오는 걸 확인했다. 그 차에는 나테이마와 그녀가 잠을 깨운 제랄딘이 타고 있었다.

"평소 드시는 약이 있습니까?" 젊은 의사가 물었다.

"음, 몇 가지."

에두아르는 약 이름을 댔다. 꾸뻬 씨는 한 번도 들어본 적이 없는 약 이름이었는데, 젊은 의사도 마찬가지인지 자기 스마트폰에 약 이름을 쳤다.

"제길, 결국 퇴장을 망쳐버렸군." 에두아르가 말했다.

꾸뻬 씨는 혹시 잘못 들은 건 아닌지 자기 귀를 의심했다.

"퇴장을 망쳤다고? 에두아르, 왜 그런 소릴 하나?"

"자넨, 그 편이 이승을 떠나는 가장 좋은 방법이란 생각이 들지 않나? 미녀 품에 안겨서 마지막 여정에 오르다니……."

"그럴 수도 있겠지." 꾸뻬 씨가 말했다. "자네에겐 아직도 살아 봐야 할 삶이 남아 있지 않은가?"

에두아르는 어깨를 들썩이더니 이렇게 말했다.

"내가 만일 간밤에 죽었다면, 설사 그런 삶이 남아 있다한들 그걸 안타까워할 수도 없었을 테지……."

"그 말을 들으니 생각나는 게 있어……."

"그렇군."

에두아르는 꾸뻬 씨에게 아주 오래전 그리스에서 태어난, 핑크색 안경의 고수라고 할 만한 사람이 한 말을 암송했다.

"나는 죽음이 두렵지 않다. 내가 아직 살아 있는 한 죽음은 아직 오지 않은 거고, 반대로 죽음이 여기 있다면 나는 이미 이 세상에 없는 것일 테니 말이다."

에두아르는 특유의 낙관주의 이면에 깨달음#13 핑크색 안경을 감추고 있었다. 삶의 비극적인 면모를 잊지 말라. 특히 우리의 삶이 어느 날, 아니 어느 날 밤에 갑자기 끝날 수도 있다는 사실을 명심하라. 그날 가마처럼 생긴 침대에서 에두아르에게 그런 일이 생길 뻔했던 것처럼.

에두아르에게는 삶의 비극적인 면을 잊지 말아야 할 또 다른 이유가 있었다.

에두아르와 온갖 검사

◯◯

"이것 좀 보게." 에두아르가 꾸뻬 씨에게 멋진 태블릿 PC를 내밀며 말했다.

가슴 부위를 찍은 스캐너 사진들이었다.

하지만 꾸뻬 씨 눈에는 별다른 특이점들이 보이지 않았다. 우선 그는 정신과 의사로서 허파가 아니라 뇌 단층 사진을 주로 봐왔기 때문이다. 다음으로는 그가 지금 비록 파라솔 그늘 아래 있긴 하지만 호텔의 수영장 부근이라 너무나 강렬한 햇빛이 쏟아지고 있는 데다, 다이키리까지 너무 여러 잔 마셨고 게다가 간밤엔 잠도 제대로 자지 못한 탓에 자신이 사십을 넘긴 지 이미 오래되었다는 자괴감에 빠져 있었기 때문이었다.

꾸뻬 씨는 마음 같아서는 제랄딘한테 복용하라고 권했던 약 한 두 알쯤을 얻어먹고 싶은 심정이었다. 그 약을 먹으면 적어도 일렉트로-펑크 리듬마냥 쿵쾅거리는 두통은 누그러뜨릴 수 있을 테니까.

구시렁거리던 끝에 꾸뻬 씨는 스캐너 사진에서, 허파의 잿빛 테두리에 마치 움직이지 않는 아메바 같은 밝은 작은 반점들이 있는 걸 발견할 수 있었다.

"종양이 전이된 게지." 에두아르가 말했다.

꾸뻬 씨도 짐작은 하고 있었다. 에두아르가 복용하는 약 이름을 인터넷으로 검색해본 결과, 그 약이 전통적인 항암제와는 달리 고통스럽고 기운을 빠지게 하는 부작용이 없으면서 일부의 암 성장을 막고 심지어 암세포를 죽이기까지 하는 신약이라는 사실을 확인하고 난 뒤였으므로. 더불어 그는 이 약이 다량의 알코올과 함께 섭취하거나, 또, 예컨대 은색 실이 섞인 드레스를 입은 키 큰 여자에게 자기가 클럽 홀에서처럼 침대에서도 정력이 넘친다는 걸 보여주기 위해 또 다른 약물과 함께 섭취할 경우 심장박동을 느리게 만든다는 사실도 알았다.

에두아르는 젊었을 때부터 언제나 행복이란 축제라는 교훈을 극한까지 추구했던 사람이었다(지금은 헤어진 그의 전처와의 혼인 기간 몇 년은 예외였다. 그 기간 동안 그는 나름 자제한다고 했으나 부인의 기대에는 못 미쳤다. 그리고 당연하게도 그가 에스키모로 지내던 동안이나 불교 승려로 도를 닦던 기간도 예외였다).

"내 몸뚱어리가 따라주는 한", 그는 꾸뻬 씨에게 늘 이렇게 말하곤 했다. 하지만 어젯밤 에두아르는 몸뚱어리를 너무 혹사했고, 따라서 그의 몸은 그를 따라주지 못했다. 따라주지는 못했을지언정 용서는 해준 셈이다. 그가 아직 목숨을 부지하고 있으며, 홍조 띤 씽씽한 상태로 호텔 수영장 가장자리에 자리 잡고 앉아 벌써 두 잔째 카페 라떼를 들이키고 있다는 사실이 그 증거였다.

의사들이 에두아르에게 간밤의 사태가 약과 알코올을 병용한 데서 초래되었다고 설명하자마자, 그는 대뜸 그렇다면 자신이 과

잉 섭취한 내용물을 몸 바깥으로 내보낸 다음 이젠 몸 상태가 괜찮다고(사실이었다) 증명해 보이면 지긋지긋한 의사들을 떼버릴 수 있겠다고 결론을 내렸다. 그런데도 의사들은 에두아르의 결정에 동의하지 않았다. 그렇게 하겠으면 의사들에게 책임을 묻지 않겠다는 서류에 서명하고, 꾸뻬 씨가 친구의 정신 상태에 아무런 문제가 없다고('이 자는 항상 약간 정신이 나간 것 같았다는 사실을 제외하면',이라고 생각하면서 서류에 서명하는 꾸뻬 씨의 입가에 미소가 번졌다).

"두 달마다 작은 반점이 커지는지 보려고 스캔 사진을 찍고 몇 가지 검사를 받는다네."

"그런데 자꾸 커지는 중이야?"

"그렇긴 한데, 그래도 벌써 3년째 별일 없어."

"자네, 전에도 암에 걸린 적 있나?"

"응, 하지만 수술해서 떼어냈지. 전이가 되진 않을 거라 했는데, 이제 보니 종양 떼어내기 전에 이미 전이된 상태였나 봐."

"나한테는 그런 얘기 한 번도 하지 않았어."

"그야 뭐 그럴 필요가 없었으니까. 자네가 알아도 어찌 할 도리가 없잖아."

에두아르는 자신에게 문제가 생겼을 때 기댈 정서적 지원, 그러니까 예를 들어 당신의 처지를 동정하고 어려움에 처한 당신을 생각해주는 친구들의 지원 같은 건 전혀 필요로 하지 않는, 매우 드문 부류의 사람이었다. 가령 에두아르가 좋은 암 전문의를 소개받을 필요가 있다거나(정보적 지원), 또는 돈이나 머물 곳이 필요하다거나(물질적 지원) 했다면 꾸뻬 씨에게 도움을 청했을 것이었다(우정은 이 세 종류의 지원을 모두 충족시킬 수 있다. 하지만 친구라고 해서 모두 동일한 수준에서 지원하란 법은 없다는 사실에 유의해야 한다).

"그러니까 정말로 자네가 별 탈 없다고 믿어도 되겠나?"

"물론이지, 검사 결과가 괜찮고 작은 반점이 움직이지 않는 한에서는 말일세. 두 달마다 시험을 치루는 기분이 든다네, 통과냐 낙제냐……. 정말 웃겨, 검사examen 받을 때마다 시험examen을 치르는 느낌이 드니 말일세!" 재미난 말장난을 찾아낸 것이 신통하기라도 한 듯 미소 지으며 에두아르가 말했다.

"건강해 보이세요." 제랄딘이 말했다.

그녀는 아침 식사가 끝나갈 즈음에 맞춰 일행과 합류했다.

"그래요. 별것 아닌 이유로 잠시 몸이 불편했던 건데, 이 친구가 병원에 가서 검사를 받아보자고 고집을 부렸지 뭡니까."

"꾸뻬 씨가 옳아요. 언제나 검증해볼 필요가 있어요." 제랄딘이 자리에 앉아 선글라스를 벗으며 말했다.

제랄딘은 그사이 또 운 것 같지는 않았다.

"우리, 오늘은 돼지들을 보러 갈까요?"

"돼지들이라뇨?"

돼지와 연관된 단계는 연구 프로그램의 가장 곤혹스런 부분이었다. 연구진은 돼지우리 바닥에 전기를 흐르게 하여 쇼크를 일으켜서 돼지들에게 외상을 입혔다. 돼지들은 돼지인 이상 꿀꿀대거나 제자리에서 펄쩍 뛰거나 우리의 다른 쪽으로 도망가거나 아무 소용도 없는 지렛대를 눌러보는 등 허튼 짓 말고는 할 줄 아는 게 아무것도 없는 까닭에, 도저히 전기 충격을 피할 수 없다. 이렇게 전기 충격을 받은 돼지들은 다른 우리로 옮겨졌는데, 그곳에서는 돼지들이 자리를 바꾸거나 이번엔 진짜로 작동하는 지렛대를 눌러서 전기 쇼크를 피하는 방법을 습득할 수 있었다. 하지만 이미 외상을 입은 돼지들은 배우려 들지도 않고 그저 같은 자리에서 무기력하게 움직이지 않고 가만히 있으면서 빠져나갈 생각도 하지 않는 등, 별다른 반응을 보이지 않으면서 전기쇼크에 그대로 노출되어 있었다. 반면에 가히 챔피언들이라 부를 만한 어떤 돼지들(어쩌면 돼지계의 에두아르 같은 조상을 두었는지도 모를 일이었다)은 대번에 전기쇼크를 멈출 수 있는 방법을 찾아내기도 했다.

"저런 돼지들의 유전자를 연구해야 할 테지." 에두아르가 평했다.

"대체 가엾은 돼지들한테 외상을 입히는 게 어떻게 사람들한테 도움이 된다는 거죠?" 제랄딘이 볼멘소리로 물었다.

꾸뻬 씨는 블로그를 통해 제랄딘이 패션 분야에서의 모피 사용을 적극적으로 반대한다는 사실을 알고 있었다. 그런 까닭에 그녀는 인조 모피(예컨대 사과색 초록빛 털 코트 등) 따위만 입었다. 비록 돼지야 털은 없지만, 그녀가 돼지들에 대한 학대 문제에 민감할 수밖에 없다는 점은 쉽게 짐작할 수 있었다.

"우리네 삶과 마찬가지로군." 꾸뻬 씨도 소감을 말했다. "시련에 직면했을 때 빠져나가려고 노력할 것인가, 아니면 할 수 있는 일이 아무것도 없다고 체념하면서 그저 주저앉을 것인가……. 이

제깟 아무것도 소용 없었으니 앞으로도 그럴 거라 확신하면서 그어떤 노력도 기울이지 않는 거죠. 이런 상태를 심리학에선 '학습된 무기력'이라고 합니다."

"Z선 안경의 또 다른 형태네요!" 제랄딘이 외쳤다. "아니, 오히려 수정 구슬 안경이라고나 해야 할까요?"

"도대체 그게 다 무슨 소리죠?" 앞으로 출간될 책에 대해 꾸뻬 씨가 아직 아무런 설명을 들려주지 않은 까닭에 영문 몰라 하는 에두아르가 물었다.

"맞아요, 그런 안경은 자기 미래를 예견하게 해줘요." 제랄딘이 설명했다. "마치 수정 구슬처럼 말이죠. 하지만 다른 점이 있다면, 그런 안경은 회색으로 또는 검은색으로만 보이죠. 마치 당신네 과거처럼요. 이걸 책에 써먹어야겠어요!"

"제랄딘, 책에 관해서라면 난 당신만 믿어요."

"흠… 핑크색 안경 몇 번이었더라…… 암튼 미래를 회색과 검은색으로만 보게 만드는 수정 구슬 안경을 벗어던져라…… 있는 그대로 보라. 이 안경엔 11번 #라고 번호를 붙이는 게 어떨까요? Z선 안경과 비슷하니까요."

"동의합니다."

"맞아." 에두아르가 말했다. "돼지들은 전기쇼크를 당하고 나면 수정 구슬 안경을 끼고서 미래를 검은색으로만 바라보는 셈이지."

"지금까진 선생님을 호감 가는 분으로 여겼어요." 제랄딘이 말했다.

"헌데 우린 돼지들이 미래를 좀 더 핑크색으로 보길 원해요. 그래서 전기쇼크를 당하기 전에 우리가 제조한 걸 먹인 돼지들과 그렇지 않은 돼지들을 비교하죠."

"그랬더니요?"

"우린 이미 효과가 있는 분자를 발견해냈어요. 그 분자 덕분에 돼지들이 전기쇼크를 당하고 나서도 빠져나가려고 애를 쓰고 앞으로 닥칠 쇼크를 피할 방도를 찾아 나서더군요. 이를테면 돼지들의 탄력성이 더욱 높아진 거죠."

"선생님이 개발하신 물질이 효과가 있다니 좋으시겠어요, 투자자들도 그럴 테고요." 제랄딘이 말했다.

"흠, 완전히 그렇지는 않아요." 에두아르가 생각하는 듯한 표정을 띠며 말했다.

"어째서요?"

"그다음 날 돼지들이 모조리 좀비 돼지가 되어버리거든요." 나테이마가 일행이 앉아 있는 탁자로 와서 앉으며 말했다.

"좀비 돼지라고요?

제랄딘이 빙긋 미소 지었다. 그러더니 갑자기 미친 듯 웃어대기 시작했다. 지난번에 꾸뻬 씨 진료실에서 그랬던 것처럼.

"난…… 그 좀비 돼지를 보고 싶어요!" 제랄딘이 웃음을 멈추지 못하며 말했다.

"그게 좋은 생각인지 어쩐지는 잘 모르겠네요." 나테이마가 제랄딘의 미친 듯한 웃음이 그리 유쾌하지 않다는 표정을 지으며 말했다.

"흐음……" 에두아르가 난처한 듯 앓는 소리를 냈다.

"오, 제발요, 부탁드려요." 제랄딘이 간청했다. "선생님 프로젝트가 너무 흥미로워요. 제 블로그에 소개하면 좋은 광고가 될 거예요. 어쩌면 새로운 투자자들이 생겨날 수도 있을 테고요! 꾸뻬 씨, 친구분들께 제가 글을 꽤 잘 쓴다고 좀 말씀해주세요." 그녀가 꾸뻬 씨 쪽을 돌아보며 말했다.

"음, 그건 사실이라네." 꾸뻬 씨도 인정했다.

"우리 좀비 돼지를 정말 보여드려도 될까요?" 나테이마가 걱정스러운 듯 에두아르를 쳐다보며 물었다.

"오케이." 에두아르의 승낙이 떨어졌다.

"정말 감사해요." 제랄딘이 말했다.

"하지만 조건이 있어요, 제랄딘. 나테이마와 내가 당신이 쓴 글을 사전에 읽어볼 겁니다. 그래서 우리 마음에 안 들면 내보낼 수 없어요. 어때요, 내 조건이?" 에두아르가 제랄딘에게 손을 내밀며 물었다.

"좋아요! 하이파이브! 난 선생님 마음에 꼭 드실 거라고 확신해요!"

"두고 보죠." 나테이마가 웃음기 없는 얼굴로 말했다.

나테이마의 동기부여

⌒○○⌒

제랄딘의 고집스런 요청 덕분에 일행은 좀비 돼지들을 보기 위해 길을 나섰다. 좀비 돼지들은 주위로부터 멀리 떨어져 있으면서 철저한 감시를 받는 농가에서 휴식 중이었다.

"이런 사실이 알려지면 당연히 지역 주민들이 겁먹을 겁니다." 나테이마가 설명했다.

그 순간 나테이마가 운전하는 자동차는, 축구공을 잡으려고 자동차 밑으로 뛰어들다시피 하는 맨발의 아이들을 간신히 피했다.

그날 아침은 아리스티드가 운전대를 잡지 않았다. 그는 장관을 만나러 가는 에두아르와 동행했다.

꾸뻬 씨가 보기에 나테이마가 무장을 한 것 같지는 않았다.

그녀는 얇은 데님 점퍼에 야외 취재에 나선 대기자인 양 주머니 달린 아웃도어 스타일의 바지를 입고 있었다. 터프한 옷차림과는 대조적으로 예쁜 황금색 샌들과 손톱에 바른 똑같은 색의 매니큐어가 그녀의 여성스러움을 드러냈다.

"좀비 돼지들은 나중에 어떻게 되나요?" 제랄딘이 물었다.

"이후의 변화를 관찰해야 할 테죠. 이를테면 돼지들이 어떻게 조금씩 좀비 상태를 벗어나는지를요. 가끔은 돼지들을 센터에 데려가 뇌를 연구하기도 합니다."

전직 연구소 소장답게 나테이마의 설명에서는 노련함이 묻어났다. 간밤의 댄싱 퀸과는 전혀 다른 면모였다.

제랄딘은 짧은 반바지 대신 길이가 제법 긴 카키색 반바지에 주머니에 단추가 달린 남성용 셔츠를 입었고, 커다란 챙이 달린 카무플라주 모자를 쓰고 등산화를 신었다. 요컨대 그녀는 상황에 잘 어울리는 복장을 하고 있었다.

꾸뻬 씨는 두 젊은 여성이 활발하게 말을 주고받는 모습에 흡족했다. 그는 제랄딘이 좀비 돼지를 보여달라고 에두아르에게 조른 이후부터 두 여성 사이가 조금 식지는 않았나 하는 인상을 받았다.

"여기서 학교를 다녔겠네요?" 제랄딘이 물었다.

"대학입학 자격시험 때까지만요. 그 후론 장학금 받고 예일대학에 가서 공부했고요."

"공부 엄청 잘했겠네요!"

"못하진 않았어요. 특히 체육 성적이 좋았어요. 그것도 허들 경기에서요."

나테이마는 허들을 건너뛸 때처럼 현재의 지위에 이르기까지 꽤나 많은 장애물을 넘었을 터였다. 요컨대 장애물 경기는 우리의 삶과도 매우 유사하다고 할 수 있었다. 설사 장애물 하나를 건드려 쓰러뜨렸을 때라도 주변의 모든 것을 흑백으로만 보게 하는 안경을 끼고서 '경기를 완전히 망쳤네', '역시 난 능력이 이것 밖에 안 돼' 따위의 말을 자신에게 하는 대신 끝까지 전력 질주해야 할 테니 말이다.

동시에 장애물경기는 완벽을 추구하게 함으로써 기록을 깨뜨리고 명문대학에 입학하도록 부추긴다. 분명 이는 몇몇 심리학자들이나 사이비 종교 지도자들이 부추기는 '포기', '체념'과는 전혀 다른 것이다.

꾸뻬 씨는 "포기하라…… 그러면 아무것도 이룰 수 없다"라는 문구를 수첩에 적어 넣어도 좋겠다고 생각했다.

물론 자신이 가진 능력 이상으로 모든 것을 통제하고 성공을 이끌어내려 한다면 이 또한 불행한 일이 아닐 수 없었다. 세상사 모든 것은 부처님이 설파했듯이 결국 중도의 문제다.

"무슨 생각을 그렇게 골똘히 하세요?" 나테이마가 물었다. "무슨 심오한 이론이라도 만들어내시는 중인가요?"

"통찰력이 대단하시네요."

"아버지 덕분이죠."

"아, 그래요?"

사람들은 흔히 꾸뻬 씨가 진료실에 앉아 있지 않을 때라도 그에게 자기네 삶에 대해 털어놓는 경향이 있는 까닭에, 나테이마는 뒷좌석에 제랄딘이 앉아 있는데도 불구하고 자기 아버지 얘기를 꺼내기 시작했다. 그녀의 아버지는 알코올 중독자였다. 그는 평소에는 얌전하다가도 일터에서 누군가가 자기 말을 거역하거나 모욕을 주면 난폭해졌고 그럴 때마다 스스로를 달래기 위해 술을 마셨다.

"아버지가 집에 돌아오시면 기분이 어떤지 곧바로 파악해야만 했어요. 그 문제에서 만큼은 제가 엄마보다 나았죠. 그걸 잘 못해서 엄마는 언제나 아버지에게 맞기만 했거든요. 일단 두들겨 패고 나면 아버지는 다신 그런 짓을 하지 않겠다고 맹세하면서 눈물을 흘리곤 했죠. 더 고약한 건 아마도 아버지가 매우 똑똑한 사람이란 점이었을 거예요. 가족들은 제가 아버지를 닮아 똑똑하다고들 하지요. 아버지는 정말이지 술 때문에 완전히 폐인이 된 거예요. 그 후 사춘기에 접어들고 나자 다른 문제들이 저에게 대두되었죠, 그보다 앞서 언니들에게 문제가 생겼고요. 그러다가 다행히 제가 미국으로 떠나가게 된 거죠."

"달음박질로 갔겠군요." 꾸뻬 씨가 넘겨짚었다.

"네. 제가 정말 뛰어난 단거리 선수였거든요! 난 항상 그게 아버지 덕분이라고 말하고 다녀요, 때문에 사람들은 아버지가 제 코치였을 거라 생각하죠!"

그러고 나서 그녀는 웃었다.

제랄딘은 말이 없었다. 꾸뻬 씨는 그 이유를 알고 있었다. 나테이마는 다른 사람의 관심을 끄는 시합에서도 육상 경기장에서처럼 타의 추종을 불허하는 뛰어난 인물로 보였으며, 더구나 그녀는 그다지 힘도 들이지 않는 것 같아 보였다.

꾸뻬 씨는 그런 생각을 하다 보니 어느새 회색 안경을 끼게 되었다. 따지고 보면 그 자신은 지금의 자리에 오기까지 넘어야 할 아무런 장애도 만나지 않았다. 그런데 이 순간 왜 나는 미래를 어둡게만 보는 것일까?

'내가 어제 다이키리를 너무 많이 마셨기 때문' 이라고 꾸뻬 씨는 둘러댔다. 하지만 그건 반만 옳은 변명이었다.

"제랄딘, 당신 삶에서는 무엇이 동기를 부여해주나요?" 나테이마가 아주 어려운 질문을 던졌다.

"한순간도 지루하지 않게 지내는 것! 모든 것이 새롭고 짜릿할 것!"

"그런 거라면 연구 활동이 제격이죠." 나테이마가 말했다.

"맞아요. 하지만 결과가 나오기까지 기간이 꽤나 길지죠." 꾸뻬 씨도 한마디 했다.

옳은 말이었다. 연구란 대개 몇 달 또는 몇 년 동안 한 가지 과제만을 탐구하는 것인데, 그러다가 오로지 연구자들만 이해하는 새로운 작은 사실 하나를 밝혀내거나 아니면 새로운 것은 아무것도 없더라는 결론에 이르기도 한다.

그런 과정을 견뎌내려면 특별한 두뇌를 가지고 있어야 하는데,

꾸뻬 씨는 그런 두뇌를 갖지 못했고 제랄딘은 더더욱 그랬다.

"그건 그래요." 나테이마가 말했다. "그런데 지금 우리는 한 과정이 마무리되는 단계에 이른 것 같군요. 곧 새로운 뭔가를 만나게 될 참이니까요."

그녀가 꾸뻬 씨를 향해 미소 지었다.

꾸뻬 씨는 자기가 또다시 나테이마와 같은 침대에 있게 된다면 '나를 위해서도 당신을 위해서도 좋을 게 없다'라는 말을 또다시 반복할 수 있을지 자문해봤다.

꾸뻬 씨는 그다음 날 떠나기 때문에 그럴 개연성은 아직 남아 있는 셈이었다. 그런데 자신의 가장 소중한 욕망이 다름 아닌 자기 인생의 여인 클라라의 곁에 있는 것인데도 어째서 그처럼 넋 나간 생각을 동시에 품고 있단 말인가? 지금이라도 클라라한테 다시 한 번 전화를 해볼 필요가 있을까?

꾸뻬 씨는 자기가 실험용 돼지나 별반 다를 바 없다는 생각이 들었다. 클라라와의 마지막 통화 중에 전기쇼크를 받은 이래 더는 애써볼 의욕을 상실했고 외상을 입은 셈이니 말이다. 그렇다고 자기를 보호할 수 있는 에두아르의 신약도 없으니.

좀비 돼지들의 밤

∘◯∘

돼지들은 분명 외상을 입었다. 하지만 그런 과정을 거치고 나면 에어컨이 설치된 널찍한 헛간에서 지내는 호사를 누릴 수 있었다. 꾸뻬 씨는 돼지들이 현재와 과거를 비교할 줄 알면 좋겠다는 생각을 했다.

"사실 돼지들은 외상을 입기 전보다 더 소중한 자원이 되는 거지요. 이제부턴 어떤 변화 과정을 보일지 흥미진진해집니다." 나테이마가 말했다.

"별로 달라진 것 같지 않은데요." 제랄딘이 말했다.

꾸뻬 씨와 제랄딘, 나테이마, 이렇게 세 사람은 테니스장만큼이나 널찍한 일종의 돼지 목장 울타리에 팔꿈치를 괴고 서 있었다.

그 넓은 공간에 스무 마리가량의 돼지들이 마치 돼지 버전 마네킹 챌린지(2016년 이래 미국에서 선풍적인 인기를 끌었던 인터넷 비디오. 영상이 재생되는 동안 사람들은 마네킹처럼 꼼짝 않는다—옮긴이)인 양 흩어진 채 꼼짝도 하지 않았다. 돼지들은 일행이 축사 관리인을 대동하고 도착했을 때도 별 관심을 나타내지 않았다. 관리인은 중간키 정도의 남성이었는데, 상체가 술통마냥 발달했고 양팔은 돼지들을 가지고 저글링할 수 있을 정도로 굵었다.

"돼지들이 밥을 먹긴 하나요?"

"네, 선생님. 녀석들은 잘 먹습니다."

관리인이 울타리에 설치해놓은 여물통에 정확하게 측정된 듯 보이는 분홍색 과립 사료를 부었다. 먹이를 보고 처음 달려든 돼지들(애초부터 여물통에서 가장 가까이 있던 돼지들이었다)이 여느 때와 같은 소리를 내며 먹기 시작했고, 다른 돼지들은 뒤편에 쳐진 채 자기 차례가 오길 얌전히 기다렸다.

"보통 돼지들은 저렇게 행동하는 법이 없습니다. 서로 먹겠다고 난리를 치니까요." 관리인이 웃으며 말했다. "언제나 힘센 녀석들이 먼저 먹습니다. 그런데, 여기선 전혀 아니죠."

실제로 등줄기가 더러운, 무리를 압도할 정도로 덩치가 엄청나게 큰 수돼지가 다른 돼지들처럼 자기 차례를 기다리고 있었다.

"탄력성이 높아졌을 뿐만 아니라 기독교도가 다 되어버렸네요." 꾸뻬 씨가 말했다.

"이 녀석들은 짝짓기도 안 합니다!" 관리인의 설명이 이어졌다.

그 순간 돼지 한 마리가 다 먹고 나서 일행 쪽을 돌아보더니 빤히 쳐다봤다.

"저 놈이 우릴 쳐다보네요!" 관리인이 놀란 표정으로 말했다.

"아니에요." 나테이마가 말했다. "꾸뻬 씨, 저 돼지가 쳐다보는 건 선생님이에요."

"설마, 그럴 리가……."

"아니에요, 맞아요!"

꾸뻬 씨 역시 돼지가 자길 쳐다본다는 걸 인정하지 않을 수 없었다. 게다가 녀석은 자기 눈을 뚫어져라 쳐다보는 것이 아닌가?

"내가 백인이라서 쳐다보는 겁니다." 차라리 녀석이 자기가 아니라 제랄딘을 쳐다봤으면 좋겠다고 생각하며 꾸뻬 씨가 말했다.

"저놈이 백인 연구자들을 봤을 거예요."

"어쩌면 저 녀석이 자기한테 무척 잘해줬던 특정인을 떠올렸는지도 모르죠."

"그럴 수도 있어요. 어쨌든 굉장한 발견인걸요! 돼지가 좀비 상태에서 벗어난 거죠! 만세!"

나테이마는 일순간 기쁘고 흥분한 듯 보였다. 꾸뻬 씨는 비슷한 경우를 연구자들에게서 본 기억이 있었다. 일반인들이 보기엔 아무것도 아닌 것에 연구자들이 뛸 듯이 기뻐하는 광경을.

"연구 거리네요!"

"저 돼지를 죽이지는 않을 거죠?" 제랄딘이 물었다.

"그럼요. 적어도 지금 단계에선 아니에요. 저 돼지한테 MRI 검사를 해볼 거예요."

나테이마는 관리인과 함께 언제 저 특이한 돼지를 실으러 와서 도시로 데려갈 수 있을지 의논했다.

그러는 동안 꾸뻬 씨는 돼지에게 가까이 오라고 손짓했다. 돼지는 한참을 망설이더니 뒤돌아 반대 방향으로 떠나갔다.

"아직 좀비 상태에서 완전히 벗어나진 못했나 봐요." 나테이마가 조금 실망하며 말했다.

"아니에요. 저 돼지가 조금 속물근성이 있는 거예요." 제랄딘이 독특한 해석을 제시했다. "저 녀석은 지금 자기가 주목받고 있다는 걸 아는 거죠."

일행이 그녀의 농담에 웃음보를 터뜨리던 바로 그 순간, 밖에서 폭발음이 들렸다. 곧이어 또다시 폭발음이 들렸다. 총소리였다.

횃불에 휩싸인 꾸뻬 씨

∘∘

20여 년 전에도 그랬듯이, 인질로 잡힌 것과 다를 바 없는 상태에 놓인다는 것은 야릇한 경험이었다. 그것도 꿀꿀대는 돼지들과 더불어 헛간 앞에 모인 남루한 차림의 사람들을 마주해야 하다니. 나테이마가 헛간의 철제계단 발치에 서서 폭도들을 상대하고 있었다.

그녀는 장총으로 무장한 두 명의 제복 차림 경호원으로부터 보호를 받고 있었다. 폭도들이 헛간 안으로 밀고 들어오려 하자 바로 그 경호원들이 경고사격을 한 것이었다.

그러자 폭도들은 그 앙갚음으로 나테이마의 자동차에 불을 질렀고, 차체를 태우며 활활 타오르는 화염은 어스름하게 밤이 내려오는 석양녘의 풍광에 빛을 더했다. 불길은 이따금씩 모여선 사람들의 얼굴에 동심원을 그리며, 검은 연기가 되어 하늘로 솟구쳤다.

꾸뻬 씨가 보기에, 두 경호원은 장총으로 무장했는데도 어쩔 줄 몰라 당황하는 기색이 뚜렷했다.

그는 나테이마와 폭도들 사이에 어떤 말들이 오고 갔는지 알고 싶었다. 지금은 절대 "포기"나 "체념"할 상황이 아니었고, 빠져나갈 구멍이나 엿보며 적당히 넘길 상황이 아니었기 때문이었다.

나테이마 곁으로 다가간 꾸뻬 씨는 화염에 휩싸인 자동차의 불길로 번뜩이는 사람들의 시선이 그 순간 모두 자기한테로 쏠리는 것을 느꼈다.

그가 백인이란 사실은 존경심을 불러올 것인가, 아니면 조상들이 가졌던 것과 똑같은 생각을 이들에게 불러일으킬 것인가?

제랄딘도 불안해하는 기색을 감추지 않았다. 그녀는 자기의 작은 디지털카메라는 사용할 엄두도 내지 못하고, 그저 손에 쥔 채 가슴에 꼭 움켜쥐고 있었다.

"무슨 말이 오갔는지 간단히 요약해봐요." 꾸뻬 씨가 나테이마에게 속삭였다.

"이 사람들은 이 헛간에 좀비 돼지들이 가득한데, 밤이면 바깥으로 나와 자기네 아이들을 잡아먹는다고 생각해요. 그래서 자기들이 우리 안에 들어가 돼지들을 모조리 죽이겠다는 거예요."

"우리까지 포함해서?"

"그건 아니죠. 적어도 서로 얘길 나누는 한에는……." 나테이마가 말했다.

"그래서 저 사람들에게 뭐라고 했나요?"

"그냥 가라고 했어요. 그러면 제 자동차에 불 지른 건 경찰에 신고하지 않겠다고요."

그러나 꾸뻬 씨는 비록 이들의 언어는 모른다 해도, 화염에 반사되어 번뜩이는 이 사람들의 눈초리와 두려움에 벌벌 떠는 무장

경호원들의 태도만 보아도, 광기가 쌓여가고 있음을 직감할 수 있었다. 협상은 실패로 끝날 위험이 있었다.

"나테이마가 제시한 협상안이 아무래도 불안해요." 제랄딘이 꾸뻬 씨에게 귓속말을 했다.

"나도 동감이오."

꾸뻬 씨는 처음으로 나테이마가 보기보다 그리 강한 사람은 아니라는 느낌이 들었다. 그녀는 진심으로 자기가 모든 상황을 통제할 수 있다고 믿고 있었다. 어린 소녀 시절부터 거의 언제나 성공만 거둔 사람답게.

갑자기 키가 크고 바짝 마른 폭도 하나가 화가 난 표정으로, "저 백인들은 누구인가?"라고 물었다.

"유명한 의사 선생님과 그 조수예요." 나테이마가 대답했다.

"그럼, 좀비 돼지를 만들려고 여기 온 거요?"

"아니에요." 나테이마가 대답했다.

"그럼, 돼지들을 치료하려 온 거요?"

"아니올시다." 꾸뻬 씨가 나섰다. "난 그저 돼지를 먹어보려고 온 겁니다."

나테이마가 펄쩍 뛰었다.

폭도들도 놀랐는지 웅성거리는 소리가 들려왔다.

"이 돼지들은 좀비가 아닙니다." 꾸뻬 씨가 말을 이었다. "돼지들한테 진정하라고 진정제를 줬을 뿐이에요. 자, 어서 통역해요." 그가 나테이마를 은근히 압박했다.

나테이마가 주저하자 꾸뻬 씨는 표 나지 않게 팔꿈치로 그녀의 허리께를 쿡 쳤다.

"어서요, 나테이마." 그가 속삭이는 목소리로 말했다. "난 여기서 살아서 돌아가고 싶다고요."

꾸뻬 씨의 얼굴만 쳐다보던 그녀가 결국 그의 말을 통역했다. 꾸뻬 씨는 계속 말을 이어갔다.

"이 녀석들은 고기 맛이 여느 고기보다 훨씬 좋습니다. 게다가 약 구실도 해요. 난 우리나라에 사는 백인들한테도 저 돼지고기를 먹어보게 하고 싶어서 고기를 사러 온 겁니다. 그 사람들은 질병 치료에도 좋고 맛도 좋은 고기라면 무척 비싸도 살 테니까요. 심지어 비계까지도요."

꾸뻬 씨는 나테이마가 잔뜩 화가 나 있다는 걸 느꼈지만, 어쨌든 그녀는 그대로 통역했다.

"다 지어낸 얘기야." 또 다른 폭도가 말했다.

"거짓말이야! 거짓말!"

"아닙니다!" 꾸뻬 씨가 급히 진화에 나섰다. "내 말이 사실이란 걸 증명하기 위해, 모두 함께 지금 당장 저 돼지가 얼마나 맛있나 먹어봅시다. 내 돼지 데려와주실래요?" 그가 나테이마에게 속삭였다. "그리고 다른 돼지들도……."

"우리 연구는 어쩌고요?" 그녀가 반발했다.

"나테이마, 때로는 몇 걸음 물러설 줄도 알아야 합니다."

그녀는 폭도들과 경호원들을 차례로 바라보았다. 그러자 처음으로 상황이 있는 그대로 보이기 시작했다.

"좋아요. 돼지를 잡아먹읍시다." 나테이마가 폭도들 쪽을 돌아다보며 말했다. "자, 불을 피워요!"

결국 돼지 세 마리가 불 위에서 한창 구워지고 있을 때 경찰 미니버스가 당도했다. 미니버스는 신중하게도 적당히 거리를 두고 정차했다.

사람들은 어느새 모두들 흥겨워했다. 구운 돼지고기 냄새는 지난날의 잔치와 행복을 일깨웠고, 어떤 사람들에겐 꽤나 오래되었을 기억마저도 불러왔을 터였다. 아이들과 여자들도 합류했다. 꾸뻬 씨는 마치 뷔페 식당에 오기라도 한 듯 불 주변으로 줄이 형성되고 있는 동안, 어린아이들이 고기를 처음 잘라보며 짓는 황홀한 표정에 매료되었다. 폭도 한 명이 양은 접시에 처음 구워진 고기를 담아 꾸뻬 씨와 나테이마에게 가져다줬다.

구운 돼지고기가 사람들의 입에 들어가자마자(꾸뻬 씨는 자기를 그윽하게 쳐다봤던 돼지에게 감사하는 마음을 품으며, 정말 맛난 돼지고기라고 생각했다) 기쁨의 환성이 울려 퍼졌고, 이내 사람들은 와 하면서 고기 주변으로 몰려들었다.

나테이마, 꾸뻬 씨, 제랄딘과 두 경호원은 그 틈에 그곳을 빠져나와 경찰 미니버스 쪽으로 달려갔다. 경찰은 조금 뜸을 들이더니 일행 쪽으로 좀 더 다가왔다.

미니버스가 현장에서 점차로 멀어지는 동안 줄곧 뒤를 주시하던 꾸뻬 씨는 폭도들이 헛간 안으로 침입하는 광경을 목격했다.

"그동안의 연구가 모조리 날아갔네요!" 나테이마가 신음했다.

"가엾은 돼지들!" 제랄딘이 말했다.

"가엾은 사람들!" 이번엔 꾸뻬 씨가 응수했다.

"무사히 빠져나와서 다행이에요, 무사히 빠져나와서 다행이에요!" 경호원 한 명이 꾸뻬 씨의 손을 잡아 흔들며 외쳤다.

"기뻐할 것까진 없잖아요." 나테이마가 꾸뻬 씨를 째려보며 불만을 폭발시켰다.

꾸뻬 씨는 나테이마가 어쩔 수 없이 자기 의견을 따르긴 했지만, 자기를 원망하고 있다고 느꼈다. 아니, 어쩌면 그럴 수밖에 없었기 때문에 꾸뻬 씨를 원망하는 건지도 모를 일이었다.

"행복이란 사물을 바라보는 방식이다!" 제랄딘이 외쳤다.

"옳소!" 꾸뻬 씨도 장단을 맞췄다.

좀비 돼지들의 귀환

"당연히 난감하지." 에두아르가 짤막하게 말했다.

일행은 에두아르의 사무실에 앉아 있었다. 나테이마가 돼지들을 학살할 수밖에 없었던 시골에서의 그 대단한 저녁 이야기를 이제 막 마친 참이었다. 꾸뻬 씨는 나테이마가 에두아르에게 보고하면서 굶주린 폭도들에게 돼지를 포식하게 하자는 아이디어가 그의 생각이었다는 말을 하지 않았다는 사실에 주목했다. 그녀는 다만 "폭도들에게 돼지들이 위험하기 않다는 걸 보여주기 위해 잡아먹자고 제안했다"라고만 했다.

꾸뻬 씨는 나테이마가 그렇게 한 것이 배려심에서 비롯된 건지 (그녀는 자기네 연구 대상을 잡아먹자는 기막힌 아이디어를 고안해낸 장본인이 명색이 친구라는 꾸뻬 씨며, 따라서 에두아르의 원망에 그에게 집중되는 걸 원치 않았다) 아니면 자신의 허물을 어느 정도 덮으려는 의도(그 아이디어 덕분에 모두가 살아서 빠져나올 수 있었고, 나름 연구 프로그램도 살릴 수 있었다. 나테이마를 대신할 연구 인력을 찾는 일은 돼지들을 새로 기르는 일보다 훨씬 어려울 테니 말이다) 때문이었는지 알 길이 없었다.

어쨌거나 꾸뻬 씨는 Z선 안경을 끼고 싶은 마음이라고는 없었고, 그저 나중에 기회가 되면 직접 그녀에게 물어봐야겠다고 생각했다.

"돼지들을 잡아먹자는 아이디어는 십중팔구 자네 아이디어라고 짐작하네만⋯⋯." 에두아르가 꾸뻬 씨에게 말했다.

"어째서?"

"나테이마라면 자기 연구 결과를 사라지게 만드느니 차라리 맞아죽는 편을 택했을 테니 말이야."

에두아르는 정말이지 사업을 성공적으로 이끌 수 있는 모든 자질을 갖추고 있었다. 사람들을 속속들이 알고, 숫자들을 꿰고 있으며, 넘치는 에너지를 가진 데다(암이 전이되긴 했지만), 낙관적인 기질을 가졌으니 말이다.

"암튼 최근에 끌어 모은 자금이 꽤 된다네. 얼마든지 연구를 다시 재개할 만하지."

"선생님은 돼지들한테 또다시 외상을 입힐 건가요?" 제랄딘이 물었다.

"꼭 필요한 만큼만." 에두아르가 대답했다. "이번 일을 계기로 기존의 신약 말고 또 다른 신약도 개발해봐야겠어요. 그러니까 돼지 한 마리가 좀비 상태에서 벗어났더란 말이죠?"

"안타깝게도 그 돼지부터 잡아먹었어요." 나테이마가 말했다.

그녀는 그렇게 말하더니 느닷없이 미소를 지었다. 방금 무슨 좋은 생각이 떠오른 모양이었다.

"폭도들이 분명 돼지들을 모조리 죽이지는 않았을 거예요. 틀림없이 번식을 위해 남겨놓은 돼지들이 있을 거라고요."

"하지만 그 돼지들은 짝짓기를 하지 않는다면서요?"

"지금으로선 그렇죠. 그러니 차라리 잘된 일이죠! 그 사람들은 돼지가 짝짓기 할 때까지 기다릴 테죠. 그러니 우리는 살아남은 돼지들을 수거할 수 있을 테고요. 우리 돼지들은 모두 피부에 마이크로칩을 심어놨거든요."

"아주 훌륭한 생각이요." 에두아르가 말했다.

에두아르는 나테이마와 살아남은 돼지들을 수거할 계획을 논의했다. 이미 그 돼지들에게 들인 돈을 고려하여 적당한 값에 수거하기로 했는데, 어쨌든 그 액수는 새 돼지 주인들에겐 엄청난 돈 폭탄일 터였다.

암튼 돼지를 탈취한 폭도 가정들로 보자면, 돼지를 죽여서 파느니 산 채로 파는 편이 훨씬 이득이 될 것이었다. 아, 크리스마스 동화만큼이나 아름다운 이야기!

꾸뻬 씨는 에두아르도, 나테이마도 경찰이나 지역 사법당국에 대해서는 단 한 번도 언급하지 않는다는 사실에도 주목했다. 이유를 짐작하지 못하는 건 아니지만, 그래도 그는 직접 물어보는 쪽을 택했다.

"그렇게 하면 비용이 훨씬 더 많이 먹히거든요!" 나테이마의 대답은 간단명료했다.

"게다가 아마 우리 돼지가 아닌 돼지들까지 은근슬쩍 떠넘기려 할걸세." 에두아르도 한마디 보탰다.

이를 계기로 꾸뻬 씨는 오래된 행복의 교훈을 떠올렸다. 나쁜 사람들이 지도자로 있는 나라에서 행복해지기는 더 어렵다. 그는 여기에 이런 단서를 덧붙일 수도 있겠다고 생각했다. 돈을 아주 많이 가지고 있다면 모를까.

수영장에서 또 다른 안경을 만든 꾸뻬 씨와 제랄딘

∞

떠날 시간이 다가왔다. 꾸뻬 씨는 그날 저녁 이제는 유명한(그러니까 적어도 동료 대학교수들 사이에서) 심리학 교수가 된 옛 애인 아녜스가 기다리고 있는 미국행 비행기를 탈 예정이었다.

꾸뻬 씨는 클라라에게 다시 전화할 생각은 포기했다. 그는 안경을 다른 것으로 바꿔보려 애를 쓰긴 하면서도, 다시금 장거리 통화를 시도한들 좋은 결과를 가져오지 못하리란 생각에는 변함이 없었다.

수정 구슬 안경 때문에 내가 앞날을 어둡게 보는 걸까? 게다가, 클라라와의 최근 갈등으로 인해 그 안경엔 김까지 조금 서렸기 때문일까?

아니면, 그와 클라라 사이는 이제 끝이라는 그의 예감이 옳은 걸까?

그는 수영장(물이 햇볕에 데워져 적당히 따듯했다)에 머리를 담그고 수영을 하면서 자기가 처한 상황을 곰곰이 따져보기 시작했다.

에두아르한테 개발 중인 신약을 좀 달라고 해보는 건 어떨까? 그렇게 되면 내가 클라라한테 다시 전화를 걸기도 전에, 최초의 인간 모르모트가 되는 건가?

게다가 신약을 복용하고 나서도 어느 정도 좀비성을 그대로 지니고 있게 된다면, 로날드 같은 환자들을 견뎌낸다거나 호감 가는 사람들이 겪은, 인생을 망칠 정도로 끔찍하기 짝이 없는 불행에 대해 이야기를 듣는 일에도 웬만큼 인내심을 발휘할 수 있을 테니 어쩌면 정신과 의사 노릇을 하는 데에도 도움이 되지 않을까?

꾸뻬 씨는 클라라에 대해 에두아르와 얘기를 나누고 싶었지만, 친구는 종일 분주한 듯했다. 에두아르는 투자은행 직원들의 방문에 동행해야만 했다. 그 사람들은 영문을 모르는 채 이 나라의 돼지고기 값을 올리는 데 일조를 할 터였다.

꾸뻬 씨는 수영장 바깥으로 나와 몸을 말리고 가운을 걸친 채, 앞으로 펼쳐질 자신의 미래에 대해 골똘히 생각하면서 호텔 로비로 향했다.

그의 친구 장-미셸이나 에두아르는 적어도 젊었을 때만큼 열심히 일하고 있었다. 그렇다면 그들이 앞으로 내 앞에 새롭게 펼쳐지게 될 삶을 위해 따라야 할 귀감인가?

그러나 꾸뻬 씨는 자기가 지금보다 더 많은 환자를 받을 만한 역량이 되지 못한다고 느꼈다. 그간 그는 새로운 치료법을 습득함으로써 진료 방식을 바꿔보려 노력하긴 했지만, 그렇다고 자신의 직업 활동을 핑크색 안경을 끼고 바라보기엔 충분치 않았다.

제랄딘과 함께 책을 낸다는 것은 좋은 생각임에 틀림없었다. 하지만, 그러고 나면?

'아마도 또 다른 활동 거리를 찾아야 할 테지.' 그런데 그 활동

거리는 뭘까?

꾸뻬 씨는 자신이 쓸 안경을 찾는 것만으로는 충분하지 않다는 느낌을 떨쳐버릴 수 없었다. 자기 인생에서 다른 뭔가를 바꿔야 할 테고, 어쩌면 인생 자체를 바꿔야 할지도 몰랐다.

'오, 나한테야말로 약 처방이 필요해.' 꾸뻬 씨가 이런 생각을 하고 있을 때 제랄딘이 아리스티드를 대동한 채 쇼핑에서 돌아왔다. 아리스티드는 그녀를 호텔 로비까지 따라와 경호의 눈길을 멈추지 않으면서도 상자를 잔뜩 든 짐꾼 한 명에게 명령을 내리고 있었다.

"그러다 짐이 초과되면 어쩌려고요?" 꾸뻬 씨가 염려했다.

"선생님 친구분이 항공사 직원들과 잘 통하시더군요. 저를 일등석으로 승급 시켜주셨어요." 제랄딘이 싱글벙글거리며 말했다.

꾸뻬 씨는 제랄딘의 행복감을 충분히 상상할 수 있었다. 일등석에 앉은 손님에게 모든 승무원들이 각별한 신경을 쏟는다는 건 상식이었다. 하지만 일등석으로 등급이 상향된 경험이 그리 많지 않은 꾸뻬 씨에겐, 과도한 보살핌이 오히려 거북하게 느껴졌다. 반면 일등석은 보다 안락하고 고급 식사와 고급 포도주가 제공된다는 장점이 있었다. 꾸뻬 씨는 항공사들이 두 종류의 일등석을 구비해야 하지 않을까 하는 생각을 해봤다. 제랄딘과 같은 외향적인 손님들을 위한 것과, 자기처럼 내성적인 손님들을 위한 것. 예컨대 예전에 자기가 푸이유 퓌메(고급 백포도주의 일종-옮긴이)와 함께 솔 므니에르(광어 살을 얇게 저며 우유에 적시고 밀가루를 묻힌 후 버터에 구워낸 요리-옮긴이)를 음미하며 괴테의 《이탈리아 기행》을 읽는 동안, 승무원이 자기를 방해하지 않으려고 배식구를 통해 식사를 건네줬듯이 말이다.

꾸뻬 씨와 제랄딘은 커피를 마시기로 했다. 어디서? 바로 수영장 가의 파라솔 아래서.

"우리가 마지막으로 대화를 나눴던 이후로 어땠어요?"

"오르락내리락했죠."

"그랬군요. 그럼, 내려갔을 때부터 시작해볼까요?"

"나테이마." 제랄딘의 입에서 대번에 그 이름이 튀어나왔다.

꾸뻬 씨도 짐작은 하고 있었다. 제랄딘은 나테이마 곁에 있으면 자신이 영 무능한 사람인 듯 느껴진다고 했다.

"그녀는 모든 게 완벽해요. 예쁘고, 지적이고, 우두머리 노릇도 잘하고, 멋진 직업까지 가졌잖아요. 그리고 모든 남자들이 그녀를 쳐다봐요. 난 그 여자 곁에 있으면 한없이 초라해져요. 전 진짜 중요한 일에서 성공해본 적이 없거든요. 그런데 그 여자는 슈

퍼우먼이잖아요."

"꼬리표 달기." 꾸뻬 씨가 짚어줬다.

"네?"

"깨달음#8 핑크색 안경……."

"아, 잠깐만요……."

제랄딘은 공책을 펼치더니 소리 내어 읽기 시작했다.

"당신의 안경에서 사람들한테 붙인 꼬리표를 떼어내라. 그리고 그 사람들을 있는 그대로 보라. 당신 자신에게도 마찬가지이다. 그 렇네요. 하지만 우린 아직 이 문제를 진지하게 다루지 않았어요."

"'무능하다' 느니 '슈퍼우먼' 이라느니 하는 건 모두 생각을 가로막는 꼬리표입니다." 꾸뻬 씨가 강조했다.

그는 보리야에게 설명해줄 때보다 좀 더 상세히 설명했다. 아직 술을 마시기 전이었으니까. 그는 다른 사람들이나 자기 자신한테 '무능하다' 느니 '루저loser' 라느니 또는 '슈퍼'니 '위너winner' 니 하는 꼬리표를 붙여가며 바라보는 것은 매우 나쁜 습관인데, 그렇게 하면 현실을 있는 그대로 볼 수 없기 때문이라고 상세하게 설명했다.

"나테이마도 실수를 저지릅니다. 불과 얼마 전만 해도 그랬잖아요." 꾸뻬 씨는 구체적인 사례는 들지 않으면서 말을 계속했다. 하지만 제랄딘은 나테이마가 연구에 대한 집착 때문에 어쩌면 자기네 모두를 돼지들과 함께 로스 구이로 만들어버릴 뻔했던 일을 떠올리지 않을 수 없었을 것이다.

제랄딘은 잠자코 있었다. 그러더니 눈가를 찌푸리며 입을 열었다.

"실수를 했건 안 했건, 암튼 선생님은 나테이마한테 엄청 관심이 많으시잖아요!"

"뭐라고요? 아니에요. 특별히 그런 건 없어요."

"아, 그러세요? 제가 보기엔, 선생님은 행복이란 동시에 여러 여자를 취하는 것이다란 교훈을 잊지 않고 계신 것 같은데요? 비록 거절은 하셨을 테지만요. 가령 지난밤만 해도……."

꾸뻬 씨는 그제야 제랄딘이 질투를 하고 있음을 깨달았다!

제랄딘이 그를 사랑하는 건 아니지만, 그가 나테이마한테(어쩌면 제랄딘에게 보다 더 많이) 관심을 기울인다는 점이 신경에 거슬렸을 터였다.

"이봐요, 제랄딘. 바로 그렇기 때문에 진짜 치료 현장에선 엄격히 규정된 테두리 내에서만 치료사를 만나고, 자기 치료사가 술을 마시거나 클럽에 가서 춤추는 건 못 보게 하는 거예요. 난 나테이마에 관해서 특별히 할 말도 없지만, 굳이 말을 하자면 우리 두 사람은 잠자리를 함께하지 않았어요."

제랄딘이 마음을 추스르는 듯 보였다.

"정말 죄송해요. 대체 내가 왜 이런담? 하긴 선생님은 선생님하고 싶은 대로 해야 하는 건데."

"아닙니다, 죄송할 것 없어요. 그런 일로 그쪽이 마음 상하고, 또 나테이마가 내 관심을 너무 끈다고 생각할 수도 있다는 거, 나도 이해해요."

"솔직히 좀 그렇긴 해요. 그런 걸 거예요. 마음이 좀 거북하니까, 이제 다른 문제로 넘어가요."

두 사람은 '나는 한 번도 중요한 일에서 성공해본 적이 없다' 라고 했던 제랄딘의 말을 검토하기 시작했다.

"그건 사실인데요, 뭐."

꾸뻬 씨는 제랄딘에게 '중요한' 이라는 말이 정확히 무슨 뜻인지 말해보라고 하려 할 때 그녀가 갑자기 그의 말을 끊었다.

"오케이. 사실 제가 선생님을 좀 속였어요. 그간 제가 혼자서 그 말의 의미를 곰곰이 따져봤어요. 그 결과 어쨌든 제가 제 인생에서 나름 성공을 거두긴 했다는 결론에 이르렀어요. 예컨대 키와와의 관계도 그렇고요."

"브라보!" 꾸뻬 씨가 환호했다. "당신이 보기에, 어떤 안경을 벗어던졌다고 생각하나요?"

"2번이요. 자신이 거둔 성공을 과소평가하게 만드는 안경."

"바로 맞았어요. 헌데, 조심해야 해요. 건강하지 못할 땐 또다시 쉽게 되살아나니까요."

"알겠어요. 선생님한테 나아진 모습만 보여드리고 싶은데, 계속 정말로 중요한 일에서 성공을 거둔 게 없다는 생각만 드네요."

"그런데 만일 그게 사실이라면?"

"그렇다면 그다지 위안이 되는 생각이 아니죠."

"어떤 점에서 비관적일까요?"

"선생님은 제가 아무런 야심도 품지 않기를 바라세요? 제가 허깨비 같은 삶을 살길 바라시냐고요?"

"전혀 아니죠. 게다가 '허깨비' 란 말 또한 꼬리표에 해당합니다."

"네, 잘 알겠어요. 하지만 제가 중요한 일에서 성공을 거두지 못했다는 생각이 들면 속상해요."

"주위를 한번 살펴봐요." 꾸뻬 씨는 저녁 식사에 대비해서 테이블을 세팅하느라 분주하게 움직이는 남녀 직원들을 가리키며 말했다. "저 사람들은 가족을 먹여 살리기 위해 열심히 일합니다. 저 사람들은 분명 삶에서 더 중요한 뭔가를 하지는 않을 겁니다. 그렇다면 저 사람들은 '허깨비' 인가요?"

"당연히 아니죠. 그런데 전 저 사람들보다 처음부터 운이 좋았고, 그러니 좀 더 야심을 품어야 할 테죠! 저는 뭔가 중요한 일을 해야만 해요."

"지나친 '머스튀르바시옹-musturbation'은 사람을 해칩니다." 꾸뻬 씨가 경고했다.

"지나친, 뭐라고요?" 제랄딘이 눈을 깜빡이며 되물었다.

"마스튀르바시옹(자위masturbation-옮긴이)이 아니라, 머스튀르바시옹-musturbation이에요. 그래요, 미국의 어느 정신과 의사가 고안한 겁니다. 무슨 뜻이냐면, 언제나 머스트must('해야 한다'의 뜻을 가진 영어 조동사-옮긴이)며 '주 두와je dois('나는 해야 한다'의 뜻을 가진 프랑스어 표현-옮긴이)', '일 포il faut('해야 한다'의 뜻을 가진 프랑스어 비인칭 구문-옮긴이)' 같은 표현을 입에 달고 사는 습관을 말합니다. 그렇게 계속하다 보면 급기야 사람이 이상해지니까요."

"하지만 크게 성공한 사람 중에는 그런 사람들이 많은걸요!"

"네, 사실입니다. 하지만 그런 사람은 주위 사람들이나 자기 자신한테 폭군과 같은 존재죠."

"꼭 맞는 말씀이에요!"

"바깥으로 잘 드러나지 않아서 그렇지, 그런 사고방식을 가진 사람이 실패해서 자기 자신이나 주변사람을 불행하게 만드는 경우도 꽤 많습니다."

"그러니까요?"

"그러니까 자기 역량에 맞게 '머스트must'며 '슈드should'를 사용해야 하겠지요."

"어느 정도의 머스튀르바시옹은 괜찮지만 과도한 것은 안 된단 말씀이죠?"

"그렇죠."

"수첩에 적어놔야겠어요." 제랄딘이 말했다. "과도한 머스튀르바시옹은 사람을 해친다! 출처는 선생님으로 하면 되겠죠?"

"아니. 내가 한 말이 아닙니다."

꾸뻬 씨는 특히 제랄딘의 블로그 글을 읽고 있을 클라라와 이 문장이 그녀에게 어떤 효과를 미칠는지 생각했다.

또다시 유혹을 물리치는 꾸뻬 씨

◦○◦

꾸뻬 씨는 짐을 꾸리는 중이었는데, 다른 곳에서 제조된 이국적인 핑크색 안경을 낀 화가가 그린 그림 한 장 말고는 아무것도 산 것이 없어서 짐이라고 해야 아주 단출했다. 그때 누군가가 방문 벨을 눌렀다.

나테이마였다.

두 사람은 조금 더 늦은 시각에 바에서 만나기로 되어 있었는데도 그녀가 직접 꾸뻬 씨의 방으로 올라온 것이었다.

그녀는 흥미롭다는 듯 희미한 미소를 지으며 그를 바라봤다. 그가 그녀를 방 안으로 들였다.

"여기가 조용히 얘기를 나누기엔 더 나을 것 같아서요." 나테이마가 말했다.

"아, 네." 꾸뻬 씨는 커다란 침대 곁에서 잠시 멈칫하다가 마침내 큰 등나무 의자에 앉는 나테이마의 모습을 지켜보며 대꾸했다.

그는 등받이 없는 작은 의자를 가져와 그녀 앞에 마주 앉았다.

"결국 당신이 이겼어요." 그녀가 불쑥 그렇게 말했다.

꾸뻬 씨는 내심 놀랐다. 예전에 언젠가 그는 며칠 저녁을 함께 지낸 여자 친구들에게 그와 비슷한 이야기를 듣곤 했다. 그에게 더 많은 것을 바랐지만 그가 더는 그들과 함께하고 싶지 않다면서 그냥 자기들을 떠나서 실망했다는 식의 이야기였다. 그런데 젊었을 때부터 여자들을 가벼이 여기지 않는 진솔한 청년이었던 꾸뻬 씨는 처음부터 그 여자들한테 아무 약속도 하지 않았으니, 그 여자들에게 비난을 받아야 할 이유라곤 없었다. 그런 그에게 하루는 젊은 에두아르가 이런 말을 했다.

"아무 약속도 하지 않는 건 정말로 아무것도 기약하지 않는 것과는 다르지. 자네가 한 여성과 여러 차례 성관계를 갖게 되면 그 여성은 결국 자네한테 애착을 느끼고, 그런 관계가 오래 지속될 거라 믿게 되거든."

이미 말했듯이, 에두아르는 정신과 의사도 아니고 심리치료사도 아니지만 사람들, 특히 여성들의 마음을 꿰뚫어 보는 데는 일가견이 있었다.

"난 자네보다 나은 점이 한 가지 있지." 당시 에두아르가 꾸뻬 씨에게 말했다. "여자들은 날 만나는 즉시 나와의 관계가 오래 지속되지 않으리란 걸 안다는 거지!"

그런데 나테이마는 어쩌자고 "당신이 이겼어요"라는 말을 한단 말인가? 혹시 다른 날이 아니라 그날 저녁이라서 그렇다는 건가? 밖에는 해가 뉘엿뉘엿 기울고 있었고, 덕분에 방 안은 무척이나 낭만적인 아름다운 분홍빛으로 물들어 있으니 말이다.

"무슨 말인지 모르시겠어요? 정말로?"

"글쎄요. 돼지들에 대한 생각을 바꾸게 해드려서?"

"그것뿐만 아니라."

"내가 당신한테 저항해서?"

나테이마가 소리 내어 웃었다.

"요컨대 선생님은 절 상당히 잘 이해하세요."

하지만 어느새 웃음기를 거둔 그녀는 장난기가 사라지고, 흑단처럼 검은 시선, 화가 난 부두 여사제의 시선으로 그를 쏘아봤다.

"선생님이 저를 퍽이나 화나게 만들었어요. 조금 전엔 선생님 생각을 하다가 화가 치밀어 제가 그만 작은 차 사고까지 냈어요."

꾸뻬 씨는 나테이마의 '머스트must'를 손쉽게 규명할 수 있으리란 생각이 들었다. 그 무엇도, 그 누구도 나의 뜻을 거역하면 안 된다. 이 머스트가 그녀로 하여금 자기 가족과 그녀의 조국, 경기장에서의 경쟁자들, 취업 면접, 인종차별, 연구실에서의 경쟁 등에서 승리하게 만들고 결국 오늘의 지위에까지 올라올 수 있게 한 것이었다.

행여 그 누군가가 또는 무엇인가가 그녀의 뜻을 거스른다면 그녀는 화를 내고 조금 전처럼 성이 난 여사제와 같은 표정을 지을 터였다. 하지만 그런 상태가 오래가지는 않았다. 그녀가 다시 미소 지었다.

"난 진정도 잘해요. 보셨죠?"

"당신은 다른 사람이 당신에게 거역하는 걸 참지 못합니다." 꾸뻬 씨가 말했다.

"네, 나도 잘 알아요. 그 때문에 예일대학에 있을 때 치료도 받았는걸요."

꾸뻬 씨는 누군지는 모르지만 그 정신과 의사가 꽤나 치료를 잘

해줬다고 생각했다. 그도 그럴 것이 오늘 저녁만 하더라도 나테이마가 자기 얼굴에 그림을 집어던지는 대신, 미소 짓는 선에서 절제할 수 있도록 도와주었으니 말이다.

잠시 침묵이 흘렀다. 꾸뻬 씨는 나테이마가 큰 등나무 의자에 우아하게 앉아 있는 모습을 보면서, 분홍색 석양빛에 물든 감미롭고 이국적인 광경에 가슴이 뭉클했다.

하지만 그는 두 사람이 처음으로 함께 지낸 밤 이후로도 마음을 바꾸지 않았다. 도대체 나테이마 이 여자는 내 방까지 올라와 뭘 기대한단 말인가?

"선생님은 그날 밤 제가 했던 말 기억하세요?" 그녀가 물었다.

"당신이 독신 남성은 원치 않는다는 얘기 말이오?"

"딱 맞았어요."

"당신은 완전히 자유롭고 싶다는 말도 했죠."

"네, 그랬어요. 그런데 지금 생각해보니 선생님 때문에 그 문제에 대한 내 생각이 달라졌더라고요……."

그녀는 더는 말없이 그저 미소 지으며 그를 바라봤다.

꾸뻬 씨는 그 미소가 자기가 이제껏 경험했던 가장 멋진 사랑의 고백이란 생각이 들었다.

꾸뻬 씨는 이런 경우 무슨 말을 해야 하는지, 무엇을 생각해야 하는지 도무지 갈피를 잡을 수 없었다. 다행스럽게 나테이마가 말을 계속했다.

"근데, 선생님은…… 완전한 독신은 아닌 것 같아요…… 아직은."

그녀가 일어섰다. 그도 일어섰다. 두 사람은 가까이서 서로를 마주봤다. 하지만 몸이 맞닿지는 않았다.

"언젠가 그렇게 되면, 그러니까 자유의 몸이 되면 이리로 다시 한 번 오세요."

"명심하리다."

그녀가 또다시 소리 내어 웃었다.

"하지만 시간 너무 오래 끌진 마세요. 잘 가세요, 꾸뻬 씨."

에두아르의 인생 조언

∞

이곳에 도착했을 때처럼, 아리스티드가 운전을 하고 에두아르와 꾸뻬 씨는 뒷줄에 앉았다. 하지만 차는 이번엔 공항을 향해 달렸다.

"와줘서 정말 기뻤다네." 에두아르가 말했다. "언제 편할 때 다시 오게나. 몇 년이나 기다리게 하진 말고."

"나테이마도 나한테 그런 말을 하던걸."

"하, 하. 내, 그럴 줄 알았지."

"알긴 뭘?"

"자네가 나테이마한테 깊은 인상을 준 것 같아."

"자네가 보기엔, 어째서?"

"우선 자네는 나테이마를 쳐다볼 때 눈알이 튀어나온다거나 혓바닥이 입 바깥으로 늘어지지 않더구먼. 우리 연구소를 방문한 사람들 중에 그런 사람들이 적지 않았어……."

"나야 원래 그런 것과는 거리가 머니까."

"게다가 자네는 장난삼아 나테이마를 도발한다거나 거스르는 일도 하지 않았지. 왜 밀당 선수들은 잘 그러잖아."

"어떻게 보면 거슬렀다고도 할 수 있지. 심지어 저항도 했는데…… 미약하게나마."

"바로 그걸세, 나테이마에게는 자기가 원하는 남자가 자기한테 맞서는 경우란 아주 생소할 테니까."

"그녀가 남자를 원하는 경우가 자주 있나?"

에두아르가 빙긋 웃었다.

"신사답게 거기에 대해선 묵비권을 행사하겠네."

"자네하고는?"

"절대 아니지! 우리는 둘 다 만일 그렇게 된다면 완전 빅뱅이란 걸 잘 알고 있지. 연구가 최우선일세."

아리스티드가 속도를 늦췄다. 한 떼의 암소들이 헤드라이트 불빛을 받으며 도로를 가로지르고 있었다. 암소들은 말라서 엉덩이와 갈비뼈가 그대로 드러났다. 저 암소들이 과연 우유나 생산할 수 있을지, 더더욱 스테이크 고기로 식탁에 오를 수 있을지 의문이 들었다.

"수익성이 아주 저조하지." 에두아르가 꾸뻬 씨의 마음을 읽기라도 한 듯이 말했다. "차라리 돼지나 염소를 키우면 좀 나을 텐데……."

에두아르는 항시 사업가의 눈을 견지하고 있었다. 꾸뻬 씨는 그것이 에두아르에겐 핑크색 안경 구실을 하는 셈이리라 짐작했다. 그가 보는 모든 것이 흥미롭고, 그러노라면 시험 치르듯 다음에 검사받을 일도 잊을 수 있을 테니 말이다.

"그러니까 이제 아녜스를 만나러 간단 말이지?"

"응." 꾸뻬 씨가 대답했다.

"내 볼 인사 전해주게나."

꾸뻬 씨는 아녜스가 젊은 시절 에두아르가 사랑했던 유일한 여자란 사실을 알고 있었다. 하지만 어디까지나 일방적인 짝사랑이었다. 그래서 젊은 에두아르는 한때 고통스러워했는데, 다행히 그리 오래가지는 않았다. 어차피 그는 행복이란 축제를 즐기는 것이다 또는 가능한 한 자기가 가장 잘할 줄 아는 것을 하라 같은 교훈을 신봉하는 사람이기 때문이었다.

꾸뻬 씨에겐 상황이 정반대였다. 아녜스는 꾸뻬 씨를 사랑했지만, 정작 그는 그러고 싶은 마음도 있었으면서 그러지 못했다. 당시 꾸뻬 씨는 아녜스야말로 자기에게 가장 이상적인 여자이며, 두 사람은 서로 마음도 잘 맞았으므로 그의 배우자가 될 수도 있을 거라고 여겼다. 기대하지 않았던 곳에서 피어나고 정작 기대하는 곳에선 피어나지 않는 자그마하고 신비로운 꽃, 사랑이라는 그 꽃만 아니었다면 그렇게 되었을 터였다.

그 후 꾸뻬 씨는 클라라를 만났고, 그로 인해 아녜스는 눈물깨나 쏟았다.

적어도 이 점만큼은, 다시 말해서 사랑의 고통, 즉, 자신이 겪는 고통이나 자신에게 아무런 해도 입히지 않은 사람에게 안겨주게 되는 고통만큼은 꾸뻬 씨가 자신의 젊은 시절에 관해서 절대 후회하지 않는 점이기도 했다.

그런데 사십 줄에 접어든 지도 오래된 이제 와서 꾸뻬 씨는 다시금 사랑 때문에 고통스러워하는 중이었다.

"그런데도 어째서 직접 클라라를 만나러 가질 않는 건가?"

"모르겠어. 암튼 난 아녜스가 언제나 나에 관해서 꼭 귀담아들어야 할 말을 해줬던 것 같아. 일종의 현 상태 점검이랄까?"

"클라라도 알고 있어?"

"모르겠어. 어렴풋이 눈치는 채고 있지 않을까? 우리 부부가 서로 말을 하지 않거든."

꾸뻬 씨는 에두아르한테 클라라와의 마지막 통화가 어떻게 끝났는지 털어놓았다.

"사실 난 클라라가 아직도 날 사랑하는지 어쩐지 모르겠어."

에두아르는 넋 나간 소릴 듣는다는 표정으로 고개를 저었다.

"쓸데없는 소리!"

"쓸데없다고?"

"자네도 잘 알잖나? 저 여자가 나를 어떻게 생각하는지, 과연 나를 사랑하는지 의심하기 시작하면 그건 벌써 끝난 거라는 거 말일세! 의심하는 남자는 전혀 섹시하지 않다니까!"

사실이었다. 꾸뻬 씨는 젊은 시절 여자들에 대해 에두아르와 주고받았던 대화가 떠올랐다.

"그렇다면, 자네가 나한테 해줄 수 있는 조언은?"

"돌진하라!"

에두아르의 조언은 상어들이 우글거리는 바닷속으로 돌진하고 댄스 클럽으로 돌진하는 에두아르와 닮은꼴이었다.

그럼에도 꾸뻬 씨는 친구의 말이 옳다고 생각했다. 클라라가 여전히 자기를 사랑하는지 알 수 있고 그녀에게 사랑받을 수 있는 유일한 방법은, 그녀를 만나러 돌진하는 것이었다.

"에두아르, 자네가 우리 두 사람을 잘 아니까 묻는 건데, 어떻게 생각해? 클라라와 나, 아직도 가능할 거라고 믿나?"

에두아르가 어깨를 들썩였다.

"솔직히 나도 잘 모르겠네. 내가 자네라면 내 성질대로 벌써 끈을 놔버렸겠지만, 사람이 모두 다르게 생겨먹었으니 말이야. 난 항상 흥청망청 노는 게 마음에 들었지만, 자네는 다르니까. 그리고 클라라와 자네 사이의 관계는 아주 오래되었으니까 클라라도 자네도 그걸 다른 것으로 대체한다거나 깡그리 잊는다는 건 어렵지 않겠어? 자네 부부가 그렇게 깨진다는 건 상상하기가 어렵구만. 요컨대 내가 줄 수 있는 조언은 클라라한테 어서 달려가 그녀가 뭐라고 답변하는지 들어보고, 그리고 또 거기 대해서 자네가 어떻게 느끼는지 살펴보고, 그리고 나중에 정말로 일이 제대로 풀리지 않으면……."

"않으면, 뭐?"

"나 테이마를 만나러 오는 거지!"

시간이 되어 두 사람은 헤어지면서 미국인들이 그렇게 하듯, 생애 처음으로 서로를 끌어안고 작별 인사를 했다. 꾸뻬 씨는 에두아르가 다음번 검사 때 별 탈 없기만을 진심으로 빌었다.

캘리포니아 드리밍

∘∘

비행기 창문 너머로 보이는 풍경은 꾸뻬 씨가 기억하고 있는 모습 그대로였다.

도시는 거대한 양탄자처럼 끝없이 펼쳐져 있었고, 비행기가 착륙할 때는 터키석 빛깔 묘판에 작은 거울을 달아놓은 듯 반짝이는 수영장들이 꾸뻬 씨의 시야에 들어왔다. 같은 물이라도 수평선과 맞닿아 있는 대양의 깊은 청색과는 뚜렷하게 구분되는 색이었다.

멀리, 다운타운 근방에는 새로운 마천루들이 솟아오른 듯했다.

바뀐 것이 있다면, 그건 어린 티를 벗지 못해 얼굴에 아직 주근깨 자국이 남아 있는 젊은 이민국 경찰관이 자기한테 여행의 목적이 무엇인지 캐묻더니, 꾸뻬 씨의 여권에 찍힌 철지난 여행국 비자들을 눈살을 찌푸리며 쳐다봤다는 정도였다(독자 여러분에게 꾸뻬 씨가 그간 방문한 행선지를 모두 소개했던 것은 아니다).

꾸뻬 씨는 점잖게 뼈 있는 농담이라도 한마디 건네고 싶었지만, 이내 그럴 분위기가 아니란 사실을 감지했다. 행여 취조실에 불려가길 원한다면 모를까, 꾸뻬 씨는 그저 골치 아픈 상황이 벌어지지 않도록 고분고분한 바보 시늉을 하기로 했다.

꾸뻬 씨는 자신이 방금 도착한 나라가 몇 해 전 커다란 상처를 입었다는 사실을 기억하고 있었다. 삶보다 죽음을 선호하고 여자들은 집에 있어야 한다고 믿는 어떤 사람들이, 이 나라에서 가장 아름다운 도시이자 전 세계의 많은 사람들에게 이 나라가 가진 권력의 상징이며 자신이 원하는 대로 말하고 생각하는 자유의 상징이기도 한 이 도시를 향해 아무것도 모르는 승객들을 잔뜩 태운 비행기를 돌진시키는 테러를 자행하지 않았던가 말이다.

이토록 엄청난 전기 충격을 받은 이후, 당연한 반응이지만, 이 거대한 나라는 안경을 바꿔 끼었고, 그 결과 도처에 적들이 깔렸다고 여기게 되었다. 그렇게 된 것이 반드시 이 나라의 잘못이라고 말하기는 힘들지만, 과거의 경우, 이 나라는 상대가 나쁜 나라란 빌미로 침략 전쟁을 벌이기도 하고, 꾸뻬 씨처럼 선의로 충만한 사람을 공연히 의심쩍게 취급하기도 했다.

"우아! 짱 오랜만이네!" 아녜스가 반겨주었다.

명문학교만 골라서 다닌 아녜스는 좋은 환경에서 자랐지만, 자신이 타고난 생태계와 거리를 두려는 듯 이따금씩 서민 말투를 구사하기도 하는 부류였다. 자신이 자라온 환경에 대해 반드시 좋은 기억만 간직하고 있으란 법은 없으니까.

그녀는 20여 년 전에 몰던 것과 동일한 형태의 대형차를 몰았는데, 큰 변화가 있다면 다름 아니라 그 자동차가 전기차라는 사실이었다. 때문에 큰 차인데도 꾸뻬 씨의 귀에는 모터 돌아가는 소리가 전혀 들리지 않았다.

"그사이에 이사했어?" 꾸뻬 씨가 물었다.

"흠, 모조리 다 바꿨어. 집도 바꾸고 남편도 바꾸고. 아이들은 네 아이들처럼 벌써 한참 전에 독립했고."

"근데, 너는 하나도 안 변했네." 꾸뻬 씨가 지적했다.

아녜스가 깔깔대며 웃었다.

"너는 예나 지금이나 아줌마들 비위 맞추는 덴 선수지."

꾸뻬 씨에겐 정말이었다. 물론 아녜스도 나이를 먹긴 했다. 하지만 미국식으로 날씬하면서 근육도 탄탄해 보였다. 게다가 피부 관련 첨단 기술까지 더해진 덕분인지 한창때처럼 젊고 활기가 넘쳐보였다. 아녜스는 처녀 때처럼 말총머리를 하고 있었는데, 다만 금발에 흰머리가 섞여 있었다.

"근데, 그러는 너도 거의 안 변했네. 우린 둘 다 날씬한 편이니 얼마나 다행인지. 네 부인도 마찬가지고."

어라, 아녜스가 클라라 얘기를 먼저 꺼내는군.

"부인이라…… 솔직히 난 우리 부부가 지금 어떤 상탠지 잘 모르겠어……."

"그런 말투도 여전하네. 그렇게 말하는 게 네 전문이잖아, 난 항상 내가 어떤 상탠지 모르겠어……."

아녜스를 보러온다는 것은 찬물 샤워를 하는 것과 크게 다르지 않았다. 그래서 정신이 번쩍 드는 것, 물론 그 차가움을 견딜 수 있다면 말이지만.

진정한 부부들을 만난 꾸뻬 씨

∽○○∽

아녜스가 새로 얻은 남편은 이전 남편과는 다르게 그녀보다 나이도 많고 살도 두둑했다. 희끗희끗한 머리와 콧수염은 산타클로스 할아버지를 연상시켰는데, 신분을 감추기 위해 턱수염은 밀어버리고 긴 머리는 살짝 뒤로 넘긴 산타클로스 할아버지라고나 할까.

또, 전 남편은 수학 전문가였던데 반해 그는 엘리자베스 여왕 시대 문학 전문가였다. 꾸뻬 씨는 그래서 아녜스 부부는 부부싸움 양상도 달라졌을 거라고 지레 짐작했다. 가령 논리적 추론에 따른 충돌은 덜한 대신 셰익스피어적인 비약은 훨씬 더하다거나, 이런 식으로……

그러나 완전 오판이었다. 현재 남편인 톰은 둥글둥글 원만한 성격의 소유자로, 칼로 자른 듯 각진 면이 있는 아녜스에게는 이보다 더 좋을 수 없을 듯 했다.

톰이 걸을 때 절룩거리는 걸 처음 본 꾸뻬 씨에게 그는 한쪽 다리를 잃어서 의족을 했다고 설명했다.

"월남전에서 잃었죠. 그나마 천만다행이죠. 사제 지뢰였거든요."

꾸뻬 씨는 톰이 또 다른 핑크색 안경의 챔피언이란 생각을 하면서, 자기가 얼마 전 밤에 지뢰밭을 통과하던 기억이 떠올라 뒤늦게나마 전율을 느꼈다.

저녁 식사를 하고 나면 톰은 고급 코냑을 즐기곤 했는데, 그날은 농가에서 제조한 잘 빚은 럼주를 마셨다. 꾸뻬 씨가 여행지에서 가져온 선물이었다.

"적당히 해요." 톰이 두 번째 잔을 따르는 것을 보면서 아녜스가 경고했다.

"알고 있으니, 그쯤 하구려." 그가 말했다.

슬프기도 하고 재미있기도 한 장면이었다. 아녜스는 저명한 심리학 교수가 되었다는데, 방금 전 그녀는 초보적인 실수를 저질렀다. 공개적인 자리에서 배우자를 깎아내린 것이다. 그것도 명령조로.

꾸뻬 씨는 톰이 마치 자기가 군말 없이 순순히 복종이나 하는 멍청이가 아니란 것을 아녜스에게 과시하려는 듯, 첫 번째 잔보다 더 많은 양의 술을 따르는 광경을 놓치지 않았다.

그러자 아녜스는 약간 언성을 높였다. 그러는 사이 꾸뻬 씨와 톰은 공통으로 좋아하는 작가들에 관한 얘기를 하면서 문학 토론을 벌였다. 톰은 꾸뻬 씨가 직업이 정신과 의사이니만큼, 일하는 과정에서 풍성한 영감을 얻어 소설을 쓸 수 있겠다고 말했다.

"소설이 아니면 콩트라도요." 톰이 말했다. "철학 콩트 좋잖아요!"

꾸뻬 씨는 좋은 생각이라면서, 자기가 실제로 제랄딘과 함께 책을 준비하는 중이란 말을 했다.

"그것도 나쁘진 않지만, 내 생각엔 픽션이 좀 더 많은 메시지를 담을 수 있을 것 같습니다." 톰이 말했다.

"나도 당신 생각에 동의해요." 아녜스가 맞장구를 쳤다.

아녜스의 이러한 태도는 말하자면 조금 전 자기가 명령조로 말했던 걸 후회한다는 화해의 제스처였다. 아녜스는 모난 데가 있었고, 그녀 자신도 이런 사실을 자각하고 있었다. 꾸뻬 씨는 두 사람이 부부로 함께 살기에 잘 어울린다는 생각이 들었다. 죽음이 둘 사이를 갈라놓을 때까지……. 문득 꾸뻬 씨의 뇌리를 스쳐 가는 말이었다. 이는 곧 꾸뻬 씨가 럼주 한 잔을 마셨다고는 하나, 그렇다고 해서 그의 핑크색 안경이 저절로 절정에 이르지는 않는다는 거였다.

또 다른 미래를 생각하는 꾸뻬 씨

◦○◦

다음 날, 꾸뻬 씨와 아녜스는 정원에서 커피를 마셨고, 아녜스가 나뭇가지에서 바로 따서 짠 자몽주스(꾸뻬 씨 자신도 젊은 시절 똑같은 동작을 했던 기억이 되살아났다. 저녁엔 다람쥐들이 아직 먹어치우지 않은 아보카도라도 눈에 띄면 그걸 가지고도 주스를 만들어 마시곤 했다)를 마셨다.

톰은 수영장에서 수영을 했다. 다리 한쪽이 무릎 바로 아래서 잘렸어도 크롤을 즐기는 그의 몸짓은 힘찼다. 어제 저녁 소파에 주저앉아 럼주를 홀짝이던 모습과는 완전히 딴판이었다. 그도 보리야처럼 등과 어깨에 이국적인 문신이 있었다. 이국적 전쟁에 참전했던 흔적일 터였다.

꾸뻬 씨는 톰이 좀 더 젊었을 때는 행복이란 축제를 즐기는 것이다란 교훈을 따랐으리라고 추측했다. 아녜스는 아마 그가 그런 시기를 보낸 이후에 그를 만났을 터였다.

"톰은 나 만나기 전에 벌써 두 번이나 결혼을 했었어." 아녜스가 꾸뻬 씨에게 말했다.

"그러니 경험이 많은 편이지. 무슨 말이냐면, 부부 사이가 삐거덕거리는 것에 대해서……."

"나도 그래!"

꾸뻬 씨는 멋진 수영장이며 나뭇가지에 달린 자몽과 아보카도, 나무 그늘 아래서의 커피, 시원한 바람, 언제고 푸른 하늘 등은 낙원이라고, 톰이나 아녜스 같은 대학교수 커플이 마음먹으면 누릴 수 있는 천국의 모습이라고 생각했다.

그는 행여 클라라의 일터가 겨울은 춥고 여름은 찌는 동부 해안이 아니라 이쪽이었다면, 좀 더 일찍 그녀를 만나러 왔을지도 모르겠다는 생각이 들었다. 클라라가 버는 수입만으로도 그는 낮 동안에는 수영장에서 수영을 하거나 요리를 배우러 다니면서, 무엇보다 먼저 맛난 아보카도나 자몽 샐러드 만드는 법을 배웠을 터였다.

이것 봐라, 내가 지금 앞으로 가능할 수도 있는 자신의 미래에 대해 생각하고 있네, 다시금 내 코에 핑크색 안경이 걸렸어. 그런데 이게 정말 가능한 미래일까?

"여긴 천국 같습니다." 꾸뻬 씨가 커피를 마시려고 수영장 밖으로 나오는 톰에게 말했다.

"그래요. 이제 더는 뉴욕에서 한 번만 더 겨울을 나라고 해도 버텨낼 수 있을 것 같지 않아요."

"맞아, 겨울은 젊은 사람들을 위한 계절이야." 아녜스가 동의했다.

맞는 말이었다. 그런데 아녜스의 그 말 때문에 자신이 이제는 더는 젊지 않다는데 생각이 미치면서, 꾸뻬 씨의 콧등에 걸려 있던 핑크색 안경이 아래로 미끄러져 흘러내렸다.

하긴, 나이가 들었다는 걸 인정해야 할 때도 됐잖아?

나테이마에게 가서 함께 새로운 삶을 꾸미고, 모카커피 피부색의 아이를 한두 명 낳아 가족 전부를 데리고 상어가 출몰하는 시각을 피해 해수욕을 하러 가지 못할 이유가 대체 뭐란 말인가?

"자, 이제 가야 할 시간이야." 아녜스가 먼저 일어서면서 말했다. "내가 데려다줄까?"

꾸뻬 씨는 그곳에 더 머무르면서 톰과 함께 문학 얘기를 나누고 그가 겪은 전쟁 이야기도 듣고 싶었지만, 여기 온 까닭이 아녜스로부터 조언을 듣기 위한 것이었기에 가자는 말에 순순히 응했다.

화산에서 춤을 추는 꾸뻬 씨

∞

대학 캠퍼스는 크게 변하지 않았다. 지은 지 아직 한 세기도 지나지 않았지만 중세풍으로 지은(아녜스는 '네오로만 양식'이라는 정확한 용어를 구사했다) 아름다운 분홍색 벽돌 건물들 하며, 멋들어진 나무(아녜스는 또다시 '무화과나무'라고 똑 부러지게 말해줬다) 그늘 아래로 반바지를 입은 남녀 학생들이 조깅을 하는 완만한 경사의 아름다운 잔디밭도 여전했다.

두 사람은 아녜스의 연구실이 있는 네오로만 양식 건물로 들어갔다. 연구실은 학생들과 무화과나무들이 보이는 긴 잔디밭 쪽으로 두 개의 우아한 첨두홍예 창문이 나 있는 기분 좋은 방이었다. 그녀는 운이 좋았다.

"경치 좋은 연구실을 갖게 되어 운이 좋은 건 사실이지만, 지진이 발생할 경우를 생각하면 내진 설계가 되어 있는 현대식 건물이 더 낫지 않았을까 싶기도 해."

꾸뻬 씨는 현재 자기가 있는 도시를 포함한 전 지역이 빅 원Big One이라 불리는, 어쩌면 갑작스레 닥칠 수도 있는 지진의 위협을 받고 있다는 사실을 새삼 떠올렸다. 실제로 빅 원이 닥친다면 그 충격은 쓰나미 급일 텐데, 이에 비하면 그가 에두아르를 따라다니며 목격했던 지역의 지진 피해는 그저 커다란 파도 정도라고 할 수 있을 터였다.

하지만 이 도시의 주민들은 예나 지금이나 똑같이 느긋하게 잔디밭 위에서 조깅을 하고, 언젠가 무너져 내릴지도 모를 고속도로 위를 질주하고, 내진설계가 되어 있지 않은 건물에서 일을 하고, 예고 없이 천정이 자기 머리 위로 허물어질지도 모르는 지붕 아래서 사랑을 나눴다.

지진이 언제든 닥칠 수도 있다는 사실을 모른 척할 순 없었다. 꾸뻬 씨는 복도마다 지진이 생길 경우 따라야 할 행동 지침이 게시되어 있는 것을 보았다.

꾸뻬 씨는 아녜스에게 그 지역 사람들은 '모두가 깨달음#7 핑크색 안경을 끼고 사는가 보다'라고 말했다. 즉, 당신이 어찌 해볼 수 없는 불행을 너무 오랫동안 생각지 말라.

"그래, 맞아." 아녜스도 동의했다. "그 핑크색 안경 얘기는 정말 웃기더라! 근데, 그거 알아? 여기에도 뭔가 변화시키려고 애를 쓰는 사람들이 있긴 있어."

"지진을 막기라도 할 건가?"

"아직 그 정도는 아니고, 미리 알리는 정도지."

지진을 사전에 알릴 수 있다면, 불과 몇 분 전에만 알릴 수 있다 해도 정말 큰 변화를 가져올 수 있을 터였다.

"그렇게만 되면 아주 근사할 테지. 잔디밭에 앉아서 건물들이 무너지는 걸 보면서 피크닉을 하게 될 지도 모르니 말이야……." 아녜스가 말했다.

꾸뻬 씨는 아녜스도 에두아르와 동일한 유머를 구사한다는 사실을 새삼스레 확인했다. 오래전 일이기는 하지만, 어쩌면 그래서 에두아르가 그녀한테 홀딱 반했는지도 모를 일이었다.

"어디, 이제 다 털어놔 봐. 클라라와의 관계에 대해 무슨 새로운 아이디어라도 있는 거야?" 아녜스가 물었다.

꾸뻬 씨의 깨달음

◦◦

"아주 나쁜 건 아니야." 꾸뻬 씨가 운을 뗐다. "하지만 가끔 내가 무슨 분야에서건 신통치 않은 사람이란 느낌이 들어. 특히 술을 많이 마시고 난 다음 날 아침이면 그런 생각이 더 자주 들지. 물론 그때만 그런 건 아니지만."

"듣고 있으니 계속해."

"정신과 의사 일도 예전보다 재미가 덜 하고. 치료하기 어려운 환자들은 또 얼마나 많게."

"그래. 치료하기 어려운 환자들이 점점 더 많아지지."

"게다가, 내가 과연 좋은 심리치료사인가 하는 의문도 든다니까. 내가 전혀 손쓸 수 없는 환자들도 있었거든."

"의심을 품는 건 오히려 바람직하지."

"우리 부부로 말하자면, 심각한 위기에 빠진 것 같고."

"정말?"

"그러니 전체적으로 볼 때, 나한테는 모든 게 나빠지기만 하는 것 같아."

"그렇게 생각해?"

"이제까진 운이 좋은 편이었는데, 이젠 그 운도 다한 것 같아."

"사실이라면 슬픈 일이네."

"엎친 데 덮친 격으로 클라라와 최근 통화했던 두 번 모두 나쁘게 끝났어."

"어떻게 된 건지 자세히 얘기해봐."

"클라라와 내가 과연 우리 부부 문제에 대해 정상적으로 대화를 나눌 수 있을지 의문이 생겨."

"장거리 전화론 해결하기 곤란한 문제지."

"내가 서툴게 굴어서 클라라가 잔뜩 화가 났어."

"정말?"

"글쎄, 그렇다니까. 내가 자기를 만나러 간다고 하는데도 별로 좋아하는 눈치가 아니야."

"네가 느끼기에 그렇다는 말이야?"

"내 나이 정도면 부부 생활이 행복해야 하고, 내가 지금 어떤 지경에 와 있는지 정도는 알고 있어야 할 테지."

"그럴 수도."

"어쩌면 나는 루저loser인데 다행히 이제까지는 운이 좀 좋았던 건 아닐까? 운까지 들먹거리지는 않더라도, 경쟁다운 경쟁도 없는 직종 덕을 보면서 말이야……."

"좋은 지적이야. 하지만 너는 일 면에서도 자식 농사 면에서도 성공했잖아?"

"아이들이야 좋은 유전자 덕분이지. 그리고 클라라가 잘 키웠고. 내가 일적으로도 성공했다고? 정말 그럴까 모르겠네, 20년 전부터 사용하던 똑같은 진료실을 쓰는 처지에 말이야."

"좋아, 그렇다 치고. 어쨌든 너 스스로 택한 길이었잖아. 게다가 꽤 성공한 편이었고, 아닌가?"

"암튼 우리 부부관계를 망쳐놓은 건 바로 나야."

"그렇게 생각해?"

"응. 가끔씩 그런 생각이 들면 못 견디겠어……. 꼭 무슨 재앙이 벌어질 것만 같아서 말이야."

"너야 재앙이라면 하나도 빼놓지 않고 다 끌어안고 있는데, 뭐."

"뭐라고?"

"재앙이란 재앙은 다 네 거라고! 몽땅 다!"

꾸뻬 씨는 아녜스에게 자신의 처지를 털어놓으면서 자신이 정작 자기 환자들에게는 절대적으로 피하라고 조언하는 모든 종류

의 관점을 통해서 자신의 상황을 보고 있었음을 깨달았다! 요컨대 핑크색 안경과는 정반대인 안경을 끼고 자기 처지를 바라보고 있었다는 말이다.

동시에 그는 딸깍 하고 자물쇠 열리는 소리가 귓전을 때리는 것 같았다. 즉, 자신이 제랄딘과 얘기했던 나쁜 안경을 끼고 상황을 바라보았음을 깨닫자, 꾸뻬 씨는 이제야 비로소 그 나쁜 안경을 벗어버리고 클라라와 재회를 이룰 수 있으리란 자신감이 들었다!

결국 다른 사람들을 돕기 위해 집필하려는 이 책이 바로 자기 자신에게도 도움을 준 것이었다!

제랄딘과 식어버린 수프

∽∘∘∾

아녜스가 회의가 있다고 해서 꾸뻬 씨가 그녀와 헤어지려던 참에, 젊은 연구원 무리가 그녀의 연구실로 들이닥쳤다. 그가 보기엔 자기 자식들과 동년배로 보이는 젊은이들이었다. 타이밍이 좋았다. 마침 꾸뻬 씨도 야외 카페테리아를 한 바퀴 돌아보고 싶은 마음이 들던 참이었기 때문이었다.

그는 오래전 다람쥐 왕국이던 이곳에 왔을 때 봤던 그 다람쥐들이, 물론 이제는 그 후손들이겠지만 여전히 예전처럼 먹을 것을 찾아 두리번거리는지 확인하고 싶었다.

마침 강의가 끝나고 다음 강의가 시작되기 전이라 그런지 적지 않은 남녀 학생들이 그곳에서 커피를 마시고 베이글을 먹었다. 자기가 젊어서 왔을 때보다 아시아계 학생들이 많이 눈이 띄었다. 꾸뻬 씨는 비록 다른 도시에서 태어나고 다른 환경에서 자랐지만 어쩌면 키와도, 오늘날 점점 더 많은 젊은이들이 열망하듯, 자아성취는 물론 세상을 바꾸고자 하는 포부를 안고서 환한 미소를 띠고 향학열을 불태우며 이곳에서 공부할 수도 있으리란 생각이 들었다. 그때 꾸뻬 씨의 휴대폰이 울렸다.

꾸뻬 씨는 한순간 가슴이 찌릿했지만, 제랄딘이 스카이프로 건 전화였다. 잔뜩 어질러진 사무실에 풀이 죽은 표정으로 혼자 앉아 있는 제랄딘의 모습이 꾸뻬 씨의 눈에 들어왔다.

"안녕, 제랄딘? 우리 책은 잘돼가고 있나요?"

"선생님은 저만 혼자 내버려두고 아직도 꿈 같은 여행을 하고 계실 테죠. 난 여기 혼자 있고, 게다가 날씨도 더럽게 나빠요."

"미안하네요. 하지만 여기엔 당신한테 흥미로울 만한 거라곤 아무것도 없어요. 다 너무 잘 알려져 있으니까요."

"아, 제 생각엔 그렇게 큰 대학이라면 선생님 친구분이 진행하고 있는 프로젝트처럼 엄청난 연구 프로젝트가 있을 거 같은데요? 그리고, 미국 서부의 현대미술 동향은 또 어떤지…… 하긴, 맞는 말씀이긴 해요, 그런 건 어디에나 다 소개가 되어 있으니까요." 그녀가 뾰로통해서 말했다.

꾸뻬 씨는 며칠 만에 다시 듣는 제랄딘의 '머스트must' 화법이 재미있었다. 나는 언제나 재미있고 짜릿한 뭔가를 해야 한다는 생각은 '머스튀르바시옹musturbation'으로 전락하지 않는 한 강력한 동기부여가 되곤 한다.

"집필은 잘돼갑니까, 제랄딘?"

"별로예요."

"왜, 무슨 문제라도?"

"저에겐 선생님이 필요하니까요!"

"메모해놓은 것들은……."

"그렇긴 하지만, 전 선생님과 얘기를 나눠야 자극이 돼요. 그래야 쓸 기운이 난다고요."

"안심해요. 일주일을 채 넘기기 전에 귀국할 테니까."

꾸뻬 씨는 클라라와의 만남이 좋지 않게 끝날 경우 그보다 더 일찍 귀국하게 되리라 생각했다.

"그래도 그동안 핑크색 안경에 대해 쓴 것들을 모두 살펴보고 목록도 정리했어요."

"그렇군요, 내가 다시 읽어보리다. 어쩌면 새로 보충할 게 생각 날지도 모르고. 기분은 어때요?"

"아, 나아지고 있어요……. 하지만 동시에 슬프기도 한 걸요."

"어째서요?"

제랄딘이 한숨을 내쉬었다.

"그토록 소중했던 사랑이 결국 만든 지 오래된 수프처럼 식어버 릴 수도 있다고 생각하니 슬퍼요!"

"새로운 사랑이 찾아올 때까지만."

"선생님은 항상 낙천적이세요. 그래서 약간 짜증나요."

'제발 제랄딘이 옳아야 할 텐데', 하고 꾸뻬 씨는 생각했다.

바다에 간 에피쿠로스와 에픽테토스

 ○○

태평양의 파도가 일행의 발 아래서 행복한 한숨을 내쉬며 숨을 거두었다. 적어도 꾸뻬 씨에게는 그렇게 느껴졌다.

그들은 꾸뻬 씨가 처음 미국에 왔을 때 자주 찾았던 바닷가의 커다란 레스토랑에 도착했다. 당시만 하더라도 필로티 위에 지어진 카페테리아에는 원목 마루가 깔려 있고, 안에서는 해묵은 맥주 냄새가 났고, 바닥에는 톱밥이 흩어져있었다. 게 요리와 홍합요리가 훌륭했고, 학생들도 와서 먹을 만큼 가격도 적당했다.

그런데 오늘 다시 와보니 손님들의 머리만큼이나 하얗게 탈바꿈한 인테리어는 나무랄 데 없었지만, 꾸뻬 씨가 보기에 매력은 줄어들고 가격은 많이 오른 것 같았다. 하지만 선선한 바람이 부는 태평양을 바라보는 전망만큼은 여전히 기가 막힌 까닭에, 톰과 꾸뻬 씨는 당장 맥주 한 파인트씩을 주문했다.

"꾸뻬 씨, 아침에 드는 생각 조심해." 커다란 맥주잔이 도착하는 것을 보며 아녜스가 말했다. 꾸뻬 씨는 아녜스가 좋은 자질을 많이 갖췄음에도 불구하고 그녀와 결혼하지 않기를 잘했다고 생각했다.

톰이 그를 향해 연민이 담긴 눈길을 보냈다. 꾸뻬 씨는 게다가 늦은 낮술은 저녁 식사 후에 마시는 술보다 훨씬 덜 치명적임을 경험으로 알고 있었다. 그러니까 그렇게 되었으면 하는 꾸뻬 씨의 희망 사항이었다.

"탈라사thalassa(그리스어로 바다를 뜻하며, 그리스신화에서는 바다를 신격화한 여신이다―옮긴이), 탈라사. 톰이 맥주잔을 태평양 쪽으로 들어 올리며 외쳤다.

꾸뻬 씨도 흥분된 목소리로 탈라사, 탈라사를 외쳤다. 고등학교 시절이 생각났다.

"여기선 언제고 탈라사를 외칠 수 있다오." 톰이 말했다. "내가 보기엔, 바다가 철학자들에게 어떤 영향을 미쳤는지에 대한 연구가 충분히 이루어지지 않은 것 같아요."

꾸뻬 씨는 톰에게 점점 더 흥미를 느꼈다. 그는 톰이 엘리자베스 여왕 시대 시를 전공하기에 앞서 좋은 전쟁이든 나쁜 전쟁이든 간에 젊은 참전 군인에게 주는 장학금으로 철학을 전공했다는 사실을 알게 되었다.

꾸뻬 씨는 에두아르가 인용한 바 있는, 죽음을 두려워하지 않았던 핑크색 안경의 위대한 찬양자를 언급했다. 그는 섬에 살았다던가?

"에피쿠로스요? 맞아요. 사모스 섬에 살았는데, 아마도 바다 풍경이 멋졌을 거예요."

"그는 유복한 편이었죠, 아닌가요?"

"그래요. 그게 어떤 면에서 그의 한계이기도 하죠. 에피쿠로스는 너무 많은 욕망을 갖지도 말고 야심도 품지 말고 그저 소박하게 사는 것에 만족하며 살라고 했는데, 그러려면 그처럼 이미 필요한 모든 것을 누릴 수 있는 입장이어야 할 테죠. 그는 역경의 철학자는 아니었습니다. 오히려 야망이 꺾인 사람들이나 이곳 주민들처럼 부유하지만 검소한 은퇴자들을 위한 철학자였죠. 감자튀김 한 접시 어떠세요?"

"좋지요." 꾸뻬 씨가 그의 제안을 반겼다.

아녜스는 샐러드를 주문했는데, 마치 '남자들은 다 그래'라고 말하듯 어깨를 들썩였다.

"톰, 당신이 제일 좋아하는 철학자는?"

"그야 당연히 에픽테토스죠."

"어째서요?"

"역경 속에서 태어난 사람이니까요. 노예였거든요. 아버지도 노예였고요. 처음엔 주어진 운명을 감내하기만 했지만……."

꾸뻬 씨는 패배한 전쟁에서 돌아온 톰을 떠올렸다. 게다가 다리 한쪽을 잃은 채 같은 미국인들로부터도 냉대를 받았으니…….

"……그런 까닭에 모든 것을 견뎌내라고 설파하는 철학을 발전시켰을 테죠."

"사람들을 고통에 빠뜨리는 것은 세상이 아니고 그 세상에 대한 그들 자신의 견해이다."

"브라보!"

"뭘요." 꾸뻬 씨가 말했다. "심리치료를 하려면 다 배우는 건데요……."

"내가 지금 연구 중인 심리치료법에서는 환자들한테 사건이 감정을 불러일으키는 것이 아니라, 그 사건을 바라보는 방식이 그렇게 하는 거라고 가르쳤어." 아녜스가 진즉에 자기 연구에 관심을 좀 갖지 그랬냐고 톰을 은근히 원망하는 투로 말했다. "그러니까, 네 표현대로 하자면, 어떤 안경을 끼고 바라보느냐에 달렸다는 거지,"

톰은 또다시 맥주잔을 태평양 쪽을 향해 들어 올리며 외쳤다.
"에픽테토스가 아직 살아 있다네!"
그 말을 들은 아녜스가 피식 웃었다. 꾸뻬 씨는 두 사람 사이에 언제나 사랑이 깃들어 있음을 확인했다.
"아닌 게 아니라 내가 말하는 핑크색 안경들 가운데에는 에피쿠로스나 에픽테토스에게서 영감을 얻은 것들이 꽤 됩니다." 꾸뻬 씨가 말했다.
"어디 한번 들어볼까?" 아녜스가 말했다.

핑크색 안경의 메시지

꾸뻬 씨가 작은 수첩을 꺼내는 동안 톰은 맥주 두 잔을 새로 주문했고, 결국 아네스도 백포도주 한 잔을 주문했다.

깨달음#1 자신의 허물과 약점을 돋보기안경을 끼고 들여다보지 말라.

깨달음#2 당신의 성공과 장점을 망원경을 거꾸로 들고 보듯 과소평가하지 말고 있는 그대로 보라.

깨달음#3 누군가에게 화를 내기 전에, 그 사람의 안경을 끼고 그 사람의 관점에서 상황을 바라보라.

깨달음#4 한 걸음 뒤로 물러나 상황을 바라보면서, 당신이 가진 모든 가능성을 타진하라.

깨달음#5 가끔씩 당신의 현재를 과거와 비교해보라(여의치 않을 경우, 깨달음#6, 깨달음#11, 또는 깨달음#12 안경을 껴보라).

깨달음#6 힘겨울 때면, 당신이 하고 있는 것(당신 자신을 위해서, 당신과 가까운 사람들을 위해서, 세상을 위해서)의 의미를 되새겨보라.

깨달음#7 당신 힘으로 바꿀 수 없는 슬픈 일은 너무 오랫동안 생각하지 말라.

깨달음#8 당신의 안경에서 당신이 사람들에게 달아놓은 꼬리표를 떼어내고 그들을 있는 그대로 바라보라. 당신 자신에 대해서도 마찬가지다.

깨달음#9 대비하지 말라. 모든 것은 완전히 검거나 완전히 희지 않다.

깨달음#10 그 순간의 감정 상태를 확인하라. 안경에 감정이라는 김이 너무 많이 서리도록 하지 말라.

깨달음#11 Z선 안경을 벗어라. 다른 사람의 생각을 추측하기보다 차라리 직접 가서 물어보라.

깨달음#11′ 미래를 회색과 검은색으로만 보게 만드는 수정 구슬 안경을 벗어버리려. 있는 그대로의 모습을 보라.

깨달음#12 현재를 일어날 법한 미래와 비교하라.

깨달음#13 삶의 비극적인 면모를 잊지 말라. 그렇다고 해서 끊임없이 그것만 바라보지는 말라.

"4번 안경인 '모든 기회를 살펴보라'는 심리학에서 습관화라고 부르는 것에 대한 대항일 테지." 아녜스가 부연 설명했다. "사람은 자기가 이미 가지고 있는 것엔 익숙해져서 당연하게 여기고, 언제나 더 많은 것, 그 이상의 것을 원하니까."

"그것 때문에 경제도 돌아가는 거지." 톰이 거들었다. "그것 때문에 지구가 망가지기도 하고 말이야. 사람들이 항상 더 많은 물

건, 더 큰 자동차, 더 큰 집을 원하니까. 이 안경은 확실히 에피쿠로스의 영향을 받은 것 같구려. 우리가 이미 가지고 있는 것에 만족하자는 얘기니까."

"여기서라면 실행하기 그리 어렵지 않겠어요." 꾸뻬 씨가 양팔을 벌려 바다와 테라스, 그리고 테이블들을 한꺼번에 끌어안는 시늉을 하며 말했다.

"맞는 말이오. 부자들한테는 훨씬 더 쉬운 일일 테지요. 반면 6번 안경, 즉 당신이 하는 일에서 의미를 찾으라는 말은 아리스토텔레스가 했음직한 말 같아요. 그는 행복이 목표를 추구하는 데 있다고 생각했으니까요. 목표란 이를테면 의미를 말하는 또 다른 방식일 테니까요. 그 의미가 고결한 것이면 더더욱 좋고요. 아리스토텔레스는 알렉산드로스 대왕의 스승이었으니까, 자기 제자한테도 목표를 이루기 위해 쏟아야 하는 노력의 의미를 가르치지 않았을까요?"

"세계 정복을 고결하다고 말할 수 있을까요?"

"사실 모든 문명은 예외 없이 어느 한 시점에선가 세계 정복을 꿈꿨죠. 사람들이 동상까지 세워서 정복자들을 기리지 않습니까."

"어떤 안경들이 에픽테토스와 관련이 있다고 보십니까?"

"7번, 10번, 13번이요."

"왜 그렇죠?"

"세 가지 모두 평정심을 잃지 않는 가운데 삶의 비극적 면모를 수긍하는 태도와 관련이 있으니까요. 다시 말해서, 비록 자기가 원하는 걸 얻지 못했다거나 상황이 나쁘게 흘러갈 때도 안경에 김이 너무 서리게 하진 않는 거죠. 더불어 그 생각만 하느라 절망에 빠져 허우적거리지도 않고요."

"손쉽게 얻어지는 안경이 아니겠는걸?" 아녜스가 오랜만에 한 마디 했다.

"그렇긴 하지. 하지만 분명 가장 효과적인 안경일 거야……."

꾸뻬 씨는 매일 아침 잠에서 깨어날 때마다 자기 한쪽 다리가 없다는 걸 확인해야 하는 톰을 생각했다.

"요컨대, 모든 사람이 진정한 금욕주의자가 될 순 없을 테죠."

"암요, 그건 불가능하죠." 꾸뻬 씨도 선뜻 동의했다. "만일 그렇게 된다면 그건 또 다른 형태의 머스튀르바시옹이 될 테니까요. 나는 평정심을 잃지 않으면서 모든 걸 견딜 수 있어야 한다, 그러지 못하면 난 보잘것없는 존재일 수밖에 없다……."

"그래, 맞아!" 아녜스가 말했다. "이러니 저러니 해도 가끔씩은 실컷 울 수도 있어야 하잖아!"

"솔직히 자기에게 맞는 철학을 만난다거나 자기한테 가장 잘 어울리는 안경을 고른다는 건 그때그때 상황에 따라 정해질 테지요." 톰이 말했다. "이상적으론 안경을 바꿔 낄 수 있는 역량이 있으면 제일 좋을 테고요."

"심리학에서는 바로 그런 걸 가리켜서 건강한 상태라고 하죠." 아녜스가 말했다.

"지당한 말씀." 꾸뻬 씨가 수긍했다. "나도 이젠 그걸 실천해야 할 때가 된 것 같아."

톰이 웃었다. 그는 꾸뻬 씨가 농담을 한다고 믿었다.

꾸뻬 씨는 자신이 대화의 주제가 되는 불편함을 피하기 위해 에두아르의 프로젝트를 두 사람에게 들려주었다.

"그 친구가 개발 중인 신약은 현재로선 실험용 돼지들한테만 핑크색 안경을 씌워주고 있어요."

"에두아르가? 그 친구가 연구를 한다고?"

아녜스는 깜짝 놀라는 눈치였다. 연구는 자기 같은 사람이나 하는 것이지 자기가 알고 있는 에두아르는 도저히 연구 같은 건 할 수 없다는 투였다.

"그 친구가 세상을 바꾸려고 한다니까." 꾸뻬 씨가 말했다.

"나도 그 친구 분 한번 만나보고 싶네요!" 톰이 말했다.

꾸뻬 씨는 톰과 에두아르는 무척이나 죽이 잘 맞을 거란 생각이 들었다.

그러나 그런 기회는 영영 올 수 없게 되었다.

꾸뻬 씨의 휴대폰이 진동했다.

꾸뻬 씨의 귀에 나테이마의 울먹이는 목소리가 들려왔다. 꾸뻬 씨는 심장이 죄어왔다. 그는 벌써 무슨 일이 벌어졌는지 직감할 수 있었다. 삶의 비극적인 면모가 또다시 찾아온 것이었다.

유머, 톰이 선호하는 안경

OO

결국 톰이 꾸뻬 씨와 공항까지 동행했다.

아녜스는 중요한 회합에 빠질 수가 없었다. 연구비를 지속적으로 지급받기 위해서는 그래야 했다. 그리 상태가 좋지 못한 친구와 더불어 이미 세상을 떠난 친구를 기릴 수도 없었다.

어떤 관점에서 보자면, 꾸뻬 씨로선 딱히 섭섭한 일도 아니었다. 그가 예전부터 생각해왔던 대로이기 때문이었다. 그는 내심 클라라와의 문제에 대해서 의논하는 상대로서 아녜스는 반드시 객관적이라고는 할 수 없다는 사실을 알고 있었다. 그녀는 차라리 에두아르에 관해서 얘기를 나누기에 좋은 상대였을 테지만, 꾸뻬 씨는 지금으로선 세상을 떠나고 없는 친구를 생각하고 싶지 않았다. 그저 자신이 에두아르가 죽었다는 사실에 조금씩이나마 익숙해지기만을 바랐다. 영원히 자취를 감추다니? 그게 가능한 일일까?

아녜스보다는 오히려 톰이 자기한테 귀담아 들을 만한 조언을 줄 수 있을 것 같았다. 그는 자기보다 나이도 많고 인생 경력도 다채로울 뿐 아니라, 셰익스피어 같은 천재들을 연구했으니 말이다. 셰익스피어 작품엔 모든 질문에 대한 답까지야 기대할 수 없을 테지만. 적어도 우리가 살면서 마주치는 다양한 상황은 만날 수 있다고들 하지 않는가. 물론 검과 오드 쇼스(과거에 유럽 남성들이 입었던 짧은 바지-옮긴이)는 오늘날의 우리완 무관하겠지만.

톰이 먼저 말을 꺼냈다.

"아네스가 그러던데, 선생이 부인과 문제가 좀 있다면서요?"

"그렇게도 말할 수 있겠죠."

꾸뻬 씨는 상황을 짤막하게 설명했다. 클라라가 미국으로 떠난 일이며 자기가 클라라가 있는 곳으로 가서 재회하려는 노력이 부족했다는 얘기며, 급기야 함께 사는 것도 아니고 헤어진 것도 아닌 어정쩡한 상태가 지속되고 있다는 내용이었다.

"내 생각엔 우리 부부가 서로 상대방한테 고통을 주기 싫어 헤어지지 않고 질질 끌고 있는 게 아닌가 싶습니다."

"침대에선 어땠나요?"

꾸뻬 씨는 당황했다. 하지만 돌이켜보면 그 자신도 어려움에 봉착한 커플들에게 같은 질문을 던지곤 했다.

"괜찮은 편이었어요. 그녀가 떠나기 전까지는요. 하지만 그녀가 떠난 이후론 재회를 해도 그럴 기분이 아니더군요. 피곤하기도 하고, 시차 때문이기도 하고요……. 그녀가 저를 원망한다는 생각도 듭니다. 저도 그녀가 원망스럽고요."

"만일 부인이 진짜로 선생을 떠나겠다고 선언한다면 어쩔 겁니까?"

꾸뻬 씨는 그런 상황을 가정하고 상상해봤다. 그리 어려운 일이 아니었다. 클라라와 마지막으로 통화할 때 보았던 그녀의 찌푸린 얼굴을 떠올리는 것만으로 충분했다. 거기에 작별의 말만 보태면 되니까.

"만일 그렇게 된다면 무척이나 고통스럽겠지요. 앞으로 다시는 그토록 사랑하는 여자는 못 만나리란 생각이 듭니다. 있는 그대로의 나를 사랑해줄 여자 말이에요."

"어떤 나이, 가령 내 나이 정도가 지나면 '앞으로 다시는 못 한다'라는 말이 사실에 가깝게 되어버리더군요. 하지만 선생은 나보다 젊고, 선생이 지금 느끼는 감정은 선생 말마따나 '정서적 추론'에 해당하지 않을까요?"

"그렇죠! 안경에 서린 김……. 하지만 설사 안경알에 서린 김을 닦아낸다 하더라도 난 나 자신이 늙고 고독한 바람둥이가 된다는 건 상상이 안 됩니다."

"아, 이번엔 선생이 미래를 수정 구슬 안경을 끼고 바라보는군

요! 생각할수록 선생의 그 안경 얘기는 정말 기발해요. 어쨌든 선생이 오랫동안 고독하게 지내지 않으리란 건 본인 자신이 잘 알고 있겠죠? 앞으로 선생을 위로해줄 여자 한두 명쯤은 만나게 될 테니까요. 날 봐요. 난 두 번이나 이혼을 했어요. 처음 이혼하고 나서는 독신으로 살겠다고 다신 재혼 같은 거 하지 않으려 했지요. 하지만 두 번째 이혼하고 나서는 혼자 사는 것이 두려웠어요. 그러고 나서⋯⋯."

"그럴 테죠. 그렇지만 그 어떤 여자도 클라라를 대신할 수 있을 것 같진 않은 걸요⋯⋯. 적어도 남은 내 평생 동안은요. 하루 저녁이나 며칠 정도라면 또 모를까. 내가 클라라한테 느끼는 감정은 그 무엇과도 바꿀 수 없어요⋯⋯."

톰은 '그 무엇도 그 무엇도 너와 비교할 수 없어Nothing, nothing compares to you⋯⋯'(아일랜드 여가수 시네드 오코너가 불러 세계적으로 유명해진 사랑 노래)란 노래를 구성지게 읊조리기 시작했다. 그러더니 물었다.

"선생은 어째서 부인에겐 그런 말을 하지 않나요?"

"우선 내 수정 구슬 안경에 서린 김을 닦아내야 할 테죠." 꾸뻬 씨가 웃으며 대답했다.

"바로 그거에요!" 톰이 말을 이었다. "선생도 잘 알고 있다시피, 설사 결별을 하게 되더라도, 당장은 무척 고통스러울 테지만 결국 평정을 되찾게 되어 있어요. 그저 약간 쓸쓸한 기억만 남게 된다고요."

"네. 아무리 거창한 사랑도 결국은 만든 지 오래된 수프마냥 식어버리는 법이죠."

"하! 하! 위대한 윌(윌리엄 셰익스피어의 애칭으로 간주된다—옮긴이)을 방불케 하는 말이네요!" 톰이 자기가 좋아하는 작가를 언급해가며 말했다.

"이건 제 말이 아니라, 아는…… 친구가 한 말입니다."

"선생 책을 위해 반드시 적어놔야 할 말이네요! 내가 보기엔 그야말로 제일 좋은 핑크색 안경이 아닐까 여겨집니다만. 어차피 철학자들은 그런 일엔 그다지 신통하지 않았으니까요."

"제일 좋은 핑크색 안경이라고요?"

"유머입니다." 톰이 말했다. "선생도 책에서 유머를 구사해보시죠. 보아하니 힘 안들이고도 잘 하실 수 있을 것 같은데."

꾸뻬 씨와 톰은 그렇게 좋은 친구로 헤어졌다. 그러나 현재 상황을 놓고 볼 때, 언젠가 둘 중 누가 먼저 상대방의 장례식에 참석하게 될 것인지는 알 수 없는 노릇이었다.

그는 이륙을 위해 활주로에서 대기 중인 비행기 안에서 수첩에 이렇게 적었다.

○○〜 깨달음#14 가끔씩 당신의 삶을 유머와 함께 돌아보라.

물론 이 열네 번째 교훈으로 말하자면, 이를테면 좋은 유전자를 가져라란 교훈과 마찬가지로 모든 사람이 유머감각을 타고 날 수는 없는 노릇이다. 그렇긴 해도 자신보다 유머감각이 발달한 사람을 통해서 부단히 배울 순 있을 터였다. 전 세계적으로 코미디가

가장 큰 성공을 거두는 장르로 군림하는 것도 다 그런 연유에서
일 것이다. 사람들은 마치 코미디를 보듯 세상을 바라보길 좋아한
다. 적어도 진료 시간만큼은.

유머라면 단연 에두아르가 독보적이었는데.

꾸뻬 씨는 슬픔에 잠겨 이렇게 생각했다.

다른 세상으로 떠나간 에두아르

마침내 꾸뻬 씨는 전 세계 사람들이 사랑하는 자기 도시로 돌아왔다.

하루는 그가 아침에 그 도시에서 가장 큰 공동묘지를 찾았다. 수많은 묘지들이 작은 멋진 기념 건축물처럼 우뚝 서 있는 곳이다. 그 기념물들을 보면 이미 죽어서 오늘날엔 잊혔을지라도 그 묘지 아래 묻힌 자들은 살아생전 돈도 많고 중요한 사람들이었음을 알게 된다. 아울러 보는 이들에게 철학적, 건축학적 교훈도 안겨준다.

에두아르는 자신의 장례식에 대해 아무런 지침도 남기지 않았다. 하지만 그의 가족과 전 부인이 독실한 가톨릭 신자였으므로, 우선 신부를 모시고 미사를 거행했다. 장례 미사를 집전하는 신부는 에두아르가 어떤 사람인지 전혀 몰랐기 때문에 주님에 대한 그의 믿음에 관해서는 조심스럽게 언급을 피했다.

성당은 사람들로 가득했다. 에두아르는 평생토록 세계 각지를 여행하며 끊임없이 옮겨 다녔고, 그럴 때마다 사람들에게 깊은 인상을 남겼기 때문에 많은 사람들이 그를 기리기 위해 멀리서도 찾아왔다. 수많은 은행가들이(한창 잘나가는 사람도 있고 한직으로 밀려

나거나 좌천의 고배를 마신 사람도 있다) 한껏 멋을 부린 부인들과 동석했는가 하면, 에두아르의 가족(다행스럽게도 그의 부모님은 두 분 모두 에두아르보다 앞서서 세상을 떠나셨다)처럼 평범한 이들도 많이 눈에 띄었다. 에두아르는 부르주아 가정에서 태어나진 않았지만 수학에 대한 남다른 열의와 재능에 힘입어 명문교에 입학할 수 있었고, 또 이를 발판으로 돈의 세계에 첫발을 내디딜 수 있었다. 꾸뻬 씨는 또한 교수처럼 보이는 사람들과 에두아르의 명문교 동창생들도 알아봤다. 이들은 연구라는 한 우물을 파는 사람들로 보였다. 그 밖에도 다양한 피부색의 사람들이 눈에 띄었는데, 개중에는 불교 승려들 무리도 있고, 세련되지 못하고 놀란 표정을 짓는 아시아인들도 있었는데, 혹시나 해서 꾸뻬 씨가 확인한 결과 역시나 에스키모가 맞다라는 답을 들었다.

식이 끝난 후, 꾸뻬 씨는 무덤가에서 에두아르의 전 부인 곁에 서 있게 되었는데, 그녀는 에두아르에 대해 여전히 애틋한 마음을 간직하고 있었는지 동행한 새 남편의 팔짱을 낀 채 울음을 멈추지 않아, 에두아르의 소프트한 버전으로 보이는 새 남편을 난처하게 만들었다. 꾸뻬 씨는 그들 부부와 자녀들과도 인사를 나눴는데, 에두아르가 워낙 젊은 나이에 자녀들을 뒀기 때문에 그의 자녀들은 꾸뻬 씨 자녀와는 달리 전혀 어리다고 할 수 없는 성인들이었다. 이들이 함께 데리고 온 그네들의 자녀, 즉 에두아르의 손주들은 어린 사내아이 계집아이 할 것 없이 얼굴이 온통 울음 범벅이었다. 그만큼 에두아르는 가끔씩 들를 때마다 슈퍼 할아버지 역할을 톡톡히 한 모양이었다.

꾸뻬 씨 곁에는 또 양복을 입고서 거북해하는 장-미셸, 그리고 내내 울음을 멈추지 않는 나테이마도 있었다. 눈물을 흘리는 나테이마를 지켜보면서 꾸뻬 씨는 그녀가 보기보다 감수성이 여리다고 생각했다.

꾸뻬 씨에게 에두아르의 마지막이 어떠했는지 상세하게 들려준 건 당연히 나테이마였다.

그날은 두 사람이 투자자들을 해변으로 데려갔는데, 해가 지자 에두아르가 마지막으로 크롤 수영을 하기 위해 바다에 뛰어들었다고 했다.

그러고선 투자자들이 문제의 프로젝트에 얼마를 투자해야 하는지를 놓고 열띤 토의를 벌이는 가운데, 물 밖으로 나온 그가 장의자에 무너지듯 드러누웠다. 나테이마는 그가 한창 무르익어 가는 토론에 끼어들지 않는 것이 의아하여 에두아르 쪽을 돌아보았는데, 그의 얼굴이 너무 창백해서 갑자기 겁이 덜컥 났다.

에두아르는 그녀를 물끄러미 쳐다보며 그저 짤막하게 말했다.

"마침내 죽음이 내 곁에 와 있으니."

그러더니 그는 눈을 감았다.

에두아르는 자기 장례식에 대해서는 아무런 지침도 남기지 않았으나, 자기가 세상을 떠날 경우를 대비해, 진행 중인 프로젝트를 어떻게 이끌어나갈 것인가에 대해서는 모든 것을 꼼꼼하게 구상해뒀다. 돼지들은 나테이마, 그리고 그가 선택한 두 명의 투자자 대표의 감독 아래 이제까지 하던 대로 수준 높은 보살핌, 즉 전기 충격을 통한 외상, 외상 후 반응 등의 순서에 따라 연구되어야 한다는 유지를 전한 것이었다.

만일 이들이 마침내 마법의 신약 개발에 성공을 거둔다면, 요컨대 대박이 터진다면, 지금 할아버지의 무덤 주위에서 울고 있는 그의 손자 손녀들은 앞으로 (돈을 벌기 위해) 일을 할 필요가 없어질 경우 자신의 삶을 어떻게 꾸려나가야 할지 진지하게 고민해야 할 터였다. 꾸뻬 씨는 자신이 맡았던 환자들의 사례에 비춰볼 때 이는(일하지 않아도 돈이 너무 많은 상황) 절대 녹록한 상황이 아니라는 사실을 잘 알고 있었다. 무슨 일이라도 생길 경우 그들을 딱하게 여겨 울어줄 사람이 아무도 없을 테니 더더욱 그럴 터였다.

마르크와 키와는 조금 늦게 도착했다.

마르크는 마침 자기가 일하는 거대 단체의 회합에 참석하기 위해 이곳에 왔는데, 그때 정식 여권과 비자를 갖춘 키와도 데려왔다.

사람이 죽으면 시신을 태우는 문화권에서 자란 키와는 에두아르의 시신이 담긴 관이 무덤 속으로 내려가는 광경을 처음엔 호기심을 가지고 지켜봤다. 한참을 지켜보던 그녀는 눈을 꼭 감은 채 마르크의 품에 안겼다.

제랄딘은 흐르는 눈물을 닦았다.

그녀는 큼지막한 검정색 외투를 걸치고 있었는데, 어찌나 창백하던지 유령처럼 보였다.

"너무 슬퍼서 사진도 못 찍었어요." 그녀가 꾸뻬 씨에게 속삭이듯 말했다. "그런데 언론사에서 저더러 선생님 친구분 약력을 구해달라고 하네요."

꾸뻬 씨는 주변의 젊은 사람들을 보면서 갑자기 가슴이 뭉클해졌다. 젊은 사람들이야말로 자기의 자녀들과 마찬가지로 미래가 아닌가? 반면에, 이젠 이 세상에 없는 에두아르는 물론이고 꾸뻬 씨 자신도 과거가 아니겠는가?

여기 모인 많은 사람들 가운데, 꾸뻬 씨에게는 단 한 사람이 빠져 있었다. 바로 클라라였다.

그는 그녀에게 에두아르의 장례식 장소와 시각을 고지하는 메시지를 보냈었다. 그런 다음 그는 직접 통화하여 구두로도 전하려 시도했다.

그녀는 메시지로 답을 보냈다.

회의 중. 노력해보겠음.

그 후론 아무 소식도 없었다.

그때 장-미셸이 꾸뻬 씨의 팔을 잡아당겼다.

꾸뻬 씨는 뒤를 돌아보았다.

그는 길게 이어지는 길 끝 편에서 그토록 기다렸던 여인의 실루엣을 알아보았다.

그녀는 꾸뻬 씨가 꾼 악몽에서처럼 무척이나 우아한 검정색 옷을 입고 서 있었다.

그녀가 꾸뻬 씨를 향해 양팔을 벌렸다. 그의 눈에 들어온 그녀는 울고 있었다.

"나의 클라라." 꾸뻬 씨가 그녀를 얼싸안으며 말했다.

그녀의 눈물이 자기 뺨 위로 흘러내렸다. 그 순간 그녀가 그의 귀에 대고 속삭였다.

"당신을 사랑해."

마지막으로 보낸 메시지에, 마침내 고약한 안경으로부터 벗어난 꾸뻬 씨는 이렇게 적었다.

'우리한테 무슨 일이 닥치든, 당신은 그저 나는 앞으로 그 누구도 내가 당신을 사랑하는 만큼 사랑하지는 못하리란 사실만 알아주구려. 그리고 지금 이 순간, 그 누구도 내가 당신과 함께 있을 때만큼 나를 행복하게 해줄 수 없다는 사실을 내가 알고 있다는 것도 말이오.'

좋은 생각이 떠오른 꾸뻬 씨

꾸뻬 씨와 제랄딘은 그 후로도 공동 집필을 위해 꾸뻬 씨가 좋아하는 카페에서 만나거나, 그가 클라라와 뉴욕에서 한 주를 보내는 동안에는, 컴퓨터 화면을 통해서 지속적으로 대화를 나눴다.

책 집필은 순조롭게 진행되었다. 제랄딘은 자신의 삶이나 친구들의 생활에서 수많은 사례를 수집했다. 상황에 맞지 않는 안경의 문제는 비단 정신과 의사를 찾는 환자들뿐 아니라 누구에게나 해당되기 때문이었다.

이제 그녀는 실연의 아픔으로부터 벗어난 듯 보였다. 하지만 꾸뻬 씨는 그가 호텔 바나 수영장에서 가졌던 그녀와의 대화 정도로는 또 언제 불쑥 밀려들지 모를 격심한 마음의 고통을 이겨내기엔 역부족이라고 생각했다. 그래서 그는 제랄딘이 새로운 안경을 시험해보는 동안 도움을 줄 수 있도록 역량 있는 여성 동료를 소개했다.

그 무렵 제랄딘은 자신의 어린 시절에 대해 애기하고 싶지 않다고 했고, 또 꾸뻬 씨도 굳이 강요는 하지 않았다. 그런데 어느 날 저녁 모히토 두 잔을 마신 제랄딘은 스스로 말문을 연 적이 있었다. 어린 시절 제랄딘은 가족끼리 저녁 식사를 할 때면 아버지는 제랄딘의 두 언니가 얘기를 할 때는 뭔가에 홀린 듯 열심히 들어주면서, 막내딸인 자기가 얘기를 하면 미운 오리새끼 대하듯 시큰둥한 태도를 보였다는 것이었다. 부모님이 자기한테는 한 번도 새 옷을 사준 적이 없고, 그래서 언제나 두 언니들이 입던 옷을 물려받았다는 말도 했다. 꾸뻬 씨는 그와 유사한 다른 얘기들이 적지 않으리라 직감했지만, 그녀는 더는 입을 열지 않았다.

꾸뻬 씨가 제랄딘에게 다른 정신과 의사를 만나보라고 제안했을 때 그녀가 이를 거절의 의미로 받아들이지 않고 수락했다는 것은 나름 제랄딘의 상태가 호전됐다는 징후로 볼 수도 있었다.

그간에 폴린의 상태도 많이 좋아졌다. 꾸뻬 씨에겐 그리 놀랄 일이 아니었다. 그녀가 단행본 표지 제작에 최선을 다하려 애를 쓰는 만큼 매 치료 단계에도 심혈을 기울여 임했으니 어찌 보면 당연한 결과였다.

로날드도 결국 다시 진료를 받겠다고 나타났다!

그간 로날드는 새로 부임한 사장에게 해고를 당했다. 로날드 같은 기질은 어느 수준을 넘어서면 팀 업무에는 적합하지 않다는 것이 해고 이유였다.

이를 계기로 그는 자기 자신을 돌아보기 시작했고, 그 결과 호감이 느껴질 정도의 사람으로 바뀌었다. 충분히 기력을 회복했다는 자신감을 얻게 된 꾸뻬 씨는 로날드로 하여금 자신의 과거에 대해 얘기하게 하고, 또 어떤 순간들에 터미네이터의 안경을 끼게 되었는지 스스로 발견해내도록 도와줄 수 있었다.

하루는 두 사람이 공동 집필을 위해 정해놓은 시간에 제랄딘이 꾸뻬 씨에게 자기 책상 위에 핑크색 안경 목록을 붙여놓았다고 말했다.

"목록을 통째로 외우려고요?"

"아니요, 꼭 그런 건 아니에요. 그냥 영 상태가 별로인 날에는 어떤 안경을 끼면 좋을지 쉽게 찾아보려고요."

"바로 내가 원하던 바입니다! 그 목록이 정말로 심리치료를 필요로 하는 사람에게는 부족한 감이 있어도 대다수 사람들이 습관적으로 안경을 잘못 끼는 건 피하도록 도움을 줄 순 있어요."

"아무튼 저한텐 도움이 되니까요."

"나한테도 도움이 됐어요!" 꾸뻬 씨가 고백했다.

"선생님도요? 선생님은 안경도 필요 없으면서!"

꾸뻬 씨는 제랄딘에게 자신이 클라라로 인해 전전긍긍했으며, 어떻게 해서 잘못된 안경을 끼게 됨으로써 마비 상태에 빠져 그녀를 보러 가거나 사랑한다는 말도 하지 못하게 되었는지에 대해 아무 말도 하지 않았다.

그러는 동안 꾸뻬 씨와 클라라는 앞으로 어떻게 살 것인가에 대해 의논했다. 커플로 사는 이상 혼자 산다면 제기되지 않을 문제들이 발생하고, 이를 함께 해결해야 할 순간이 항시 찾아오게 마련이기 때문이었다.

클라라는 뉴욕 생활을 청산하고, 남편이 일하는 도시에서 지금보다 상대적으로 못한 일을 하면서 살아갈 것인가? 이 경우, 클라라는 뉴욕에서 잘나가던 시절을 못내 아쉬워하게 될 터였다.

아니면, 꾸뻬 씨가 자기 환자들과 의사 자격을 포기하고 단순히 심리치료사로서 능숙하지 않은 영어를 구사하며 미국 드라마에서 보듯 나지막한 의자에 앉아 까다로운 환자들을 돌봐야 할 것인가?

꾸뻬 씨는 여행을 다녀오고 나서, 인생 3막을 더욱 보람 있게 보내려면 안경을 다른 것으로 바꿔 끼는 것만으론 충분치 못하다는 확신이 들었다. 안경뿐만 아니라 삶의 뭔가를 획기적으로 바꿔야 할 필요를 느꼈던 것이다.

비록 젊지는 않지만, 꾸뻬 씨는 자아실현이 삶의 중요한 의미 중 하나이고, 앞선 세대와는 달리 이를 악물고 자신은 이미 운이 좋았다고 자위하면서 세상을 전혀 바꾸지도 못한 채 그저 자기 의무만 다하면 족하다고 생각하지는 않는 첫 세대에 속하기 때문이었다.

그는 제랄딘에 비해서는 권태를 잘 견디지만, 부모님이나 다른 세상, 다른 시대에 속하는 동갑내기들에 비해서는 못하다는 걸 알고 있었다.

그러니 자기 삶의 뭔가를 바꿔볼 작정이었다.

꾸뻬 씨는 클라라와의 앞날을 생각해볼 때 커플로 살면서(그는 직업적으로나 또는 일상의 삶에서 꽤나 많은 커플들을 봐왔다) 어느 한쪽이 상대방을 위해 너무나 커다란 희생을 할 경우, 두 사람의 사랑에 좋지 않은 영향을 끼치고 결국 문제가 되어 불거진다는 사실을 떠올렸다.

어느 날 아침 꾸뻬 씨는 잠을 깨자마자 클라라에게 이렇게 말했다.

"여보, 나한테 좋은 생각이 있어!"

"으음, 잠 좀 잡시다." 클라라가 중얼거렸다.

그러나 후에 클라라는 꾸뻬 씨의 아이디어가 아주 멋지다고 생각했다.

다시 시작하는 꾸뻬 씨

∞

"그러니까, 동생이 그러는데, 자기 언니 상태가 좋질 않다고 하네." 장-미셸이 말했다.

꾸뻬 씨 앞에는 롱이 차림의 서로 닮은 두 여자가 앉아 있었다. 한 사람은 슬프고 침울한 표정인데 반해 다른 한 사람은 시종일관 미소 모드였다. 마치 감정에 관한 책에 실린 삽화처럼.

나뭇잎으로 엮은 천장 아래에서도 더웠다. 그렇지만 강에 장치해놓은 작은 발전기 덕분에 꾸뻬 씨의 진료 공책이 날릴 정도로 선풍기가 돌아가는 중이었다.

"언제부터 그랬대?"

장-미셸이 통역했다.

"출산하고 나서부터 그렇다네. 집안일엔 전혀 신경도 안 쓰고 식사 준비도 안 한대. 드러누워만 있으려고 하고 일어날 생각을 안 한다네, 말도 안 하고."

"또 다른 특기할 만한 일은 없었나?"

"동생 말로는, 특별한 건 없다는군."

"내가 보기엔 산후 우울증인 것 같아." 꾸뻬 씨가 진단을 내렸다.

"가족한테는 정말 심각한 문제래. 여기선 모두가 일을 해야 먹고살거든. 일종의 자급자족 경제니까."

꾸뻬 씨는 그 여자한테 자기가 지난 여행 때 가져온 작은 알약을 먹으라고 줬다. 한때 그 자신도 먹어볼까 했던 바로 그 알약으로, 황금 불상의 나라 수도에서 구한 거였다.

꾸뻬 씨는 클라라와 함께 얼마 전부터 햇살이 따가운 바로 이 거대 도시권에서 살고 있다. 클라라는 뉴욕에 비하면 좀 못한 일자리지만, 동료들이 불만이 있어도 말은 거의 않고 그저 웃기만 하는 전혀 다른 문화권에서 일하게 되어 흥미롭다고 생각했다.

"피곤하긴 하지만 또 달라!" 그녀가 일터에서 돌아온 꾸뻬 씨에게 이렇게 말했다. 다행스럽게도 그녀는 자기 집의 지붕 있는 수영장에서 매일 꾸뻬 씨와 함께 수영하면서 그날 쌓인 스트레스를 발산할 수 있다.

"톰과 아녜스 부부처럼", 꾸뻬 씨는 입 밖으로 말은 않지만 속으로는 이렇게 생각했다.

한 달에 두 차례씩 꾸뻬 씨는 클라라의 곁을 떠나 혼자서 비행기를 타고 또다시 작은 헬리콥터로 갈아타고, 그리고 나서도 버스로 꼬불꼬불한 작은 길을 달려 장-미셸이 머무르는 마을에 갔다 (이제 한밤중에 국경을 몰래 넘을 필요는 없어졌다. 잠정적으로 평화가 찾아왔으므로).

그곳에서 그는 키와의 동족들을 상대로 진료를 계속했다. 환경은 바뀌었지만, 자기 진료실에 앉아 있을 때보다 삶의 의미가 보다 분명하게 보였다.

"자네가 봐줘야 할 환자가 또 한 명 있다네." 장-미셸이 말했다.

　그가 꾸뻬 씨 앞에 마르고 이가 몽땅 빠져서 없는 노인을 데려 왔는데, 말이라고는 전혀 알아듣지 못하는 꾸뻬 씨지만 노인의 눈 초리만 봐도 완전히 미친 사람이라고 진단했다.

　꾸뻬 씨는 새롭게 시작한 활동 덕분에 중요한 사실 한 가지를 발견했다. 다름 아니라 우울증이나 망상 같은 심각한 정신질환의 경우, 대개는 문제의 인물을 육안으로 보기만 해도 진단이 가능하다는 점이었다. 그러고 나면 그는 통역이나 장—미셸과 함께 그런 사실을 확인만 하면 되었다.

　"이 노인네 말이, 나무들이 자기한테 말을 거는데, 아니지, 차라리 나무 안에 깃든 정령들이 말을 건다고 하면서 사실은 자기도 나무라네. 그러니 자길 그냥 내버려둬 달래. 그리고 자기한테 음식은 주지 말고 물만 뿌려달라고 하네. 또 실제로 그의 가족들이 벌써 그렇게 하고 있고."

"그런 사고방식이 여기 문화와는 부합해?"

"그렇다고 봐야지. 나무에 정령이 깃들어 있다고들 생각하는 건 맞거든. 이곳 사람들은 불교뿐만 아니라 정령 숭배도 신봉하거든. 하지만 그런데도 이 노인네의 경우는 지나치다고 생각한다네. 게 다가 노인네한테 음식을 먹이기도 점점 더 힘들어진다니."

"이 노인한테 신경안정제를 처방해주려고 하네." 꾸뻬 씨가 말했다. 앞으로도 헛소리를 계속 하긴 할 테지만 정도가 약해질 걸세. 또, 이 약을 먹으면 식욕이 나니까 어쩌면 노인네가 음식을 먹겠다고 할 수도 있을 테지."

"거 좋은 생각이네. 시도해볼 필요가 있겠어. 다만 내 생각으론, 샤먼이 그 약을 준다면 더 효과가 있을 것 같은데?"

"옳은 말씀. 샤먼이 신경안정제를 가루에 섞어서 줄 수 있겠지."

꾸뻬 씨는 그 지역 샤먼과 잘 지내는 편이었다. 체구가 작고 나이를 꽤 먹은 샤먼은 대개는 쾌활했지만, 정령을 부른다거나 집이나 수확물을 축복하고 부적에 신통력을 불어넣고 저주를 풀 때는 심각해졌다.

그는 현명한 사람으로 자기 영역에 속하는 경우와 꾸뻬 씨의 전문 영역에 속하는 경우를 매우 잘 구분했다.

날이면 날마다 꾸뻬 씨는 안경을 바꾸고 또 환경을 바꾸길 정말 잘했다, 그 덕분에 그와 클라라에게 모두 잘되었다, 그리고 그

두 가지를 동시에 모두 바꿀 수 있어서 대단히 운이 좋았다고 생각했다.

더불어 꾸뻬 씨는 또한 언젠가 그의 입장에서 또는 클라라의 입장에서 상황이 덜 좋아지면, 사실 해가 거듭되면서 그런 일은 불가피할 텐데, 그 경우 깨달음#4´ 핑크색 안경, 즉 '한 걸음 뒤로 물러나 당신이 누렸던 모든 기회를 돌아보라' 라는 교훈을 실천하도록 노력해봐야겠다고도 생각했다.

그러는 동안 제랄딘은 두 사람 간의 대화를 글로 옮기는 작업을 마쳤고, 꾸뻬 씨는 그 결과에 대단히 흡족해했다.

제랄딘은 최종 원고를 편집자에게 보냈다.

집필을 끝낸 꾸뻬 씨에게는 장-미셸이 사는 마을에 다니러 갈 때 빼고는 자유 시간이 무척 많아졌다.

클라라가 아직 사무실에서 일하고 있는 동안 나는 무얼 하면 좋을까? 수영장에서 수영 거리를 늘려볼까? 아니면, 요리를 배워볼까?

어느 날 그는 톰이 한 말이 생각났다. 가능하다면 유머러스한 콩트를 써보라. 내 젊은 시절에 대해 글을 써보는 건 어떨까? 이제 막 인생 3막을 시작하는 마당이니 2막을 되돌아보기엔 지금이 적기가 아닐까?

그러던 어느 날 밤, 그가 잠이 깼다.

클라라는 자고 있었다.

그는 조용히 작은 수첩을 집어 들고 글을 쓰기 시작했다.

옛날 옛날에 꾸뻬 씨란 정신과 의사가 살았는데, 그는 자신에게
만족하지 못했다…….

감사의 말

새로 출간하는 책의 말미에 작가는 감사의 마음이 분수처럼 솟구치곤 한다. 우선 책을 마무리 지을 수 있어서 감사하고, 아직 이 세상에 살아 있어서 감사하고, 더불어 그간 그에게 영감을 줬던 모든 이에게 감사의 말을 전하고 싶어지니 말이다.

하지만 나는 이 자리를 빌려 우선 이 책이 세상에 나올 수 있게 해준 편집자 오딜 자콥과 베르나르 고틀리브에게 감사하다는 말을 전하고 싶다. 이 둘은 처음부터 꾸뻬 씨란 인물에게 전폭적인 신뢰를 보내며 전 직원들과 함께 지원을 아끼지 않았다. 직원들 가운데에서도 특히 나의 최신작인 이 책이 지금의 형태를 가질 수 있게 애써준 카롤린 롤랑, 세실 앙드리에, 도미니크 르누, 아리에 스베로에게 감사드린다.

나의 초벌 원고를 기꺼이 읽어주며 유용한 조언을 아끼지 않은 벗이자 꾸뻬 씨의 동료 정신과 의사인 샹탈 르 클레르, 크리스틴 미라벨-사롱, 한스 라마르에게도 감사의 말을 전하고 싶다.

그리고 물론 루시 맥킨토시에게도 감사한다. 그녀의 우정과 문학적 감수성이 나에겐 언제나 더없이 소중하니까.

행복을 퍼뜨리는 여행자, 행복한 이야기꾼 프랑수아 를로르

프랑스의 정신과 의사 프랑수아 를로르는 《꾸뻬 씨의 행복 여행》 《꾸뻬 씨의 인생 여행》 《꾸뻬 씨의 사랑 여행》 등으로 널리 알려진 전 세계적인 베스트셀러 작가이기도 하다. 우리나라에도 이미 '꾸뻬 씨'의 치유 여행 시리즈 여러 권이 번역 소개되어 폭넓은 독자층을 확보하고 있다. 특히 몇 해 전에는 세계적으로 관심을 끈 베스트셀러 소설 《꾸뻬 씨의 행복 여행》이 영화로까지 제작되어, 책에 이어 영상으로도 수많은 이들에게 따뜻하고 유쾌한 감동을 선사했다.

프랑수아 를로르의 저서들은 그의 직업적인 특성과 맞물려 주로 심리치료에 초점이 맞춰 있다. 이 책도 마찬가지다. 비록 소설의 외양을 띠고는 있지만, 실상은 행복이라는 키워드를 중심으로 심리치료의 다양한 국면을 소개하는 매우 독창적이고 매력적인 책이다. 소설의 양식을 빌린 일종의 심리치료서이다.

주인공 꾸뻬 씨는 이 책의 저자와 마찬가지로 정신과의사로서, 행복하지 않은 많은 환자들을 대해야 하는 자신의 직업에 이따금

회의를 느낀다. 찾아오는 환자들이 핑크색 안경을 끼고(그것도 그때그때 상황에 맞도록 다양한 핑크색 안경 중에서 골라 낀 채) 세상을 바라본다면 조금 더 행복에 가까워질 수 있지 않을까 고민하던 그는, 결국 진료실 문을 박차고 세상 밖으로 나온다.

꾸뻬 씨는 세계 곳곳을 누비면서 관찰하고 탐구하고 고뇌하는가 하면, 현실의 장에서 끊임없이 주변 사람들을 돕고자 심리치료사로서 맹활약을 펼친다. 고민거리가 생길 때마다 그가 찾아가는 오랜 친구들은 하나같이 남다른 매력으로 똘똘 뭉친 인물들이다. 설사 행복으로 가는 마스터키까지 간직하지 않았다 할지라도, 존재 자체만으로도 독자들에게 깊은 관심을 불러일으키고 호기심을 자극하는 개성 만점인 인물들이다. 심리치료의 핵심을 학구적인 관점이 아니라 흥미진진한 인물들과의 접촉을 통해 구체적인 사례로 보여주고자 하는 저자의 독창성과 배려가 돋보이는 장치라고 하겠다. 어쩌면 심리치료라는 조금은 두렵고 딱딱해 보이는 분야가 우리 일상이나 주변 환경과 결코 분리되어 생각할 수 없다는 점을 강조하고자 저자가 소설이라는 양식을 선택한 것은 아닌가 싶다.

좀 더 전문적으로 들여다보면, 이 소설의 주인공 꾸뻬 씨는 행동주의 심리치료(또는 체계치료)를 행하는 심리치료사이다. 하지만 진료실을 벗어난 현실에서 그는 여느 사람이나 마찬가지로 무수히 실수를 저지르고, 착각과 오해, 걱정과 근심으로 전전긍긍하는 약점 많은 인물이다. 대부분의 심리치료서가 환자에게 초점을 두는 반면, 이 책은 환자와 치료사 양쪽 모두를 비추는 입체적인 관점을 취함으로써 보다 현실에 가까운 시각을 제공한다. 실제로 소설 속에서 주인공이 고백하고 있지 않은가? 환자들을 치료한다는 빌미로 실은 자기 자신을 치료하는 셈이라고. 어쩌면 바로 이 점이 저자로 하여금 굳이 소설이란 양식을 채택하게 만든 또 다른 이유가 아닐까.

소설로 읽는 심리치료서는 본질적으로 소설로 봐야 할까 아니면 소설이라는 외양을 빌린 심리치료서일까? 어쨌든 저자가 이야기꾼으로서 탁월한 재능을 발휘하고 있다는 사실만은 확실하다.

《꾸뻬 씨의 핑크색 안경》은《꾸뻬 씨의 행복 여행》이 출간된 지 20여 년이 흐른 시점에 출간되었다. 말하자면 이 책은《꾸뻬 씨의 행복 여행》후속편인 셈이다. 그사이에 행복의 개념은 어떻게 달라졌는지, 또 이야기꾼으로서 프랑수아 를르로는 어떻게 진화했는지 살펴보는 것도 흥미로울 것이다. 더구나 그의 발자취를 따라가는 걸음걸음이 곧 독자들에게 행복으로 다가가는 핑크색 안경이 되어준다면, 그야말로 금상첨화가 아닐까?

양영란

꾸뻬 씨의 핑크색 안경

제1판 1쇄 발행 | 2018년 9월 28일
제1판 6쇄 발행 | 2020년 12월 24일

지은이 | 프랑수아 를로르
옮긴이 | 양영란
펴낸이 | 손희식
펴낸곳 | 한국경제신문 한경BP
책임편집 | 마현숙
저작권 | 백상아
홍보 | 서은실 · 이여진 · 박도현
마케팅 | 배한일 · 김규형
디자인 | 지소영
본문디자인 | 디자인 현

주소 | 서울특별시 중구 청파로 463
기획출판팀 | 02-3604-590, 584
영업마케팅팀 | 02-3604-595, 583   FAX | 02-3604-599
H | http://bp.hankyung.com   E | bp@hankyung.com
F | www.facebook.com/hankyungbp
등록 | 제 2-315(1967. 5. 15)

ISBN 978-89-475-4407-8   03860